アンデッドガール・マーダーファルス 2

青崎有吾

講談社
タイガ

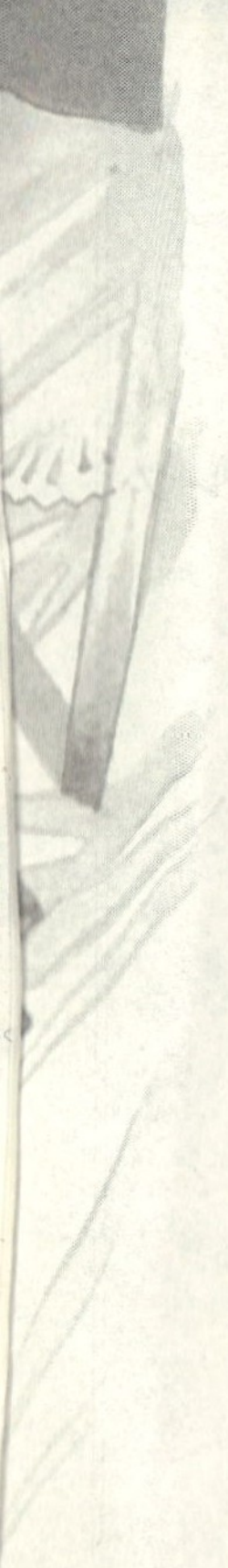

イラスト　大暮維人

デザイン　坂野公一（welle design）

フォッグ邸イラスト　友山ハルカ

地図制作　ジェイ・マップ

目次
CONTENTS

登場人物

CHARACTER

◉〝鳥籠使い〞一行

輪堂《りんどう》鴉夜《あや》……………………怪物専門の探偵。不死の美少女
真打《しんうち》津軽《つがる》……………………半人半鬼のお調子者
馳井《はせい》静句《しずく》……………………鴉夜に仕えるクールなメイド

◉フォッグ邸

フィリアス・フォッグ……………八十日間世界一周を成し遂げた男
パスパルトゥー……………………フォッグとともに世界一周をした執事

◉怪盗たち

アルセーヌ・ルパン………………フォッグ邸のダイヤを狙う怪盗
ファントム……………………………通称〝オペラ座の怪人〞

◉探偵たち

シャーロック・ホームズ…………世界最高の探偵
ジョン・H・ワトスン………………ホームズの相棒。医師

◉〈ロイズ〉諮問警備部

レイノルド・スティングハート……第五エージェント。潔癖症
ファティマ・ダブルダーツ…………第七エージェント。苦労人

◉警察関係者

レストレード…………………………ロンドン警視庁の刑事
ガニマール……………………………パリ市警の警部。ルパンの専門家

◉教授一派

鴉夜の身体を奪った謎の老人と、その仲間たち

【フォッグ邸見取り図】

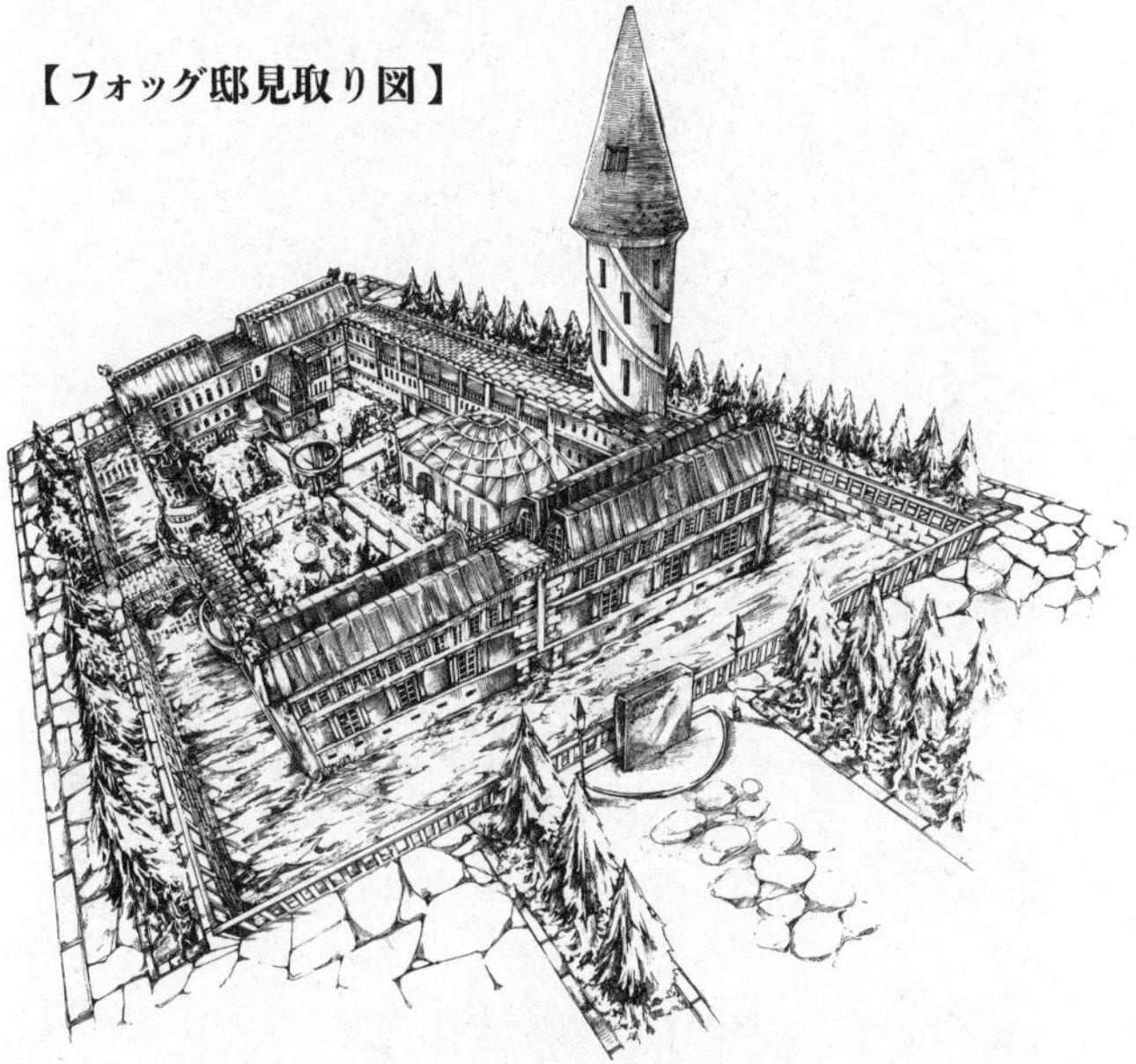

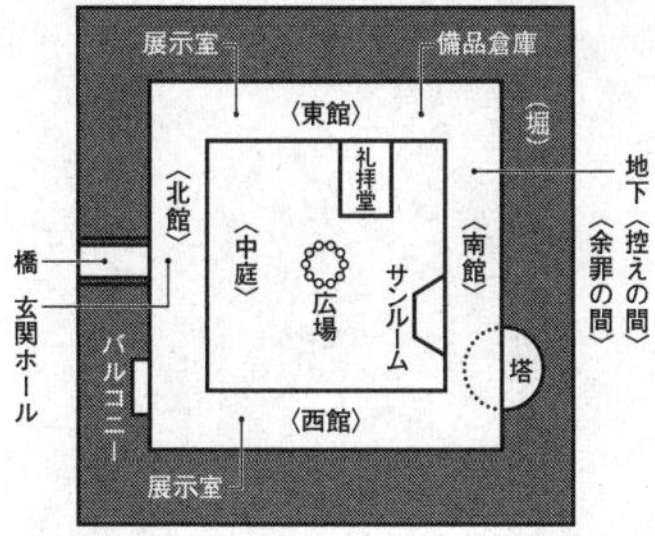
展示室
備品倉庫
〈東館〉
〈堀〉
礼拝堂
地下
〈控えの間〉
〈余罪の間〉
〈北館〉
〈中庭〉
広場
サンルーム
〈南館〉
橋
玄関ホール
バルコニー
塔
〈西館〉
展示室
←ストランド街方面
テムズ川方面→

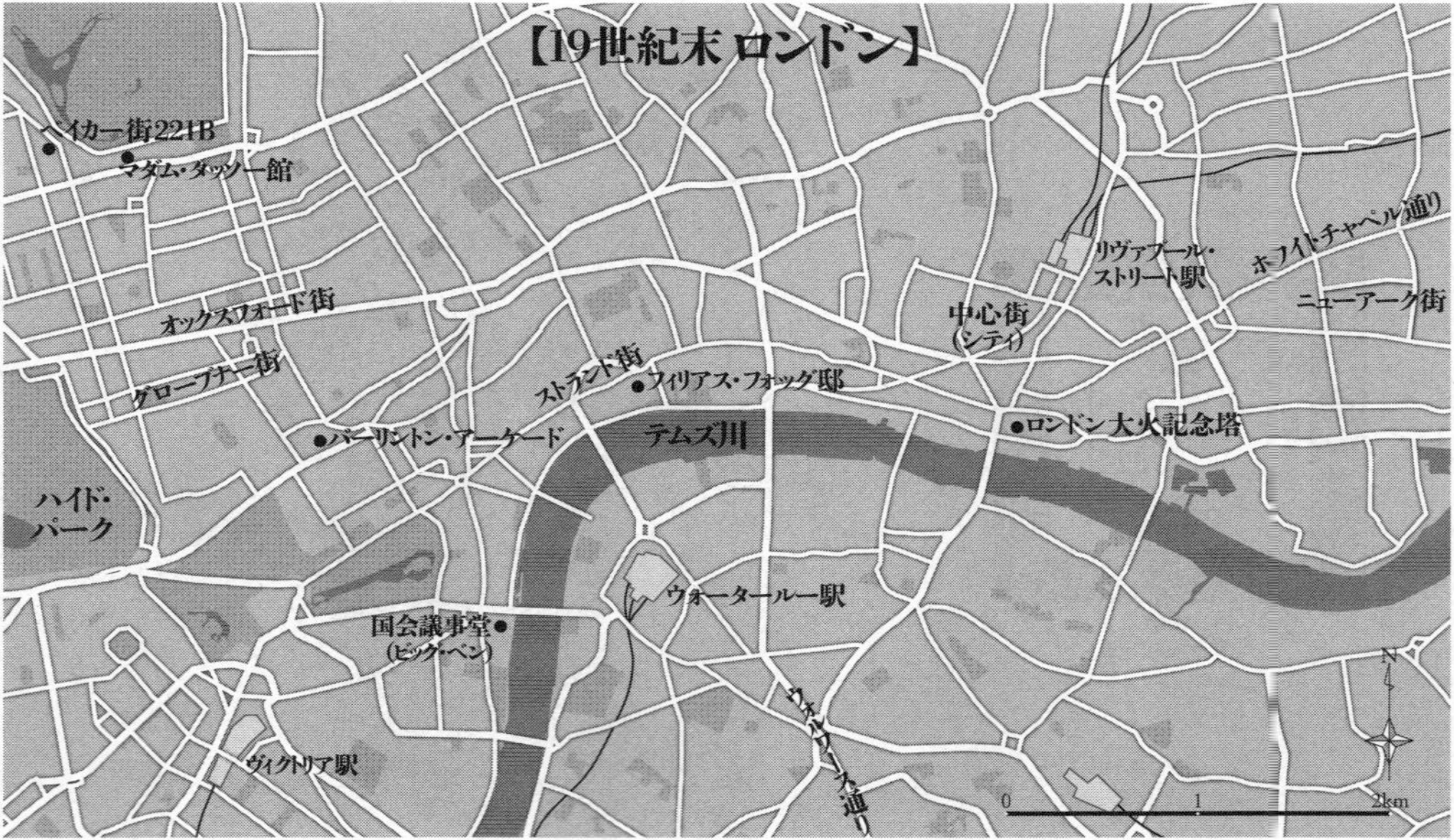
【19世紀末 ロンドン】
ベイカー街221B
マダム・タッソー館
オックスフォード街
グローブナー街
ストランド街
フィリアス・フォッグ邸
バーリントン・アーケード
テムズ川
ハイド・パーク
国会議事堂
(ビッグ・ベン)
ウォータールー駅
ヴィクトリア駅
ウォルワース通り
中心街
(シティ)
リヴァプール・ストリート駅
ホワイトチャペル通り
ニューアーク街
ロンドン大火記念塔
N
0
1
2km

0

「おはよう、エリック」

目を覚ましたとたん、気さくな声で呼びかけられた。

男は低くうなり、不器用に身を起こす。両手は後ろで縛られていた。

見知らぬ奇妙な部屋だった。壁や天井は剝《む》き出しの岩肌。にもかかわらず中央には、菓子やフルーツの台鉢が並んだ豪華なテーブル。かすかに水の音も聞こえる。

目の前の椅子《いす》では、一人の青年が脚を組んでいた。

「素顔も意外とハンサムじゃないか」

愛用の仮面が剝《は》ぎ取られ、テーブルに置かれていることに男は気づいた。慌《あわ》ててうつむき、白い髪で顔を隠そうとする。「そう恥ずかしがるな」と青年が笑う。

年齢は二十代なかば。美しい金髪と強い眼差《まなざ》しが印象的で、スリムな体に喫煙服《タキシード》がぴたりと合い、漆黒《しっこく》のマントを羽織《はお》っている。上着のボタンは本物のエメラルドだろうか。表情にも服装にも態度にも並々ならぬ自信があふれた、王たる風格ならぬ王子たる風格の持ち主に思えた。しかもわがままでプレイボーイの王子だ。自分と正反対の人種だと男は直感する。

「ところで気分はどうかなエリック。半日ほど気絶してたわけだが。何か飲むか?」

「なぜ私の本名を知っている」

「下調べは仕事の基本だ。いろいろ知っているぞ。本名はエリック。出身はペルシャ。白髪とただれた右顔は生まれつき。たぐいまれなるテノールの歌声。住所はパリのオペラ座の地下二十三階。二十年間誰にも捕まらず幽霊のように神出鬼没、ついたあだ名が〝オペラ座の怪人《ファントム・オブ・ジ・オペラ》〟。で、恥ずかしがり屋」

すらすら並べ立てる間、青年は手袋をはめた手で大粒のルビーをもてあそんでいた。そうだ、だんだん思い出してきた。

いつもと同じ華やかな夜だった。オペラ座は『ドン・カルロ』の千秋楽《せんしゅうらく》に賑《にぎ》わい、男は指定席の二階五番ボックスから上演を眺《なが》めていた。だが第三幕の途中で異変が起きた。この怪盗が舞台に降り立ち、主演の歌姫が身に着けていたルビーを盗んだのだ。贔屓《ひいき》にしている歌い手だったので、彼は賊を追跡した。天井桟敷《てんじょうさじき》で追いつめ、敵の反撃を受け、そして――気がついたらこの場所だ。

「ここはどこだ」

「空洞の針《エギュイ・クルーズ》」聞きなれない単語だった。「まだ改装中でな。ちょっと居心地が悪いんだが」

「なぜ私をさらった」

「盗んだ」すかさず訂正される。「ルビーのついでだ。ものには総じて収まるべき場所というものがある。この情熱的な宝石が芝居の見世物に終始するのは耐えがたいし、怪人ファントムがオペラ座の地下でくすぶり続けるのも面白くない。どちらも俺が所有したほうがしっくりくる」

「御託《ごたく》はいい。目的はなんだ」

青年は肩をすくめた。

「ロンドンで一仕事したいんだが部下が全員逃げてしまってな。人手が足りない」

仕事を手伝えということだろうか。常識外れな勧誘だ。男は慎重に尋《たず》ねる。

「何を盗む気だ」

「〈最後から二番目の夜〉」

「……フィリアス・フォッグ邸の？」

「そう」

「正気か？」部下が逃げたのも納得だった。「フォッグ邸のダイヤについては私も聞いたことがあるが、無理だ。あの屋敷《やしき》の警備は破れない。それに、ロンドンにはシャーロック・ホームズがいる」

「だが、ここにはアルセーヌ・ルパンがいる」

青年はルビーの先端で胸をつついた。

はたから聞く限りは、ただの傲慢《ごうまん》な物言いだった。しかしその口調の裏には、愚か者にありがちな虚勢や誇大妄想とは何かがずれた、得体の知れない威風が感じられた。まるで未来を見通しているような。

男は間違いに気づく。

この王子様からあふれているのは自信じゃない。

確信だ。

誰もが尻込《しりご》みする大邸宅の警備を破ることも、〝世界最高〟と呼ばれる名探偵に打ち勝つことも、彼の中では決定事項であり予定調和なのだ。計画はすでに完璧《かんぺき》で、あらゆるパターンが想定済み。失敗の確率は微塵《みじん》もなし――傲慢どころの騒ぎではない。本当に正気じゃないのかもしれない。だが、

もう一度ルパンと目を合わす。金色の瞳《ひとみ》は太陽のようだった。

「勝算があるのか」

「なければ誘わない」

夏のごとき熱波がファントムの中に踏み入った。オペラ座の地下で隠れ続けた半生を、ただれた右顔に囚《とら》われた呪縛《じゆばく》を、太陽は軽々と溶かしていった。その光に導かれて、馬鹿《ばか》げた気持ちが湧《わ》き上がる。笑劇《ファルス》の舞台で大暴《おおあば》れしたくなるような、若々しい衝動。

しばらくのち、彼は立ち上がった。同時に、両手を縛っていたロープが床に落ちた。

「歌以外にも特技があるのか」と、ルパン。「いつからほどいてた」

「『意外とハンサム』のあたり。ロープの扱いはもともと得意だ」

「なおさら気に入った。で、どうする？　家に帰るか？」

「俺は盗まれたんだろ。所有者に従うさ」

そもそも一度負けている。いやでも契約する他ない。

ファントムはテーブルに歩み寄り、仮面を手に取った。顔の右側に装着すると、先ほどの話に出たような〝しっくりくる〟感覚を味わった。

うやうやしく所有者《パトロン》にお辞儀し、オペラの一節を諳《そら》んじる。

「『ユダヤの女』第二幕――『さあ、行きましょう。地上でも天上でも、おなじ運命が私たち二人を待ち受けている』」

「素敵な引用だが」ルパンは噴き出しそうな顔で隠れ家を見回した。「すまないエリック。ここは海上なんだ」

第三章

怪盗と探偵

アルセーヌ・ルパンの意志に反して、こんなありえない奇跡が起こるなんて、自然の法則が逆転し、理屈に合わない異常なものが勝利をおさめたとしか思えない。

（モーリス・ルブラン『ルパン対ホームズ』）

1

一八九九年、英国——

蛇行《だこう》する大河の水面《みなも》は、空と同じ灰色をしていた。

その二つのグレーに挟まれて、数えきれぬほどの建物が密集し、煙突と尖塔《せんとう》の森を築いている。劇場、銀行、駅、店、工場、民家、学校、教会。張り巡らされた敷石とガス灯。往来する馬車と自動車。小気味よく響く汽笛《きてき》と靴音。しばしば街を包む霧の正体は、各家の暖炉《だんろ》や調理用ストーブから排出される煤煙の集合体だ。四百五十万人が暮らすこの都市では、天候さえもが人の手によって作り出される。

街の名はロンドン。いわずと知れた大英帝国の首都である。

吸血鬼や人魚など、いわゆる〝怪物〟と呼ばれる異形種《いぎょうしゅ》の生き残りはまだ大陸のあちこちで蠢《うごめ》いているが、この街においては影も形も見当たらない。それもそのはず、怪物淘《とう》汰《た》の起爆剤である産業革命は、百四十年前にここから始まったのだ。本初子午線《ほんしょしごせん》が引かれたこの街は文字どおり〝人の文明〟の中心地だった。

一月十八日、朝。そんな都市のとある邸宅で、一人の紳士が起床した。

彼は天蓋《てんがい》つきのベッドを出ると、カーテンを開けて十秒間静止し、冬の朝日を体に浴びた。それから正確に七歩歩いて隣室へ進む。あくびをすることも背中をかくこともなかった。

ドアを閉めるのと同時に、向かいの部屋からポットと郵便物を携《たずさ》えた執事が現れる。

「おはようございます。フォッグ様」

「おはよう。パスパルトゥー」

フォッグと呼ばれた主人が席に着き、パスパルトゥーと呼ばれた執事がコーヒーを淹《い》れた。八時二十三分きっかりに始まるティータイム。もう何十年と変わらない習慣である。フォッグ氏の生活は時計のように正確で、機関車のように揺るぎなかった。

が、今日はちょっとした脱線事故が起きた。

彼はコーヒーを飲みながら郵便物をチェックしていたが、二通目の手紙に目を通したとたん、その手からカップが滑《すべ》り落ちた。コーヒーが飛び散って絨毯《じゅうたん》を汚す。主人が飲み物をこぼすなど初めてのことだったので、執事は固まってしまった。

フォッグ氏のほうも固まっていたが、こちらは冷静を保《たも》っていた。彼は時間をかけて問題の手紙をもう一度読んだ。ごく短い文面だが、ごく重要な内容だった。いたずらだろうか？　いや、確か先日――。考え込むようにひげの先を触る。

「フォ、フォッグ様？」

執事の戸惑《とまど》い声。フォッグ氏は手紙を封筒に戻し、こぼれたコーヒーに目をやった。不吉を象徴するように、黒い染《し》みが足元まで広がっていた。

「パスパルトゥー」彼は執事に命じた。「掃除婦と、警察を呼んでくれ」

2

都市というのは決まってそうだが、大都市ロンドンも大きく二つの地区に分けることができた。裕福な地区と、貧しい地区だ。

中心街《シティ》の西側、ウェストエンドは前者である。劇場街のピカデリー広場や商社・新聞社が並ぶストランド街、河畔にそびえるビッグ・ベンと各種省庁、バッキンガム宮殿など政治と文化の発信地が集まり、名所は枚挙に暇《いとま》がない。治安もよく、道を行く人は着飾った婦人や恰幅《かっぷく》のよい紳士が目立つ。

対する中心街《シティ》より東側、イーストエンドは貧民街だ。低賃金の労働者に加え中国系やユダヤ系の移民が集住し、細々した街並みの中で雑多な暮らしを営んでいる。治安・景観はお世辞にも良好ではなく、道端《みちばた》では物乞《ものご》いと酔っ払いがいびきをかき、パブと娼館《しょうかん》の前を痘痕面《あばたづら》の子供たちが駆けていくといった始末である。

とはいえ雑多ということは、裏を返せば活気があるということ。メインストリートのホワイトチャペル通りを行き交《か》う人々は、皆貧しいなりに陽気だった。商店街にはいつでも商いの声が絶えず、隠れた名店も数多くあった。杖《つえ》専門店〈アルバート・ホーン〉も、そんな老舗《しにせ》の一つだった。

「金持ちは大変だねえ」

一月十八日、午前十一時。三代目店主のホフマン・ホーンは、奥のキッチンで〈タイムズ〉紙の号外を読んでいた。

見出しは〈アルセーヌ・ルパン、ロンドンに現る〉。今朝方、フランスを騒がせている怪盗から大富豪フィリアス・フォッグ宛《あて》に予告状が届いたらしい。「大変だねえ」はフォッグ氏へのあてつけである。彼は確かに偉大な男だが、少しばかり有名すぎだ。ホーンの考えによれば、謙虚さこそが商売繁盛の秘訣《ひけつ》だった。

「うちの店くらい小さけりゃ、泥棒も寄りつかないだろうに」

つぶやいた直後、ドアベルが鳴った。

「こんにちはあ。ごめんくださあい。くださらなくても勝手に入りますが」

「……?」

勝手に入られちゃ敵《かな》わない。ホーンは店のほうに出た。

戸口に、一風変わった男が立っていた。ぼさぼさの茶髪と明らかにサイズの大きな革コートという出《い》で立《た》ちで、杖が飾られた店内を珍しそうに眺めている。顔の左側には、左目を串刺しにするような形で青い線の刺青《いれずみ》が一本。片手にはレースの覆《おお》いがついた鳥籠《とりかご》をぶらさげていた。

「何かご用でしょうか」

「やあどうも。ここ、〈アルバート・ホーン〉さん？」

「ええ」

「よかったやっと見つかった。いや店名が〈エドワード〉だと思ってたもんでなかなか見つからなくって。あはは。実はベルギーでここの評判を聞きましてね、たいそうおいしいお肉を出すって」

「お肉？」

「ステーキ店でしょう？」

「……ステッキ店です」

「ああどうりで杖が多いと思った。でも牛も杖も似たようなもんで、どちらも焼けると味が出ます。つまり杖は使い込むと日に焼けるから」

「津軽《つがる》」

ふいに少女の声が聞こえた。ホーンはぎょっとして店内を見回す。

「今、何か……」

「お気になさらず」男は顔を近づけて、「実は杖を買いに来たんです。いえ、あたくしじゃなく師匠ので。ちょいと年でしてね、そろそろ杖が必要かと」

ホーンは目をぱちくりさせた。

とりあえず、お客のようだ。挙動や言動がおかしいのは英語に不慣れだからかも。ベルギーの話をしていたし、よく見れば顔立ちも東洋風だ。

「そうでしたか」彼は愛想《あいそ》よく応じた。「もちろん、プレゼント用の杖も扱っていますよ。私が見立てましょう。その方の年齢はおいくつですか？」

「九百六十二です」

「え？」いやまさか、聞き間違いか。「六十二歳ですね。身長はどのくらいでしょうか」

「ちゃんとは測ったことがなくて……」

「目測でかまいませんよ」

「じゃあリンゴ三つ分くらいかな」

「すいません、なんですって？」

「つ・が・る」

また少女の声。ホーンは飛び上がって、

「あ、ほら！　聞こえました？　女の子の声が」

「いいえまったく」

男はごまかすように商品を手に取る。

「ところでこの杖なんてお洒落《しゃれ》ですね。特にこの、金の飾り文字」

「ああ……それは当店独自のサービスです。杖を買われたお客様のイニシャルを、握りの部分に刻印して差し上げています。気づかれるとはお目が高い」

「よく言われるんです腰は低いが目が高いって。いつからあるサービスなんです？」

「開店当初からですよ。当店は三代続く老舗でして」

「じゃ、さぞかしお得意さんも多いんでしょうねぇ」

持ち上げられて上機嫌になったホーンは、顧客リストを収めた書類棚を振り返った。

「それはもう。数えきれないほどです」

「あれ全部お客のリストですか。すごいなあ整理が大変そうだ」

「アルファベット順に分類しているので簡単ですよ。ところでお客様のおダバッ」

お名前は？　と聞き終えるより早く、首筋に手刀で叩《たた》かれたような衝撃が走った。ホーンは磨《みが》き抜かれた自慢の床とキスし、意識を失った。


気がつくと椅子に腰かけていた。

ホーンは頭を上げ、ぼんやりしたまま店内を見回す。誰もいないし、なんの異変もない。時計は十一時十分を指している。さっきまで男と話していたはずだが。

「夢か……？」

鈍《にぶ》く痛む首をさすりながら、彼は背後の書類棚を見やり――思わず立ち上がった。

夢ではなかった。

顧客リストの〈M〉のグループが丸々なくなり、代わりにメモ用紙が貼《は》られている。杖を持ったかわいい牛の絵と一緒に、曖昧《あいまい》なメッセージが記してあった。

〈しばらく借ります〉

「……ど、ど」

ホーンは後ずさり、椅子にぶつかって転びそうになった。

同時に背後でドアベルが鳴る。振り返ると、二人のお客が入ってくるところだった。口ひげを生《は》やした男と、癖毛《くせげ》を後ろに撫《な》でつけた男。

「本当に名店なのかい？　そうは見えないけど」

「間違いないよ。僕の兄もここで杖を……おや、どうされました？」

癖毛の男がホーンの狂態に気づいた。店主はもう一度「ど」とつっかえてから、

「泥棒です！　たった今、顧客リストを盗まれました！　け、警察を呼んでください！」

二人の男は、少し驚いたように顔を見合わせた。

無言でうなずき合い、口ひげの男がドアのほうへ戻る。癖毛の男はホーンの肩を支え、椅子に座るよう促《うなが》す。

「さあ、落ち着いてください。深呼吸をして。それにしても顧客リストとは妙なものを盗まれましたね。犯人の姿を見ましたか？」

「み、見ました。東洋人風の男でした。鳥籠のようなものを持っていて、それから……」

「ぼさぼさの茶髪に革コート？」

口ひげの男が店内に戻ってきて、言った。両手には茶色いカツラと大きなコート。

「横の路地に落ちてた」

「変装していたわけだな」と、癖毛の男。「この店から出るなり脱ぎ捨てて立ち去った」

「なんてこった！」ホーンは叫んだ。「だめだ、手がかりがなくなった！」

「いいえ、充分です」

癖毛の男は変装道具をあちこち触り、コートのポケットから小さな布片を探り当てた。上着から出した虫眼鏡《むしめがね》でそれを観察したあと、彼はホーンに向き直った。

「つかぬことをお聞きしますが、この店の近所にスウェーデン生まれの夫婦が十年ほど前から経営している部屋数二十以上でサービスのよい宿はありますか？」

＊

「うまくいきましたね」

「おまえの話術はうまくなかったがな」

「そんな手厳しい！　ちゃんと聞き出したのに」

「半分以上余計なやりとりだったろ。だいたい私は不老で不死だぞ、杖がいるほど老《ふ》けてない。腰もまっすぐしなやかだ」

「あいにく師匠の首から下を見たことがないもんで。リンゴ三つ分はよかったでしょ？」

「あれもわかりづらいな。もっと的確な表現がある」

「たとえば？」

「〝二頭身〟とか」

「勉強になります」

気の抜けた会話を交わしながら、大通りから少し離れたニューアーク街を、つぎはぎだらけのコートを着た青髪の若者——真打《しんうち》津軽《つがる》が歩いていた。ふところには〈アルバート・ホーン〉の顧客リスト。右手にはレースの覆いがかかった鳥籠。中にいるのが輪堂《りんどう》鴉夜《あや》である。

「だが、もうすぐおまえに首から下を見せてやれるかもしれんぞ」鴉夜は満足げに言う。「やっとあの男の手がかりが得られた。グリ警部に感謝状を送らんとな」

旅を続ける探偵一行がロンドンにやって来たのは、二週間ほど前のこと。去年の暮れ、ベルギーで人造人間の事件に関わった際、追っている敵の杖がロンドンの店の品らしいという情報を得た。そこで年明けとともに英国へ渡り、イーストエンド中の杖屋を探し回ったのである。警部から聞いた店の名前が微妙に違っていたため時間がかかったが、今日ようやく本命に行きついた。

「ちょいとやり方が手荒すぎた気もしますが」

「あの手の老舗は信用第一だ、客の情報は簡単に売らない。こうするのが一番早い。二、三日中に返せばいいさ」

津軽は分厚いリストを触り、

「二、三日で、この中からめぼしい名前を見つけ出せますかね」

「身長や年齢が記入されているならある程度絞れるはずだ。まあ見つかる保証はないがな。見つかったとしても奴《やつ》がロンドン市内にいる保証はないし、いたとしても出会える保証はないし、出会えたとしても勝てる保証はないし勝てたとしても私たちがもとの体に戻れる保証は」

「やめましょう、気が重くなります」

「おまえの気は重くなるくらいでちょうど人並みだ」

「真打気軽《きがる》に改名しますか。とにかく宿に戻って一休みしましょう。早く戻らないとまた静句《しずく》さんに叱《しか》られ……」

空き地を通り抜けようとしたところで、津軽は歩みを止めた。止めざるをえなかった。前方から二人の男が現れ、行く手をふさいだのだ。

一人は四十代なかばの、体格のよい男だった。象牙《ぞうげ》色の帽子とダブルのコート。口ひげを蓄《たくわ》えた温厚そうな顔立ちだが、こちらを睨《にら》む視線は歴戦の兵士のごとく冷えきっている。

もう一人は、癖のついた短髪を後ろへ撫でつけた男。年はやはり四十代。鼻はとがり、背が高く痩《や》せ型。目元から頰《ほお》へかけて一本線の皺《しわ》が刻まれている。波紋めいた同心円《どうしんえん》を描く水色の瞳からは、狂気の一歩手前まで研ぎ澄ましたような卓越した知性が感じられた。服装は、ロンドンの景色を凝縮したような赤茶けた色の背広だった。

「……何かご用で?」

「たいした用じゃないが、顧客リストを返してもらおうか」

癖毛の男が言った。津軽は「あら？」と声に出し、尾行でも確かめるように自分の背後を見やる。

「どうしてわかりました？」

「君が捨てたコートのポケットからこれが出てきた」

癖毛の男が布片を投げた。クロスステッチ風の刺繍《ししゅう》で〈23〉と数字が描かれている。

「ホテルで上着を預かるときに使う管理ナンバーだ。君は宿泊先の上着かけから手ごろな服を盗んだのだろう。刺繍はスウェーデン特有のツヴィストソムで生地《きじ》も北欧産の麻。管理ナンバーが23以上あるということは、部屋数も同数もしくはそれ以上あるかなり大きなホテル。縫い目のほつれからはナンバーが十年程度使われていることがわかる。コートの埃《ほこり》は綺麗《きれい》に払ってあったが、左肩に草の切《き》れ端《はし》が。移動の間に風で飛んできたんだ。つまり君は馬車や地下鉄には乗っていない。

あのステッキ店から徒歩圏内の距離にあり、スウェーデン人が経営している、古くて大きくてサービスのよい宿。店主に尋ねたら鳥籠を持った怪しい男を発見したので、〈リステン・イン〉だとすぐにわかった。最短距離を追いかけたら気づかれぬよう回り込んだ。ちなみに、捨ててあったカツラの内側には青色の抜け毛が」

「今度盗みを働くときは、髪の色を気にするべきだな」

口ひげの男がコメントをつけ足し、癖毛の男が「他に何か質問は？」と睨みをきかす。

二人はじりじりと距離を詰め、すでに津軽の目の前まで迫っていた。

津軽は逃げるのも忘れたように二度まばたきし、控《ひか》えめに尋ねた。

「……ロンドン警視庁《スコットランドヤード》の方ですか？」

「いいや」癖毛の男は薄く笑い、「彼らは僕ほど有能じゃない」

言い捨てると同時に、殴りかかってきた。

＊

真打津軽は半人半鬼である。

絶滅した世界最強種、不死をも殺す鬼の血が、かなり高い濃度で体に混ざっている。それを抜かしても、かつては〝怪奇一掃〟の担い手や見世物小屋の芸人として怪物殺しを生業《なりわい》にしていた強者《つわもの》だ。たとえ二対一だろうが、鳥籠で片手がふさがっていようが、人間に負ける道理はない。前回の事件でも警官二人を気絶させるのに二秒とかからなかった。

なので鴉夜は、津軽がぶらさげた鳥籠の中で傍観を決め込んでいた。変な輩《やから》に絡まれたなあ。鳥籠が揺れるのはいやだから、片手でちゃちゃっと終わらせてほしいな。そんなことを考えながら。

ところが十秒と経《た》たぬうちに、鳥籠は大きく揺れることとなった。

男たちは二人同時に攻撃を開始した。癖毛の男は英国人らしい拳闘《けんとう》スタイル。口ひげの男は軍隊式の格闘術。見たところ、どちらも怪物と張り合えるほど強いわけではない。

だが、二人とも戦い慣れていた。

二人での戦いに慣れていた。

癖毛の男がジャブで引きつけ、反対側から口ひげの男が脇腹《わきばら》を打つ。津軽が蹴《け》りを出そうとすると口ひげの脚が初動を押さえ、癖毛の相棒がフックを連打。それを腕で受けて押し返すや否や、また逆方向から口ひげの男が――。声をかけ合うわけでもないのに完璧な息の合いようだ。こう交互に来られては攻撃に転じる暇がない。

防戦一方となった津軽は、間合いを取るため一歩退《さ》がろうとする。その瞬間、待ち受けていたかのように癖毛の男が構えを一変させ、津軽の軸足に足を絡めた。鳥籠の中の鴉夜もさすがに驚いた。

「じゅっ……」

柔術。

津軽は綺麗な弧を描き、地面に叩きつけられた。衝撃で鳥籠が手を離れる。盗《ぬす》っ人《と》を取り押さえようと、口ひげの男が前に出る。

しかし、津軽がはね起きるほうが早かった。するりと手を逃れると壁を利用して勢いをつけ、口ひげの男の腹を蹴る。男は景気よく吹っ飛び、向かいの家の木戸を突き破った。

騒ぎを聞きつけたのか、空き地の入口で女の悲鳴が上がった。

癖毛の男は相棒が消えた穴へ一瞥《いちべつ》を投げたが、まだ臨戦態勢だった。拳闘スタイルに戻り、水の波紋を思わせる目で津軽を凝視する。

ステップで脇に回り込み、今度は津軽の側から仕掛けた。

かすっただけで勝負が決まる半人半鬼の一撃──だったが、かすらない。死角から打ってもフェイントをかけても、男はすべてよけてしまう。外れた拳《こぶし》は壁に当たり、古びたレンガにいくつも穴をあけた。男はひるむどころかさらに加速。ラッシュの腕をすり抜けて、無駄のない動作でジャブを放つ。

攻撃を見切っているのではなく、事前に予知しているかのように。

「津軽」鴉夜は思わず声を出した。「動きを読まれてる」

「わかってますよ！」

「なんだ？」

誰が喋《しゃべ》ったのかと思ったのだろう。男の視線が津軽を外れ、鳥籠のほうを向いた。

地面にぶつかった勢いで、レースの覆いはめくれ上がっていた。そのため癖毛の男は、鳥籠の中の鴉夜ともろに顔を合わせてしまった。隠されていたその姿を、見た。

長く艶《つや》のある黒髪と紫色に光る瞳。

きめ細やかな白肌と桜色の唇《くちびる》。

瑞々《みずみず》しい顔立ちに不可思議な妖艶《ようえん》さを湛《たた》えた、世にも美しい少女の、生首を。

男が硬直するのは必然だったし、その隙《すき》をついて津軽の右ストレートが打ち込まれるのもまた必然だった。

「あがっ」

男は間抜けな声を上げ、背後のレンガ壁にぶつかった。もろくなっていた壁は男と一緒にあっけなく崩れ落ちた。

一仕事終えた津軽は、両手の埃をはたいてからこちらに笑いかける。

「ご声援どうも」

「手こずりすぎだ未熟者」横倒し状態の鴉夜は不機嫌だった。「この二人、何者だ？」

「さあ、警察じゃなさそうですけど。でもあんな短い時間で追いつかれるたあ驚きましたね。ひょっとするとあがっ」

鳥籠を拾おうと屈《かが》みかけた津軽は、唐突に白目を剝き、真横に倒れ込んだ。

その後ろに立っていたのは口ひげの男だ。片手には逆《さか》さに持った拳銃《けんじゅう》。台尻《だいじり》で後頭部を殴ったらしい。

「おやすみ」

気絶した津軽へうめくように言うと、まだ回復しきっていないのか、男は腹を押さえながら相棒のもとに駆け寄る。

「おい、大丈夫あがっ」

揺り起こそうとしたところで、彼もまた間抜けな声を上げた。そのままぶっ倒れ、相棒の上に折り重なる。

男を背後から襲ったのは、エプロンドレスから覗《のぞ》くまぶしい美脚だった。

「ご無事ですか、鴉夜様」

清潔なメイド服に身を包み、布で巻かれた長い得物を背負い、冷たい表情を崩さぬボブカットの女性――馳井《はせい》静句《しずく》は、鳥籠を両手で持ち上げた。

「やあ静句。助かった」

「帰りが遅いのでお迎えに上がりました。いったい何が？」

「いや杖の店ではうまくいったんだが、あとからこの男たちが追いかけてきてな。ちょっと揉《も》み合いに」

「強さしかとりえのない男が同行していたはずですが」

「今、おまえが踏んづけてるよ」

静句は「気づきませんでした」とでも言うように体重をかけた。ぷしゅう、と津軽の口から空気が漏れる。これはこれで息の合った二人である。

「とにかく宿に戻ろう。津軽も連れてってもらえるか」

「不本意ですが、ご命令でしたら」

静句は津軽のコートの襟をつかみ、ぞんざいに数歩分引きずった。しかし、

「そこまでだ、動くな！」

またもや思わぬ邪魔が入った。

叫んだのは警棒を構えた警官であった。いつの間に集まったのやら、空き地の入口と出口を二人ずつがふさいでいる。背後にはケンカを見に来た野次馬もわんさと控えていた。

そして運の悪いことに、静句はまだ、鳥籠のめくれたレースを直しておらず。

「キャ――――ッ！」

生首を目の当たりにした人々のどよめきと悲鳴が、ニューアーク街にこだました。

3

車輪の揺れに耐えながら、シャドウェル署のナイジェル巡査は警棒を握りしめていた。

使い古しの囚人護送用馬車に同乗し、管轄内で捕らえた犯罪者を署へ送り届ける――それが彼の日課である。チンピラや酔っ払いをあしらうだけの簡単な仕事で、普段ならサボりがてらに新聞を読んだりするのだが、今日はどうしても落ち着かない。午前中の逮捕者の中におかしな連中が交じっていたからだ。

汚い箱馬車の内部を見回す。四人がけの細長い椅子が左右に一つずつ。自分を含む八人で満員状態となっている。

ナイジェルの定位置は降り口のそばの見張り席だった。左隣には空き巣の現行犯を押さえられた女。その横に常連の〝運び屋〟ビングリー兄弟。瓜《うり》二つのしかめ面を並べ、手錠を外そうと無駄な努力を続けている。

反対側の席には、奥から順に右頰を赤く腫《は》らした癖毛の男と、コートに靴跡をつけた口ひげの男。その横には貴族に雇われているような場違いなメイドがいて、しらけた表情のまま身動き一つしない。そしてナイジェルの真向かいには、鳥籠を膝《ひざ》に載せた青髪の男が座っていた。鳥籠はレースの覆いが剝がされ、中身が覗いている。巡査が落ち着かないのは主にその鳥籠のせいだった。

「ねえお巡りさん、あたい初犯なんです。大目に見てくれない？」

空き巣女が色目を使ってくる。ナイジェルは「だめだ」と突っぱねる。

「ナイジェルの旦那《だんな》、俺たち今日は何も運んでねえよ」

「そう。天気がいいから散歩してただけだ」

早口で訴えるビングリー兄弟。ナイジェルはまた「だめだ」と突っぱねる。

「レストレード君を呼んでくれ。彼は友人なんだ」

癖毛の男も言った。ナイジェルはやはり「だめだ」と突っぱね、鼻で笑った。

「レストレード警部の名前なんて、友人じゃなくてもロンドン市民ならみんな知ってる。署に着くまでおとなしくしてろ」

癖毛の男は〝お手上げ〟のポーズを取ろうとしたが、手錠をされていることに気づいて断念したようだった。隣に座った口ひげの男がため息をつく。

「まったく、なんでこんなことに」

「君がステッキを買い替えたいなんて言うから」

「店を決めたのはそっちだろ……巡査さん、僕ら間違って逮捕されたんです。やましいところは何も」

「ないって？」ナイジェルは意地悪く聞き返した。「木戸をぶち抜いて壁が崩れるほどの大ゲンカをして男が三人気絶、おまけにこんなものを連れていて、やましいところがないって？　馬鹿を言え」

鳥籠に警棒を突きつける。すると真鍮《しんちゅう》の柵《さく》の向こうから、

「英国紳士は女性に優しいと聞きましたが、こんなものとは失礼ですね」

生首の少女が皮肉っぽい笑顔を振りまいた。ナイジェルの声が引きつる。

「しゃ、喋るな怪物！　……ひっ！」

メイドがぎろりと睨んできて、さらに怖気《おじけ》づいてしまった。青髪の男が「まあまあまあ」と彼女をなだめた。全員手錠をかけられているのにこの男だけはどうにも呑気《のんき》だ。

「生首が喋るなんて」と、口ひげの男。「どういう生き物なんだろう」

「おそらく『不死』だ」癖毛の男が答えた。「怪物についてはダートムーアの事件のとき一通り調べたことがある。首だけになっても死なない生き物は不死だけだ」

「フシ？」

「不死身《アンデッド》という意味さ。日本に一体だけ存在する不老不死の怪物。同じく日本原産の鬼だけが殺傷可能だったはず。首から下がないのはその関係だろう」

「不死かあ、初めて見たぜ」

「サーカスに売ったら高値がつくかも」

ビングリー兄弟が口を挟むと、メイドの眼光が今度はそっちへ向けられた。「まあまあ

まあ」となだめる青髪の男。空き巣の女はどさくさ紛《まぎ》れに「あたい初犯だってばあ」と繰り返す。ナイジェルは頭が痛くなってきた。

「おまえらいい加減にしろ。これ以上余計な口を叩くと……」

「初犯じゃない」

脅し文句は、涼やかな少女の声に飲み込まれた。

ナイジェルは口ごもった。空き巣女が目を丸くして、鳥籠の中の生首を見る。

「なんですって?」

「君は初犯じゃない。空き巣の常習犯のように見える」

「な、何よ。なんで?」

「スカートの裾《すそ》が右側に傾いている。重みのバランスが取れてないからだ。おそらく裏地にポケットがあって鍵《かぎ》開けの道具でも隠してあるんだろう。警官じゃ手を入れにくい場所だからね、うまい手だ。服の両肩がすれているところを見ると、普通の人間は入らないような狭い路地をしょっちゅう通り抜けていることがわかるし、足音が立たないよう靴底に自前のコルクまでつけている。初犯の空き巣はそこまで用意周到じゃない」

「…………」

女は慌ててスカートを直し、すり切れた肩を手で隠した。口ひげの男が「あの子やるなあ」と癖毛に話しかけ、彼は「どうかな」とでも言いたげに肩をすくめる。

少女の生首はビングリー兄弟に目を向け、

「ついでにその双子、君たちも嘘《うそ》つきだな。何も運んでないと言ったが、捕まる直前まで中身の詰まった鞄《かばん》を持っていたことは明白だ」

「な、なんでそうなる」

「指の関節だよ。二人とも赤くなっている。重い鞄を長時間持たなければそんな跡はつかない。何を運んだのかな。金か阿片《あへん》か、それとも……」

「密輸品だ。陶製の美術品」

癖毛の男が言った。少女の生首は興を削《そ》がれたように唇を曲げた。

「なぜわかります？」

「二人とも爪《つめ》におがくずの欠片《かけら》が。梱包《こんぽう》時に緩衝材として使ったんだろう。とすれば、鞄の中身は壊れやすいものだ」

「……ガラス製かもしれませんよ」

「そこまでもろい品なら鞄で運んだりしない。どうだい君たち、陶器で合ってるだろう」

「すげえ、当たった。中国の壺《つぼ》だよ」

「ばらすな馬鹿！」

ビングリー兄が弟を小突いた。

ナイジェルはわけがわからなかった。なぜ生首がこんなにぺらぺら喋るのか。なぜ逮捕された奴らの嘘をいとも簡単に見抜いていくのか。いやそれよりも不可解なのは、青髪の男や口ひげの男がこの超常現象に慣れた様子でいることだ。警棒を放り出して頭を抱《かか》えたくなってくる。

　ガタリと馬車が揺れた。シャドウェル署までの道のりはまだ遠い。

「……なるほど」ナイジェルはうなずいた。「つまりこういうわけだ。全員犯罪者で、顔見知り。罪を逃れたくて仲間を売った」

「驚くべき推理力だな」

　癖毛の男の口ぶりにナイジェルは顔をしかめた。悩んだあげく、「私語はつつしめ」とありきたりな文句でお茶を濁《にご》す。全員が不本意そうに従い、護送用馬車はようやく本来の空気を取り戻した。

　少しだけ安堵《あんど》したナイジェルは、警棒を脇に置いた。ベルトに挟んだ新聞を抜き、いつものように読み始める。〈タイムズ〉紙の号外。一面の大見出しには〈アルセーヌ・ルパン、ロンドンに現る〉と記されていた。

「ルパン？」向かいの席の青髪の男がそれを読む。「フランスにいたとき名前を見かけたような」

「耳が長くてかわいらしいやつだろ。ワインで煮込むと美味《うま》い」

「そりゃうさぎ《ラパン》。師匠もときどきしょーもないこと言いますね」

「逮捕中だから気分が乗らないんだ」

「手錠はされてませんけど」

「当たり前だ手がないからな」

「はははは」

「ふふふふふ」

「……私語はつつしめって言ったろ」

不気味な笑い声を上げる二人に、ナイジェルは重ねて注意する。青髪の男は「ああすいません」と謝ってから、

「で、ルパンって誰でしたっけ」

「私語の意味わかってるか⁉」

「怪盗さ」

癖毛の男が言う。ナイジェルはあきらめた。

「それも、ただの盗賊じゃない。犯罪のレオナルド・ダ・ヴィンチ。彼こそまさしく芸術家だ。卓越した変装技術と演技力でどんな場所にも潜り込み、大胆な発想で盗みを行う。クレディ・リヨネ銀行の金庫破りやバビロン通りの絵画消失、グーレ城館の強盗などフランスでの経歴は数えきれない。狙《ねら》うのはもっぱら美術品や宝石。〝怪盗紳士〟を名乗っていて、犯行前は必ず予告状を送りつけ、貧者からは何も盗《と》らないし人殺しも決してしない。実に美しいと思わないかい」

「僕の奥さんほどじゃないね」

口ひげの男は慣れた調子であしらった。

「ルパンの話なら俺たちもさっき仕入れたぞ」

「〝鉄人〟フォッグに予告状出したっていうじゃねえか、たいした奴だよ」

情報通のビングリー兄弟が会話に交じった。「フォッグ？」と青髪の男。

「ストランド街で博物館開いてる大金持ちなんだが、とにかく隙《すき》がねえ男って有名でな」

「屋敷に入ろうとして捕まった泥棒が何人いることやら」

「堀に囲まれた城みたいな家でな、ロンドン塔並みさ」

「今回も隙がねえぞ。警察と組んで警備を強化したらしいし」

「二人の探偵に依頼を出したそうだ」

「一人目はシャーロック・ホームズ」

その名が出た瞬間、馬車の中は多種多様な反応に包まれた。青髪の男と生首の少女は「ほお」と息をつき、ビングリー兄弟は自分たちで言っておきながらうめき声を上げた。空き巣女は震えあがり、癖毛の男と口ひげの男は顔を見合わせた。

ナイジェルは私語厳禁も忘れて、「ホームズさんか！」と口元をほころばせる。

「ロンドン一の探偵が乗り出すならルパンも敗北決定だ。もう依頼は受けたのかな？」

「いや、まだでしょうね」なぜか楽しそうに、口ひげの男が答えた。「ホームズ氏はベイカー街を留守《るす》にされているようだから」

「彼の帰宅には時間がかかるだろうな」癖毛の男は投げやりに言ってから、「ちょっと待った。二人に依頼？　もう一人というのは？」

「輪堂鴉夜って名前の探偵だよ」

今度の反応もさまざまだった。ナイジェルや癖毛の男たちは首をかしげ、鳥籠の少女は素《す》っ頓狂《とんきょう》な顔をする。青髪の男は横のメイドと視線を交わした。

「聞いたことがないな」と、癖毛の男。「何者だ？」

「俺たちもよく知らねえが、普通の奴じゃ手に負えない事件を専門にしてるそうだ」

「変なあだ名がついててな。確か……〝犬小屋使い〟とかなんとか」

「あっはははは」

突然、青髪の男が笑った。生首の少女は膝の上で不服そうな表情をし、

「犬小屋よりは洒落た異名だったと思いますけどね、輪堂鴉夜は有能な探偵ですよ。ヨーロッパ各地で活躍してます」

「へえ、じゃあ強敵かもな」と、ビングリー兄。「でもルパンも負けてねえぞ。〝オペラ座の怪人〟を仲間にしたって噂《うわさ》もある」

「いや」と、癖毛の男。「相手が誰だろうがシャーロック・ホームズが勝つよ」

「いやいや」と、ビングリー弟。「俺たちゃルパンを応援したいね」

「いやいやいや」と、生首の少女。「最後に勝つのは輪堂鴉夜です」

意見が見事に分かれたところで、馬車の揺れが止まった。

シャドウェル署に到着したようだ。ナイジェルは新聞をたたみ、犯罪者たちからは失意の息が漏れた。

いつものように同僚が乗り込んできて、鉛筆を舐《な》める。

「調書を作る。順番に名前と住所を」

「輪堂鴉夜」生首の少女が言った。「鳥籠に住んでいます。犬小屋じゃなく」

「シャーロック・ホームズ」癖毛の男も言った。「住所はベイカー街221のB」

数秒の間のあと。

名乗った本人たちを含め、馬車の中の全員が「え？」と声を上げた。

＊

どこかの杖屋が予想したとおり、フォッグ邸の前はお祭り騒ぎと化していた。

堀に囲まれた邸宅の唯一の入口である橋のたもと、閉めきられた正門前には新聞記者が押し寄せ、寡黙《かもく》を貫《つらぬ》く警備員からコメントを聞き出そうとしている。老若男女入り乱れた野次馬がそのまわりを囲み、ある者は肩車をして、ある者はガス灯に登って邸内の様子を探ろうとする。迷子が泣く。ケンカが起きる。ルパンについて議論が交わされ、賭《か》け屋がさっそく集金を始める。はみ出た奴が堀に落ちかけ、サンドイッチ売りが練り歩く。

パリの〈エポック〉紙の特派員アニー・ケルベルも、そんな狂騒の中にいた。

英国とエジプトによるスーダン統治を取材していた折、予告状のニュースが飛び込んで急きょフォッグ邸に足を運んだのだが、考えることはどの新聞社も同じだったらしい。一歩進めば人とぶつかり、二歩進めば押し返され。十四歳の少女記者にとっては橋に近づくことさえ一苦労である。

せっかく〝鳥籠使い〟が呼びつけられたという情報を得たのに、これではろくに取材もできない。本社の上司・ルールタビーユになんと言い訳すればいいのやら――

「どいてくれ！　どいてくれ！」

肩を落としかけたとき。天に祈りが通じたのか、人混みが二つに割れた。モーセめいてアニーたちの前を横切ったのは、大きな黒塗りの箱馬車だった。

「変だぞ。囚人護送用の馬車だ」

誰かが指摘し、ざわめきが広がる。汚れた車体には〈シャドウェル署〉と書かれていた。窓は小さなくもりガラスのみで、中の様子はうかがえない。

馬車は車輪を軋《きし》ませながら進み、橋の前に停《と》まった。

最初に恐縮しきった警官が降り、橋の見張りに何かを伝えた。すぐさま正門が開かれる。

それに続き、四人の人物が、馬車の中から現れた。

周囲の視線などどうでもよいとばかり、背筋を伸ばして堂々と歩く、癖毛を後ろに撫でつけた眼光鋭い男――シャーロック・ホームズ。

やや居心地悪そうに目をきょろきょろさせながら相棒を追う、口ひげと帽子がトレードマークの男――ジョン・H・ワトスン医師。

レースで覆われた鳥籠を持ち、場違いな笑みを浮かべて飄々《ひょうひょう》と進む、青髪につぎはぎだらけのコートの男——真打津軽と、鳥籠の中の輪堂鴉夜。

そして、冷えきった無表情と規則正しい歩き方で彼らにつき従う、メイド姿に槍《やり》のような荷物を背負った女性——馳井静句。

事件慣れした記者たちも、物見遊山《ものみゆさん》の市民たちも、しばし呆然《ぼうぜん》と四人を見つめた。

彼らは橋を渡り、一直線にフォッグ邸へ向かう。一拍遅れて、その背中を追うようにカメラのストロボが次々と焚《た》かれた。

「な、なんで四人用の馬車から……」

理解不能のアニー。隣に居合わせた記者も「わからねえ」と答える。

「わからねえが、こりゃ大事件になりそうだ」

まったくもって同意できた。予告状を出した怪盗と、四人用馬車で乗りつけた二組の探偵。ただごとで終わるとは思えない。

嵐《あらし》の予感とともに群衆を振り返ったアニーは、しかし人混みのかなり後方に、一人だけ興奮していない人物を見つけた。その人物は何かの確認を取ったようにうなずくと、笑顔一つ見せずに立ち去った。

右目を隠すように帽子をかぶった、白髪の男だった。

4

橋を渡った津軽たちは〈フォッグ私設博物館〉と刻まれた正面玄関に入った。広い玄関ホールの中央には巨大な地球儀が飾られていた。

「いやあ、おたくがホームズさんだとは思いませんでした」

「こっちだって生首が探偵だとは思わなかった」

ぶっきらぼうに返された。彼が〝世界最高の探偵〟と称されるその人物なら、あの化物じみた観察眼にも合点がいく。変わり者と聞いていたのでもっと奇抜なファッションでもしているのかと思いきや、見た目はまともな人物だった。少なくともうちの師匠よりは。

「ホ、ホームズさん、気づかず本当にすみませんでした」と、青ざめた顔のナイジェル巡査。「てっきり本物は鹿撃ち帽に袖《そで》なしコートだと……」

「あれは挿絵画家の創作だよ」ホームズは相棒のほうを向き、「だからシドニー・パジェットには描かせるなと言ったじゃないか。おかげでいつもこんな目に遭う」

「僕のせいみたいに言われても困るな」

「君のせいさ、そもそも原稿からして間違いだらけだ。僕は夜中にヴァイオリンなんて弾《ひ》かないし壁を銃で撃ったりもしない」

「でもコカインはやってた」

「昔の話だ」

名探偵ははぐらかすように言った。「まあまあ」と津軽が割って入る。「誤認逮捕くらいで怒っちゃいけません。あたくしたちなんてしょっちゅう逮捕されますよ見た目が怪しいから」

「いや君たちは誤認じゃないだろ実際に盗みを働いたんだから」と、ホームズ。「僕は絶対に許さないぞ。今すぐ馬車に乗って警察署に戻っ」

「本当にコカインやってたんですか？」

「さあ、早くフォッグ氏に会いに行こう！」

許された。触れられたくない話題らしい。

折よく、英国の近衛師団《このえしだん》のような赤い服を着た男が現れた。橋にいた見張りも同じ恰好《かっこう》だった。この屋敷の警備員の制服なのだろう。

巡査からその警備員へと案内役が引き継がれ、津軽たちは建物の奥へ。

右へ回るように歩くと、広い展示室に出た。日本の着物や天狗《てんぐ》の面、アメリカの橇《そり》、狼《おおかみ》の剝製《はくせい》、機関車の先頭などが飾られている。

「本当に博物館なんですね。お客さんはいませんが」

「怪盗から予告状が届いたんだから、今日は臨時休業だろう」と、ワトスン。「いつもはロンドン市民で賑わってるよ」

展示室の壁には屋敷の俯瞰図《ふかんず》を描いた案内板が貼ってあり、その脇の窓からは中庭やそれを囲む建物が見えた。二つを見比べることで、よそ者の津軽にもフォッグ邸の全景が大雑把につかめた。

フォッグ邸は縦長の窓が並ぶ新古典主義建築で、上から見ると大きな正方形をしていた。「口」の辺にあたる部分が建物で、中の空白部分が中庭。建物の外側は水の張られた堀がぐるりと囲んでいる。上の辺にあたる北館に一本だけ橋が架かっていて——今自分たちが渡った橋だ——他に出入口はない。運び屋兄弟の言うとおり、ちょっとした城郭《じょうかく》めいた造りの建物だった。

北館と、左右の辺にあたる西館・東館は、大部分が博物館の展示室。北館には地球儀の置かれた玄関ホールがあり、東館にはインド象の剥製や中国の船が飾られているらしい。残る南館がフォッグ氏の居住スペースで、建物から外側に張り出すような形で塔が一本立っているのが印象的であった。

中庭は芝生敷きで、ところどころに植木が茂り、中央の広場には石柱が丸く並んでいる。南館から出っ張った二階部分には植物園らしきサンルームがあり、東館には小さな礼拝堂がくっついている。その脇には時代遅れなアーク灯も一本。

なるほど豪邸と呼ぶにふさわしい。だがどうもわからないのは、

「どうしてその人、博物館なんてやってるんでしょう」

「なんだ知らないのか」と、ホームズ。「海外にも名前が広まってると思っていたけどな。フィリアス・フォッグ氏は有名人だぞ」

「シャーロック・ホームズよりも？」

「少なくとも彼は、町中で誤認逮捕されたりしない」

意外と根に持つタイプだった。津軽は鳥籠を持ち上げ鴉夜に尋ねる。

「師匠、フォッグさんのことご存じですか」

「話だけなら知っている」

展示室を見回し、彼女は答えた。

「八十日間世界一周を成し遂げた男だ」


三十年ほど前、一八七二年のこと。当時四十歳だったフィリアス・フォッグは、革新クラブのカード仲間とある賭けをした。

〝八十日以内に世界を一周することは可能か否か？〟

当時の交通技術からすると、船や汽車を完璧なタイミングで乗り継げば、八十日間で世界を回ることは理論上可能であった。友人たちは「机上の空論、実際には不可能だ」と一笑に付し、鉄のごとき理論家フォッグ氏だけが可能であるほうに賭けた。彼はすぐさま支《し》度《たく》を整え、ただ一人の執事をおともに、世界一周旅行に出かけた。英国中がこの世紀の挑戦に注目し、新聞はこぞって彼らの行方を追った。

旅はトラブルの連続であったという。汽車を逃し、仲間とはぐれ、冤罪《えんざい》を受け、嵐に巻き込まれ。先住民や狼の群れとも戦ったというのだからその慌ただしさたるや筆舌《ひつぜつ》に尽くしがたい。

だが、きっかり八十日後。

数多《あまた》の苦難を乗り越え、フォッグ氏は賭けに勝利した。革新クラブに帰還した彼が最初に発した一言は、「皆さん、ただいま戻りました」だった。

偉業を成し遂げたフィリアス・フォッグのもとには、本人の望むと望まざるとにかかわらず、富と名声が舞い込んだ。賭けの勝利金を得たのはもちろん、あちこちの企業がスポンサーを依頼するわ、旅行記はベストセラーを記録するわで、総資産二百万ポンドを超える大富豪に。フォッグ氏はその金で輸入業を営んだが、やがてそれにも飽きてしまい、自分の偉業をもう少しましなことに使おうと考えた。一度決意すると行動は早い。彼は妻と執事を連れ、サヴィル・ロー街からストランド街の大邸宅へと移り住んだ。

そして――

「自分の旅行にまつわるものを集めて、世界一周をテーマにした博物館を開いたわけだ」

鴉夜の解説を聞いたあと、津軽は左右の展示を見回した。ちぐはぐなチョイスだと思っていたがそうか、旅行の記念品か。

「じゃ、ルパンの狙いも旅の思い出ですか」

「そんなロマンチックな話にはならんと思うが」と、鴉夜。「フォッグ氏は輸入業の名残《なごり》でいろいろ珍しいものを所有しているとも聞く。おそらくその中のどれかじゃないか？

まあ、行ってみればわかるさ」

展示室を抜けると、今度は左に曲がって南館に入った。階段を上り四階の書斎へ。

ドアの前では、もう一人新たな人物が待ちかまえていた。安っぽいコートを着た、イタチの総大将めいた男。癖毛の探偵が近づくと、彼は親しげに片手を上げた。

「どうも、ホームズさん。ワトスン先生」

「やあレストレード君」と、ホームズ。「結婚三十周年おめでとう」

「……誰に聞きました？」

「時計の鎖に銀の飾りが。君はそんなものつけるタイプじゃないから人からの贈りものだ。かなりの高級品なので何かの記念日、それも十年単位の節目にもらった品だとわかる。一月は君の誕生月じゃないし刑事職も節目の年ではないはず、とすると結婚記念日。年齢的に三十周年が妥当なところだ。フォッグ氏は中に？」

レストレードは降参するように首を縮め、「ええ」と答えた。

「あなたの力を必要としてます」

「僕とワトスン君の力をね」

「じゃあなぜ私が呼ばれたのかなあ」

「博物館に飾るためでは？」

意地悪く口を挟んだ鴉夜にホームズが言い返した。津軽も鳥籠を持ち上げ、

「師匠、ガラスに空気穴をあけるよう交渉しないと」

「いらないよ。私は空気がなくても死なないから」

「こりゃ一本取られました」

「ふふふふ」

「はははは」

笑う津軽たちにいぶかしげな目を向けながら、レストレードはドアを開けた。

＊

ウェストエンド、バーリントン・アーケード近くのホテル街を、一人の男が歩いていた。

三十代なかばで痩身《そうしん》の白髪。つば広の中折れ帽を、顔の右側を隠すようにして深くかぶっている。

彼は立ち並んだ高級ホテルの一つに入った。とたんに襲い来るフロント係の笑顔。

「おかえりなさいませ、アルマヴィーヴァ様」

「やあ」

「お食事はいかがなさいます？　お連れ様は先ほどステーキとキドニープディングを」

「いや、けっこう。外で済ませました」

こちらも笑い返し、背を向けるとすぐ真顔に戻った。『セビリアの理髪師』からとは何度聞いてもいやな偽名だ。早足で階段を上り、一等スイートのドアを開ける。

上半身裸の青年が天井からぶらさがっていた。

「よお、エリック」

アルセーヌ・ルパンは汗ばんだ体を光らせ、爽《さわ》やかに片手を上げた。いや、上下逆なので〝下げた〟か。照明の装飾部に足をひっかけ、体を支えているようだ。

「……何をしてる?」

「食後の運動。下のレストランはやめたほうがいいぞ、恐ろしく不味《まず》い。まったく、文化度の、低い街だ」

ぶらさがったまま腹筋を始めるルパン。ファントムは帽子を脱いでソファーに腰かけ、仮面をつけ直した。人前では逆に目立つと思い、外して出かけたのだ。

「そっちは、外で、何をしてた?」

「フォッグ邸の様子を探ってきた」

腹筋中の変人から壁へと視線を移す。ロンドンの地図や新聞の切り抜き、手描きの略図に大量のメモ、そしてフォッグ邸の写真と設計図がピンで留《と》められていた。

「邸宅は今朝から閉鎖中で、関係者以外は誰も入れない。警備も普段より強化されてる。警備員や使用人は全員フォッグと同じ堅物で、高給取りだ。買収や脅迫は難しい」

「そんなもの、はなから、狙っちゃ、いない」腹筋の呼吸に合わせてルパンが答える。

「ホームズは、どうした?」

「予想どおり動きだした。それともう一組、〝鳥籠使い〟っていう探偵も」

「とりかご？」腹筋の途中で彼は止まった。「聞かない名前だ」

「私もよく知らないが、女の探偵で〝怪物専門〟とか呼ばれてるらしい」

「女性か。なら会うのが楽しみだな。美人だった？」

「姿は見えなかった。人が多すぎて」

ファントムは買ってきた包み紙を開き、サンドイッチを一口かじった。確かに恐ろしく不味かった。飲み下してからルパンのほうを向く。

「なあ、一つ聞いていいか？　警備が強化されたのもホームズが動いたのも人が集まったのも、全部あの予告状のせいだ。なぜわざわざあんなものを出した？」

「なぜって」

くるりと一回転し、ルパンは床に降りた。音はほとんど立たなかった。

タオルで汗を拭《ふ》きながら、彼は当然のように答えた。

「それが紳士というものだからな」

＊

津軽たちはホームズに続いて書斎に入った。整理の行き届いた広い部屋で、応接テーブルの上に紅茶の用意がされていた。正面のデスクには老人が座り、そのかたわらには太った男が控えていた。

「フィリアス・フォッグです」

老人が簡潔に名乗った。白く縮れた口ひげと頬ひげ、哲学者のように厳格極まりない顔つき。年齢を感じさせぬきびきびとした動きは機械仕掛けの人形めいており、なるほど〝鉄人〟の異名も納得である。

「こちらは執事のパスパルトゥー」

紹介に合わせ、かたわらの男が頭を下げる。年齢は六十歳くらいだろうか。アヒル口の丸顔は主人に比べるとだいぶ人間味が強い。大柄《おおがら》な体に黒いモーニングコートがよく似合っていて、何事においても有能そうだ。フォッグ氏と一緒に世界一周をした執事というのはこの男だろう。主人と並ぶその姿からは、年季の入ったコンビ仲がうかがえた。

「突然のお呼び立て、申し訳ありません。シャーロック・ホームズさんとジョン・H・ワトスン先生ですね。それに〝鳥籠使い〟の……」

「真打津軽と」

「輪堂鴉夜です」

津軽がレースの覆いを取り、鴉夜が妖艶に笑いかけた。レストレードは硬直し、フォッグ氏と執事は同時に目をこすった。

「なるほど」フォッグ氏はすぐ冷静になって、「確かに怪物専門のようですな」

「ええ。なので人間の盗賊は専門外です。お役に立てないかもしれませんが」

「我々は、アルセーヌ・ルパンは怪物に匹敵する脅威だと考えています。〝オペラ座の怪人〟を従えているという情報もある。パスパルトゥーがフランスの出身でしてね、向こうのニュースがよく入ってくるのです。油断はしたくありません」

「正しいご判断です」と、ホームズ。「探偵二人は雇いすぎですが」

「そのとおり。私一人で充分」

「生首じゃ戦力になるかどうか」

「あいにく頭脳さえあれば探偵はできますから」

こっちの二人の仲はどうやらかんばしくないようだ。津軽が静句を振り返ると、彼女も同意するように肩をすくめた。

「ホームズ、事件の話を聞こう」

ワトスンが場を取り持った。ホームズは咳払《せきばら》いをし、フォッグ氏に近づく。

「今朝、予告状が届いたそうですね。ひどく驚かれたと見える。コーヒーで火傷《やけど》はしませんでしたか」

「よくわかりますな」

「靴の染みから明らかです。お手紙を拝見しても？」

フォッグ氏は「パスパルトゥー」と呼びかけ、執事が折りたたんだ手紙を机の上に広げた。ごく短い文面だった。

拝啓　フィリアス・フォッグ殿
　一月十九日午後十一時から十一時半にかけて、貴殿の所有されている宝石〈最後から二番目の夜〉ならびにその保管用金庫を頂戴《ちょうだい》いたします。
敬具
アルセーヌ・ルパン

「教養がある男の字」

　ホームズは虫眼鏡を取り出し、さっそく手紙の観察にかかった。

「使ったのは新品のペン。英語に慣れた者の筆跡をうまく真似《まね》ているが、紙はフランスのクレールフォンティーヌ社製。どうやら」

「本物だと私は思いました」

　フォッグ氏が言葉を継いだ。パスパルトゥーは紅茶を注ぎながら補足する。

「というのも先月、この家の改装を受け持った建築家が盗難被害に遭いましてね。この家の設計図が何者かに盗まれたそうなのです」

「屋敷の下調べをしたわけか。ワトスン君、敵は手ごわいぞ」ホームズはなぜか嬉《うれ》しそうだった。「十九日というと明日の夜ですね。時間はあまり残されて……」

「なぜ『かけて』なのかな」

もう一人の探偵が言った。全員が、予告状から鳥籠へと視線を移した。

「『午後十一時から十一時半にかけて』。こんな予告は中途半端《ちゅうとはんぱ》です。私だったら十一時ちょうどと書きますね。そっちのほうが恰好がつく」

「……そこは、そんなに重要でしょうか」

「いいえパスパルトゥーさん、ちょっと思っただけです。前回の事件で人間心理を基礎とした捜査法に触れたもので。ところで〈最後から二番目の夜《ペナルティメット・ナイト》〉というのは？」

「八十カラットのブラックダイヤです。二十年ほど前、フォッグ様がご友人から譲り受けました。貴重すぎる品なので展示はしておらず、地下室に保管されています……ところで輪堂さん、お茶は」

「いただきます」

「飲めるんですか？」

「絨毯を汚してもよければ」

「だめです師匠、今日はおあずけ」

鴉夜は露骨に頬を膨《ふく》らませた。津軽はそれを無視して、

「黒ダイヤは価値が低いって聞きますけど。そんなに貴重なんですか？」

「ちょっといわくつきの石でして……あとでお見せしますが、あなた方が〝怪物専門〟な

ら興味を惹《ひ》かれるかもしれない」

　含みのある言い方をしてから、パスパルトゥーは鴉夜以外の客人に紅茶を配った。

　ホームズは手紙をフォッグ氏に返し、黒い陶製のパイプに火をつける。

「では、そのダイヤを守るのが僕らの役目ですね。レストレード君、警備の状況は？」

「邸内はすでに関係者以外立入禁止にしました。この邸宅には常時二十人の警備員が配置されていますが、明日はヤードから八十人の精鋭を加え、合計百人で警備につきます。警官隊が各所の見張りにつき、警備員がその合間を巡回という形を考えています。もともとこの家は要塞《ようさい》並みの造りですからね、警備も敷きやすい。出入口は正面の橋のみで……」

「水路は」

「え？」

「堀に水を引いてるんだろ。橋以外にも水路があるはずだ。違いますか？」

「南側に一ヵ所あります」フォッグ氏が答えた。「地下五フィート（一フィートは約三十センチ）の深さに水路が掘られていて、ヴィクトリア・エンバンクメントの下を通ってテムズ川につながっています」

「とすると、水路の長さは二十ヤード（一ヤードは約〇・九メートル）ほどですか。幅はどれくらいです？」

「大人が通れるくらいの幅はあります」

「つまりルパンも通れるわけですね。封鎖することはできますか」

「川との境に整備用の縦穴があって、水門の開閉ができます。しかし、地下の水路を通って侵入できるとは思えませんが……」

「念のために閉じておいてください」

丁寧だが有無を言わさぬ口調だった。ホームズは警部に向き直り、

「すまない脱線した。話をまとめると、ダイヤを守るのは警備員が二十人とヤードの警官が八十人、僕とワトスン君に〝鳥籠使い〟が三人、君とフォッグさんたち二人も合わせて、計百八人か」

「煩悩の数とは縁起が悪い」と、津軽。「ちょっと増やすか減らすかしませんか」

「私とおまえを〝人〟に数えなきゃいいだろう」

「それだ。じゃあ人が百六となんだかよくわからないのが二ということで」

レストレードは顔を引きつらせ、

「よくわからないはこっちの台詞《せりふ》ですが……人数はもう少し増えますよ。フランスに連絡を取りましてね。明日、パリ市警のガニマール警部が到着する予定です。彼はルパンの専門家ですから」

「それに、あと二人」と、パスパルトゥー。「〈ロイズ〉の諮問《しもん》警備部が、エージェントを派遣してくださるそうです」

「ロイズ?」鴉夜が反応した。「ロイズというと、あのロイズですか」

「ええ。〈最後から二番目の夜〉には盗難保険をかけてありまして。連絡を入れたら、す

ぐに派遣してくださると。〝五番〟と〝七番〟のお二人を」

鴉夜は口にカメムシが飛び込んだような顔で、長いうめき声を上げた。ホームズは「へえ」と述べただけだった。津軽は単語の意味がわからず、首をきょろきょろ動かす。

「……ロイズって、いったい何者です？」

なんの気なしに尋ねたとたん、

「誰か煙草《タバコ》を吸ってるか？」

新たな客人の声がした。

＊

「警備員二十、警官八十、鉄人フォッグとおつきの執事、ホームズとワトスンに〝鳥籠使い〟、レストレード警部に我が盟友ガニマール君と」

ルパンは報告を聞きながら、敵の布陣を指折り数えた。

「問題ない、ほぼ計画どおりだ。それで全員か？」

ファントムは首を横に振り、手帳をめくる。

「あと、もう二人。〈保険機構ロイズ〉からエージェントが派遣されるそうだ」

「ロイズ？」ルパンの顔が初めて歪《ゆが》んだ。「そいつはちょっと面倒だな」

「そうなのか？　ただの保険屋だろ」

「無知ほど幸せなものはないな」ルパンは大げさに首を振り、「しょうがないから世間知らずの引きこもりに説明してやる。ロイズについてどの程度知ってる？」

「…………」

恐ろしく癇《かん》に障《さわ》る聞き方だったが、ファントムは知る限りの知識を語った。

保険機構ロイズ。

実際は英国の一法人にすぎないが、〝機構〟と呼ばれるのはその活動規模があまりにも巨大だからだ。世界中に多くの顧客を抱え、あらゆる種類の保険取引を仕切る大企業。保険としての信頼度は絶大であり、美術品や不動産の競売では〈ロイズ〉の名を出すだけで入札数が大きく変わるという。発足は十七世紀。本部はロンドンの中心街《シティ》にあり、構成員はエリートの中のさらに一握り。

いわば表舞台の住人であり、日陰者《ひかげもの》の自分たちとは縁の遠い存在――

「じゃないのか？」

「基本はそうだ」と、ルパン。「だが、ロイズには諮問警備部という特殊な部署がある」

「諮問警備？」

「大口顧客専用の部署だ。顧客の近くで怪物が現れたり災害が起きたりクーデターが勃発したりして、保険をかけた私財が危機に陥《おちい》った場合、ガードマンを派遣して顧客の私財と命を守る。そういう部署」

私財が守られればロイズ側も保険金を払わずに済むわけだから、合理的な発想だ。

「その私財の危機ってのは、怪盗が宝石を狙ってる場合も該当するのか」

「当然するだろうな。もっとも後ろ暗いとこも多い奴らで、目的は警備以外にもありそうだが……まあ、今はそれはいい。簡単にいうと、ロイズからエージェントが来るってことは、保険機構の用心棒が俺たちの前に立ちはだかるってことだ。しかも二人も」

「……？」

ファントムは首をひねった。要は、警備員が二人増えるだけに思えるが。何が〝面倒〟なのかわからない。

「諮問警備部ってのはどんな連中なんだ」

「少数精鋭だ。メンバーは七人。1から7まで実力順に番号が振られていて、年齢も性別も国籍もバラバラ。俺は昔六番手に追われたことがあるが、そいつは中国人だった」

「じゃ、共通点はなしか？」

「三つある。一つ、全員白ずくめだ。二つ、全員ふざけた暗号名がついてる」

「もう一つは？」

「全員、死ぬほど強い」

*

客人が書斎に踏み込んだとたん、静句が津軽に目で合図を送ってきた。

何を言わんとしているかはすぐにわかった。師匠やホームズのような洞察力はないものの、津軽には怪物興行の経験則で得た一種の勘が備わっている。その勘が、後ろ髪を逆立たせるように、彼に警告を投げていた。

現れた男――人外ではない。人だ。それもかなり頼りない風貌《ふうぼう》。

だが、体軸の通った足運びや、服の下に想起される肉の密度や、訓練された冷淡な目つきは、見世物小屋で津軽が出会った怪物たちと比べても遜色《そんしょく》なく。

それどころか、かなり上の実力に思えた。

津軽と同年代の、全体的に色素の薄い青年だった。北欧系の秀麗な顔立ち。銀色の髪は風に押されたみたく右側に流れていて、眉《まゆ》は神経質にひそめられ、あたりを探る両眼はこの世のすべてを敵として疑《うたぐ》るような翡翠《ひすい》色。ショルダーループのついた軍服風の白いコートを羽織り、右腰に細身のサーベルが一本。

コートの左腕には、ローマ数字で〈V〉と記されていた。

男は部屋の中央で立ち止まると、ハンカチで自分の鼻を覆った。そしてパイプをくわえたホームズに話しかけた。

「悪いが火を消してもらえないか。煙のにおいが苦手なんだ。くさくて耐えられない」

「……失敬」

「すいませんすいません。お邪魔します。すいません！」

それを追う形で、ナイジェル巡査顔負けの謝罪を連発しながら、駆け込んでくる女が一人。

今にも泣きだしそうな顔で、少女と見紛《みまが》うほど背が低く、一目で気弱とわかるほど腰も低い。アラブ系の褐色の肌にふんわりとした髪の毛。肩で留めるタイプの厚手マント——これもやはり軍服風で、色は真っ白——を身に着け、腕と体を隠している。

マントの裾に書かれた数字は、ローマ数字の〈Ⅶ〉。

白服の二人組は肩を並べ、フォッグ氏の前に進み出た。

「〈ロイズ〉諮問警備部第五エージェント、レイノルド・スティングハート」銀髪の男が名乗った。「いや握手はけっこう。手袋が汚れる」

「だ、第七エージェントのファティマ・ダブルダーツです」褐色の女もおずおずと言う。「すいません。先輩が無礼ですいません。私が二人分握手します」

マントから手が覗き、フォッグ氏と両手で握手を交わした。レイノルドと名乗った男はハンカチ越しに不平を垂れ続けている。

「紅茶に口をつけたまま放置している奴がいるな。菌が繁殖したらどうするつもりだ、今すぐ片付けてくれ。それとまだ何かにおうぞ。窓を開け……いやよしておこう桟《さん》に錆《さび》が。まったく古くていやになる屋敷だ。そもそも俺は博物館という場所が理解できないんだ。なぜわざわざ薄汚れた遺物を人目につく場所に飾るのか意味がわからん。どうかしている。正気の沙汰《さた》じゃない」

「レイノルドさんこの部屋は充分綺麗ですから落ち着いてください。ああすいません、本当にすいません！」

ファティマと名乗った女性はますます泣きそうになった。ずいぶん賑やかな連中だ。

津軽は鳥籠に顔を近づけ、

「ロイズってのはチンドン屋か何かですか」

「保険屋だよ」と、鴉夜。「諮問警備部の立場はちょっと特殊だがな。おまえ、やり合ったら勝てるか？」

「さあ。保険屋と戦う予定はありませんが」

「予定しておけ。そういうたぐいの相手だ」

鴉夜は意味深に言ったきり黙り込んでしまう。確かに手ごわそうだが、敵というわけではないのでは？　静句に目で尋ねたが、彼女もわからないようだった。

「……衛生環境について見解の相違もあるようですが」フォッグ氏は動じていなかった。

「ともかく、よろしくお願いします。ダイヤを守ってくださるのでしょう？」

「そう、そのために来た。安心してくれ仕事は完璧にこなす。そもそも警察も警備員も必要ない。俺とファティマの二人で充分だ」

「気が合いそうですね。僕らもついさっき同じ議論を」

ホームズが言った。翡翠色の瞳が、遊泳する鮫《さめ》のようにゆらりと動き、もう一度彼を捉《とら》えた。

「シャーロック・ホームズだな。〝世界最高の探偵〟」

「よくわかりましたね、帽子とコートがないのに」楽しげに返すホームズ。「ロイズからは『青いガーネット』や『緑柱石《りょくちゅうせき》の宝冠』事件で感謝状をもらったことがありますよ。まあ今回もよろしく」

レイノルドは、やはり差し出された手を握らなかった。代わりに津軽たちのほうへ体を向ける。

「そして――おまえは輪堂鴉夜」

「よくわかりましたね、首から下がないのに」

鴉夜はホームズを真似て答えたが、声の裏には警戒が見え隠れしていた。

レイノルドは一歩近づき、鑑定人のように首を傾けた。遊泳する鮫が、津軽と静句と生首の少女を一まとめに舐め上げる。

「おまえたちのことは以前から報告を受けていた。諮問警備部のリストにも入っている。不死と半人半鬼。人間社会に溶け込んだ怪物。実に――」彼はにやりと口角を上げた。

「実に、汚《けが》らわしい」

そのとたん、書斎を黒い帳《とばり》が覆った。

そう思わせるほどの殺気が、目の前のエージェントから放たれた。手袋に包まれた指先が疼《うず》きを抑えるようにサーベルの柄《つか》を撫でている。背後で肩を縮ませるファティマも目つきが変わっていた。瞳孔《どうこう》の開いた獣のような目だった。

この手の視線は何度も浴びたことがある。なるほど書斎が「まだ何かにおう」と表現されたのも、あるいは自分たちへのあてつけだったかもしれない。津軽には一瞬で彼らの思想と立ち位置がわかった。師匠の警戒の真意も悟った。

この二人は、敵だ。

「……ずいぶんと綺麗好きのようで」

「生まれつきの体質でな、潔癖症なんだ」指先がサーベルから離された。「だからなるべく手は汚したくない。わかるな？　目の前を蝿《はえ》みたく飛び回って、俺たちに手を汚したいと思わせないでくれ」

「すみませんが、よろしくお願いします」

背後のファティマがつけ加える。滑稽《こっけい》な礼儀正しさだった。

「わかりました、おとなしくしてますよ。あたくしそういうの大得意で」

「そうは見えんがな」

レイノルドはようやく視線を外した。

「まあいい。で？　俺たちが守るダイヤはどこにある。早く連れていってくれ」

「あ、はい……。ご案内します。皆様もどうぞ」

パスパルトゥーが言い、津軽たちを除く全員が書斎を出ていく。

〝鳥籠使い〟の三人は窓際に立ったまましばらく動かなかった。鴉夜はあきれたような笑みを浮かべ、真鍮の柵越しに弟子を見上げた。

「どういうたぐいの連中かわかったろう？」

「いやというほど。ただの保険屋じゃなさそうですね」

「百年前はもっとおとなしかったんだがな。諮問警備部は、もともとは顧客の財産を守るための単純な部署だった。だが、産業革命やロイズの潔癖すぎる思想と混ざるうちに目的が変わった。『守ること』から『殺すこと』へとシフトした。保険市場にとって最大の邪魔者は、私たちのような人の理屈が通じない生き物。円滑な保険取引のため、イレギュラーは事前に排除してしかるべし。今の諮問警備部はそういう目的の集団と化してる」

要するに、と、鴉夜は目を細め、

「奴らは、狂信的な怪物廃絶主義なんだよ」

5

書斎を出た津軽たちは、南館の一階に下りて一同を追った。ホームズたちは吹き抜けのある大きな居間にいた。パスパルトゥーが本棚の前に屈み込んでいる。暖炉を囲んでくつろぎの時間というわけではなさそうだ。

カチリと音がしたのち、本棚が横に滑った。おあつらえ向きに、地下へ向かって木製の階段が伸びていた。

「……この奥か？」潔癖症のレイノルドが青ざめる。「急用を思い出した。帰る」

「だ、だめですよ行っとかないと。すいません、お気になさらず」

一人ずつ、隠し通路に足を踏み入れた。パスパルトゥーが先頭に立ち、続いてフォッグ氏、ホームズとワトスンにレストレード警部、いやがるレイノルドと袖を引くファティマ、鳥籠を持った津軽と、静句。

「この屋敷はもともとテンプル教会が所有していた建物でしてね」と、パスパルトゥー。「買い取ったときあちこち改装したんですが、地下はほとんど手つかずです。今はダイヤの保管場所として使ってますが、もともとの用途はなんだったのやら……」

太っちょの彼が一段下りるたび、木の踏み板はギシギシと音を立てる。角灯《ランタン》の虚《うつ》ろな光に照らされた階段は、どこまでも続いているように思えた。

百段以上——七十フィート近く下りたころ、ようやく階段が途切れた。

その先には、予想以上に大きな空間がひらけていた。テニスコートが丸々入りそうな石造りの部屋。造船ドックのように下へ向かって階段状に土が掘られ、壁の両側を石柱が支えている。その部屋の中空を横切る形で、橋が階段からまっすぐ架かっていた。

「広いな」と、ホームズ。「家族連れでも安心だ」

「ガスや電気は通ってませんがね」と、パスパルトゥー。

「あと日当たりも悪い」と、津軽。

「〈控えの間〉と呼んでいます」フォッグ氏が真面目《まじめ》に話す。「正面にあるのが〈余罪の間〉……ダイヤはあの部屋の中です」

橋の先は膨らんでいて、四人の警備員が、背後にそびえる鉄の扉を守っていた。

観音開《かんのんびら》きで、北館の正面玄関にも引けを取らぬほど大きい。扉には馬に二人乗りした騎士のレリーフが彫られ、ドアノブの横には縦に三つの鍵穴《かぎあな》が連なっている。左側の壁には伝声管の通話口のようなものも見られた。

フォッグ氏は三つの鍵がついた鍵束を取り出し、一つずつ鍵穴にさし込んで解錠した。それから警備員が扉を開く。四人がかりでやっと引ける重さのようだった。

〈余罪の間〉は、円柱形のやはり大きな部屋だった。直径は十ヤードほど、天井までの高さは四十フィートくらいあるだろうか。目の高さにある燭台《しょくだい》がぐるりと壁を取り囲み、天井近くには神殿風の装飾が彫られている。中央には、大理石の椅子が一つ。

「余罪」の名のとおり、かつては牢獄《ろうごく》や懲戒室として使われていたのかもしれない。なるほどあの硬そうな椅子に縛られて、この重苦しい地下室に閉じ込められたら、誰でも許しを請いたくなるだろう。

だが今、椅子に罪人は座っていなかった。

代わりに、銀色の美しい金庫が置かれていた。

高さ一フィート程度、直方体の箱型金庫。扉にはハシバミやイラクサのモチーフが彫り込まれ、ノブの位置に四つの数字盤が配置されていた。

フォッグ氏は金庫の前に膝をつき、津軽たちから見られぬように数字盤を操作する。

カチリと音がして、扉が開いた。

金庫の中は赤いベルベットが斜めに張られ、くぼみ部分にウズラの卵大の宝石が収まっているだけだった。金庫の大きさからするとあっけないほど些細《ささい》な中身だったが、だからこそ、その宝石の計り知れない価値が想像できもした。

フォッグ氏はハンカチを指にかぶせ、宝石をつまみ上げた。

「〈最後から二番目の夜〉です」

怪盗が「頂戴する」と宣言したブラックダイヤモンド。

カラット数八十。五十八面体のオールドヨーロピアン・カット。夜明け前を思わせる黒が、蠟燭《ろうそく》の明かりを吸い込んでオレンジ色に輝いている。美しさというよりも妖《あや》しさを秘めた石だった。

なるほどこいつは上物だ、ルパンが狙うだけある。知ったかぶって大げさに感嘆した津軽は、

「まあ、天然ダイヤではないのですが」

フォッグ氏の補足によってずっこけそうになった。

「天然じゃないんですか？」

「違います。極めて精巧に作られていますが、このダイヤは人工石です」

「ま、待ってください」と、ワトスン。「人工石なら価値はないでしょ？　なぜそれをルパンが」

「金庫は純銀製ですね」

鴉夜の声が割り込んだ。彼女はダイヤより、容《い》れ物《もの》のほうに着目したらしい。

「吸血鬼や人狼《じんろう》が忌《い》み嫌う金属だ。フォッグさん、ダイヤのいわくというのをお聞きしましょうか」

フォッグ氏はうなずき、地下室の面々を見回した。

「二十年前、ドイツの友人が『非常に珍しいものを見つけた』と言って、この金庫を私に譲ってくれました。十四世紀の遺跡から発掘されたものでした」

「十四世紀？」ホームズが聞き返した。「そんな馬鹿な」

「そうです。当時、このような数字錠を作る加工技術は存在しなかったはずです。今でもかなり難しいでしょう。謎《なぞ》めいた遺物です。金庫には鍵がかかっており、中身はその時点ではわかりませんでした。友人はどうせ空だろうと言っていました。しかし私は中が気になった。そこで三年ほどかけて解錠番号を調べ、自力で金庫を開くことに成功しました」

「調べたんですか。どうやって？」

「一日十個ずつ、すべての組み合わせを試したんです」

なんとも根気あふれる方法だった。さすがは〝鉄人〟フォッグ氏。

「出てきたのがこの石でした。専門家に見てもらったところ、非常に特殊な人造ダイヤだとわかりました。炭素の他、ユウロピウムなどの希土類《きどるい》元素も微量に含まれているそうです。加えてこの文字」

フォッグ氏は宝石の角度を変える。

ダイヤの下側――パビリオン部分を囲むように、細かいドイツ語が刻まれていた。

夜明けは血のような赤
日没は死体のような紫
夜の月に照らされる
醜《みにく》い私をどうか見ないで
私の中には狼がいるから

「詩の意味はいまだにわかりません」

思案顔の一同をよそに、フォッグ氏が続ける。

「ただ一つ言えることは、これほど精緻《せいち》なダイヤを人工的に生み出し、かつそこに細かい字を刻み込む技術など、現代でも確立されていない。金庫の造りも含め、明らかに人間業ではない。私はパスパルトゥーと一緒にこの石の素性を調べました」

「たどり着いたのが〈最後から二番目の夜〉です」執事が言葉を継いだ。「南ドイツに伝わる伝説でしてね。かつて栄えたドワーフ族が、とある人狼の一族に滅ぼされた。追いつめられたドワーフたちは復讐《ふくしゅう》を誓い、敵の隠れ里を後世に伝えるため、独自の精錬技術で二つの品を生み出した。決して砕《くだ》けない宝石と、敵が苦手とする純銀製の金庫。そして石に暗号を刻み、金庫の中に隠した」

「確かに彼らの技術力なら、その程度の加工は朝飯前でしょう」

鴉夜が軽い口調で言った。パスパルトゥーは眉をひそめて、

「実際に会ったような言い方ですね」

「飲み友達です」

「……ドワーフが滅んだのは十四世紀末ですよ」

「ああ、どうりで最近連絡をよこさないと思った」

本気なのやら冗談なのやら。

ともあれ確かに〝鳥籠使い〟向けの事情である。津軽は顎《あご》を撫でた。

「ほんとに伝説のとおりかもしれませんね、詩にも『狼』って入ってますし。じゃ、暗号を解いたら人狼に会いに行けるんでしょうか。あたくし怪物はいろいろ見てきましたが人狼にゃまだ馴染《なじ》みがなくて」

「奴らは〝不可視〟の異名まで取るからな」と、鴉夜。「隠れるのがうまいうえ、吸血鬼と違ってほとんど表に顔を出さない。私もまともに出会ったことはまだないな。駆除業者《ハンター》が血眼《ちまなこ》で探す現代でも、ヨーロッパ各地に人狼村が潜んでいると聞く」

「狼だけに尻尾《しっぽ》がつかめないと」

「いちいちうまいことを言わんでいい」鴉夜は軽く受け流してから、「ルパンがほしがる理由がよくわかりましたよ、フォッグさん。宝石も金庫も、そんじょそこらのダイヤとは比べものにならないほどの価値がある。全力で守らせていただきます」

「よろしくお願いします」

フォッグ氏はダイヤを金庫に戻し、〈余罪の間〉はもとの寒々しい部屋に戻った。続いて執事に「警備の話を」と促す。

「ダイヤは常に、金庫に収めた状態でこの部屋に保管されています。金庫の解錠番号を知っているのも、部屋の鍵を持っているのもフォッグ様だけです。

先ほど通ったように、地下への階段はあの一本しかありません。つまりこの部屋に入るためには、南館の居間の隠し通路から階段を下り、〈控えの間〉を渡って鉄の扉を開けないとならないわけです。鉄扉は厚さ一フィートで、四人がかりでようやく開けられる重さです。錠前はチャブ社に特注した探知錠《ディテクター・ロック》が三つついており、それぞれキーも違います。中からも外からもそのキーを使わない限り開けられません。横の壁には伝声管があって、扉を開けずに〈控えの間〉と連絡を取ることもできます。明日は扉を閉めきり、私たちが中を見張れば、守りは完璧だと思います」

「そうですね。ほぼ完璧でしょう」

ホームズが言った。パスパルトゥーはまた眉をひん曲げた。

「……ほぼ、ですか？」

「もし僕がルパンだったら、あらゆる方法と侵入経路を探ります。一つ彼になりきって考えてみましょう」

探偵はたくらむような顔で、コツコツと部屋を周回した。三百六十度隙間なく見回し、腰に手をあてる。

「たとえばトンネルを掘ったら？　僕は昔、同じ手口を使った強盗団を捕まえたことがありましてね」

「五、六フィートならまだしも、この深さまで誰にも気づかれずに掘るのは不可能です」

執事は即答した。ホームズも予想済みのようにうなずき、「それでは」と天井を指さす。中央から少しずれた場所に、網目状の鉄格子のはまった小さな穴があいていた。

「あれはなんです？」

「通気口です。ここは地下七十フィートですからね、あれがなければ我々は窒息だ。南館の塔までつながっていて、一階の半地下部分にもう一方の口があります」

「塔の一階ですか。そこからならば侵入できるのでは？」

「三つの理由から不可能です。第一に、通気口は子供がやっと通れる程度の大きさです。第二に、侵入者対策で中は曲がりくねっています。ロープを通したりすることもできません。第三に、ご覧のとおり、どちらの口も鉄格子でふさがれています」

「では役に立ちませんね。とすると……」

「変装は？」

ワトスンが口を出した。

「ルパンは変装の達人だろう？　僕らはたいしたチェックもなくここまで来たけど、もしこの中にルパンが交じっていたら」彼は金庫を顎でしゃくり、「すぐ盗める」

突飛な意見ばかり出す二人にあきれたのか、執事は肩をすくめてしまう。

「ご安心を」と、レストレード。「明日は正面玄関の警官たちに、出入りする者の検査を徹底させます。どうですホームズさん、ご満足いただけました？」

「ほぼね」さっきと変わらぬ答えだった。「では、今日はこのくらいにしておきましょう。行こうかワトスン君。ああそうだ、帰りに杖屋に寄らないと。もともとそのために外出したんだった」

〝世界最高〟と名高い探偵の活動は、意外とあっけなく終わった。

津軽たちは順に〈余罪の間〉を出た。フォッグ氏はまた鍵束を取り出し、慎重に鉄扉《てっぴ》を施錠した。

恐怖から解放されたように、綺麗好きのレイノルドが息をつく。先輩の背中をさするファティマ。そういえばこの二人、静かだったな。書斎では「早くダイヤの場所へ」とか言ってたのに。

津軽がそんなことを考えていると、半人半鬼の耳がかすかな会話を聞き取った。

「本物でしょうか」

「間違いない」

「では任務は……」

「予定どおり実行する。ぬかるなよ」

思わず振り返る。エージェントたちは津軽を脅したときと同じように、狂気を孕《はら》んだ目で〈余罪の間〉を見返していた。

「え？」

そこから少し離れた場所で、フォッグ氏が声を上げる。ホームズに何か耳打ちされたらしい。柄にもなく驚いた様子の〝鉄人〟に対し、名探偵は「明日の夕方までにお願いします」とすまし顔で応じていた。

何をするつもりかはわからないが、どうやら〈ロイズ〉もホームズも、すでに独自の策を進めているようだ。

「師匠にゃ何かルパン対策がありますか」

階段のほうへ戻りながら、鴉夜に尋ねた。彼女はしたり顔で、

「一つ考えた。が、馬鹿馬鹿しすぎてうまくいくかどうかわからん」

「へえ、どんな策です？」

「そうだな。ヒントは──石川五右衛門《いしかわごえもん》」

紫色の両眼は、〈最後から二番目の夜〉のように妖しく輝いていた。

＊

「そういうわけで、予想どおりダイヤは地下の〈余罪の間〉だ。明日はホームズたちも部屋に入ることになると思う」

「うん」

「水路はおそらくふさがれるだろう。侵入経路は実質的に正面突破以外なくなるな」

「ああ」

「……聞いてるか？」

ルパンはソファーに寝そべったまま「聞いてるよ」と答えた。言うほど聞いてなさそうだった。

広場でフォッグ邸の使用人を捉《つか》まえたり、新聞記者に話しかけたりして集めた貴重な情報なのだが……。ファントムはサンドイッチを投げつけてやりたくなる。なぜ無理やり連れ出された自分のほうが、犯行に積極的になっているのか。

「二十年間オペラ座から出なかった私が言うのもなんだがな、もっと動き回らなくていいのか？」

「動き回るのは部下の仕事だ。俺の仕事は」ルパンはこめかみを叩いて、「ここを使う」

「……じゃ、その偉大な頭脳に教えてもらおうか」

不遜《ふそん》すぎる所有者《パトロン》に愛想をつかしたファントムは、設計図の各所を指さしながら話をまとめた。

「ダイヤに近づくためには唯一の侵入経路である正面の橋を渡り、北館から南館に移動し、隠し扉から一本道の階段を下りて地下七十フィートまで行き、頑丈な鍵が三つもついた厚さ一フィートのどでかい鉄扉をこじ開ける以外方法がなく、しかもそのすべての過程において百人規模の警備態勢をかいくぐる必要があり、仮にそれらすべての関門をうまいこと破って〈余罪の間〉に侵入したとしても、部屋の中にはホームズやガニマールや〈ロイズ〉のエージェントが待ち受けているわけだが」

一息でまくし立てると、彼はソファーを振り返り、挑戦的に尋ねた。

「どうやって盗む気だ？」

ようやく的を射たな、とでも言うように。ルパンはゆっくりと身を起こし、優雅な笑みをファントムに返した。

＊

ロンドン中心部からやや離れたウォルワース通りの一角に、廃墟《はいきょ》じみた小さな家が建っている。

窓は常に閉めきられ、扉には〈真実の目〉と〈セフィロトの樹《き》〉の怪しげなシンボル。悪名高い〈黄金の夜明け団〉の支部ではないかと近隣住民は噂していた。魔術信仰や過激な儀式で知られる秘密結社である。ときおり何かを焼く煙が漏れ出たり、女の叫び声が聞こえたりするが、住民たちは無視を決め込むしかない。カルト教団と揉めごとを起こすとどんな面倒が待ち受けているか、容易に想像がつくからだ。

そんな教団の地下室に、

「水が止まったんですけどお！」

今日も女の叫び声が響いた。

彼女はバスルームのドアを開けると、躊躇《ちゅうちょ》なく外に進み出た。若々しく美しい令嬢だった。身にまとっているのは細かい水滴だけ。ニンフもたじろがせるような美貌《びぼう》を不機嫌に歪め、官能的な曲線を描く裸体には焦《こ》げ茶色の髪が張りついている。

彼女は数ヵ月前から暮らしている隠れ家——工房を改装したような造りで、仕切りのない大部屋の各所に家具が配置されている——を横切ると、オーブンの前で立ち止まった。顎ひげを生やした若者が、焼き上がったアップルパイを取り出しているところだった。

「水が、止まったん、ですけど」

「聞こえてますよ、カーミラさん」

焼き加減と目の前で揺れる胸とを気にしつつ、アレイスター・クロウリーは答えた。

「直してちょうだい」

「僕に言われても」

「手品師のくせに修理一つもできないわけ？」

「手品師じゃなく魔術師です。あ、ちょっと近づかないでくださいパイに水滴が」

「あたしから滴《したた》った水だぞむしろ喜べ！」

「はいここカーミラさんの分ね」アレイスターは濡《ぬ》れた部分を切り分け、「というかカーミラさんこそ、三百年も生きてるんですから修理くらいできるでしょ」

「吸血鬼はそんな雑用しないわ。下僕の仕事よ」

「僕下僕じゃないし」

「エプロン姿でどの口が言うか！　だいたいあんたが見つけたアジトでしょ、責任取って直しなさいよ」

「んな無茶な……ジャックさん、どう思います？」

書棚の前の仲間に助けを求める。赤い巻き毛を目元まで伸ばした男は、開いた本に視線を落としたまま一言、

「そういう思想もある」

「そればっかりだもんなーっ！」

「アレイスター君、水道を見てやれ」しわがれた声が命じた。「カーミラ君は、タオルか何か巻きなさい」

落ちくぼんだ目の奥に鋭い知性を秘めた老人――教授だ。ソファーに座り、杖の手入れをしている。

カーミラは素っ裸のままソファーににじり寄り、

「教授う、あたしこんな辛気《しんき》くさい場所もうこりごりですわ。もっといい物件を探しません？」

「簡単に言ってくれるがね、研究設備や標本《サンプル》を移動させるのは大変なんだよ」

「じゃああのサンプルあたしに譲って。首なしの女の子のやつ」

「だめだといつも言っているだろう。それに、私はこの物件が気に入っている。カルト教

団に偽装したのはうまいやり方だ。誰からも干渉されず、理想的な生活ができる」

「水道が止まる以外はね」

「〝住めば都〟の思想もある」と、ジャック。「いやなら出ていってもいい。組織に支障はない」

「……なによジャッ君、あたしが戦力外って言いたいの？」

カーミラは頭をもたげ、相手を射すくめるように微笑《ほほえ》んだ。

「あんまり調子に乗ってると、全身その赤毛と同じ色にしちゃうわよ」

「俺とやり合うのはやめたほうがいい」

ジャックも本を閉じ、威圧的な笑みを返す。

「その思想はよくない。〝自殺願望〟は」

この場に猫と鼠《ねずみ》がいたら二匹で肩を組んで逃げ出すような、おどろおどろしい妖気《ようき》が部屋に満ちた。アレイスターは顔を青くしながらもパイの盛りつけを進める。

「いいにおいがするな」

ドアが開く音がし、筋肉質な大男が階段を下りてきた。彼はキッチンテーブルに食料品の詰まった紙袋を置くと、一触即発の現場を見やり、

「またケンカか。原因はなんだ？」

「お風呂《ふろ》場の蛇口」と、アレイスター。「ていうかヴィクターさん、出かけてたんですか」

「ちょっと商店街に……。目立ちはしてない」

言い訳がましくつけ足されたが、おそらく目立ちまくりだっただろう。

ベルギーでこの人造人間をスカウトしてから一ヵ月弱。短いながら髪も生え、教授の施術で手足のバランスも整い、最初よりはだいぶ人間らしくなった。とはいえ、縫い傷だらけの顔面と天井にこすれそうな巨体は変わっていない。まあ怪物的なほうがアレイスターの好みではあるのだが。

「ジャック、よしなさい」教授がケンカを仲裁した。「カーミラ君も退がりたまえ。あとタオルを巻きなさい」

ジャックは素直に読書に戻り、カーミラもしぶしぶソファーに座った。タオルは巻こうとしなかったが。

「ヴィクター、新聞があったら見せてくれないか。街の様子はどうだね?」

「ルパンの話題で持ちきりだ」人造人間は〈タイムズ〉紙の夕刊を教授のもとに運んだ。

「フォッグ邸のブラックダイヤを狙うとか」

「〈最後から二番目の夜〉か。まったく、あの怪盗小僧とはよく狙いがかぶるな」

「いかがなさいます?」と、カーミラ。

教授は新聞を読みながら、しばし思案にふけった。テーブルの端が指先でコツコツと叩かれる。それが老紳士のいつもの癖だった。

アレイスターがティータイムの用意を終えるころ、教授の指先が止まった。

「アレイスター君、ヴィクターに夜会服を仕立ててやってくれ。明日の夜までに」

魔術師は人造人間の巨体を仰ぎ、苦笑する。まったくどいつもこいつも無茶振りを。

「パーティーにでも出かける気ですか」

「そう、全員で。〈最後から二番目の夜〉は人狼を探し出すための鍵だ、ルパンに取られるのは不利益がすぎる。それに……」

教授は、新聞にでかでかと書かれた探偵の名前に目を落とした。

「旧友に挨拶《あいさつ》もしたいしな」

6

「『わしの仕事が何かって？　わしが何をしとるか知りたいっておまえさんそう言うのかい？　おぉ、よくぞ聞いてくれた。こりゃ見上げた若者じゃ。ぜひ聞いとくれわしの生業《なりわい》の話を』
『やだなあ、変に食いつかれちゃったよ。ちょっと話しかけただけなのに……じいさん、長い話はやめとくれよ。俺は昼飯食いに来ただけなんだから。長《なげ》えのはこの蕎麦《そば》だけで間に合ってるよ』
『いやいや長くはならん。まあ聞いておくれ。わしはとびきり不幸な男でな、生まれてこのかた運がよかったためしがないが、特に悪いのが泥棒運じゃ。家を空ければ空き巣に入られ、出かけた先では財布をスられ、夜寝ていても強盗に押し入られる始末。盗まれた数は十や二十じゃくだらない。おまえがいると泥棒が寄りつくと、長屋を追い出されたことも数知れず、ついた異名が御徒町《おかちまち》の貧乏神』

『さわりからして飯が不味くなる話だなあ。まあいいや。それでどうした』

『ある日わしは考えた。これほど泥棒に入られるとは並大抵のことでない。わしには泥棒を引き寄せる何かがあるに違いない。ならその力を使って一つ商売を興してやろう』

『商売？　いったいなんだい』

『風呂敷屋じゃ』

『ああ風呂敷屋ね。……風呂敷屋？』

『風呂敷を売るのじゃ。古今東西、泥棒というものは盗品を包む風呂敷がなければ始まらん。ならば、泥棒を引き寄せるわしが風呂敷屋を営めば、全国から盗っ人たちが買いにやって来て商売繁盛間違いなしと、こういう理屈じゃ』

『なるほどなあ。じいさん、あんたずいぶん馬鹿なこと考えるね』

『馬鹿ではない。現に始めたとたん大評判。人相の悪い客が来るわ来るわ、売り上げも伸びる一方じゃ。商品にも気を遣って重いものを包めるよう丈夫にしてある。店の一番人気は闇夜《やみよ》に紛れる江戸紫。今は春を先取りして、花見会場用桜風呂敷の製作に取りかかっているところじゃ』

『どっちが犯罪者だかわかりゃしねえな。でもなかなか面白そうだ。俺もその店覗きに行っていいかい？』

『いいとも。今から店に戻るところだ、ついてきなさい。ここの代金はわしが持とう』

『太っ腹だね、さすが商売繁盛してるだけあるよ。大将お、お勘定。……じゃ、さっそく連れてってもらいますよと……それにしても見上げたじいさんだなあ。転んでもタダじゃ起きねえたあこのことだ』

『ふふふ。不運を嘆《なげ》くだけではいかん。自分の力で打ち勝ってこその人生じゃ……さあ着いた、ここじゃ。〈風呂敷の浅松屋《あさまつや》〉。どうじゃ看板も立派だろう。中はもっと……おや？　鍵が開いておる。おかしいな……あっ！　な、ない！　風呂敷がみんななくなっとる──しまった、泥棒に入られた』」

「…………」

「…………」

「……つまり、防犯は大事というお噺なんですが」

「普通に言え！」

レースの向こうから師匠の叱責《しっせき》が飛んだ。

一月十九日の午後。ロンドンに複数ある王立公園の一つ、ハイド・パークにて。薄い雲間から日が差し込む空の下、津軽・静句・鴉夜の三人組はベンチで休憩中だった。

芝生敷きの広場では、寒さもなんのそのとばかり子供たちが遊んでいる。中央には野外劇場が設けられ、何かの芝居を上演中。隣のベンチには籠に入った鸚鵡《おうむ》に餌《えさ》をやっている老人がいた。ロンドンののどかな昼下がりだが、ちょいとのどかすぎる気もする。

「いや真面目な話、フォッグさんとこで対策を練らなくてもいいんですか？　ルパンが来るのは今夜ですよ」

「逆にいえば今夜までは来ないということだ。のんびり観光してそれから向かえば充分だろう。前から一度、マダム・タッソー館というところに行ってみたくてなあ。蠟人形がたくさん飾ってあるらしい」

「人形みたいな人なら見飽きてますが」

「人形でない証拠をお見せしましょうか」

静句が右手の骨をゴキリと鳴らした。津軽の頰を冷や汗が垂れる。

「よせよせ、子供に悪影響だ」と鴉夜。「静句、そのへんでタッソー館の場所を聞いてきてくれないか」

「はい鴉夜様」

静句はすぐに応じ、ベンチを離れた。「扱いの差」などとぼやきつつ、津軽は膝に置いた白身魚のフライをかじる。先ほど売り子から買ったもので、フィッシュ・アンド・チップスというひねりのない名前がついていた。

「美味いか？」と、鴉夜。

「なかなかいけますが油っこくて胃がもたれそうです」

「私には胃がないからもたれる心配もない。一口食べてやろう」

「胃がないなら食べられんでしょう」

鳥籠から「むう」と拗《す》ねるような声が漏れた。生首のくせに食い意地が張っているから困る。食べ物から気をそらそうと津軽は新聞を広げる。

「フォッグ邸のことが書いてありますよ。〈名探偵登場　ルパンと対決〉って」

「私たちのことは載ってるか？」

「ええと……記事も写真もホームズさんのことばかりですね」

「むう」

だめだ、ますます機嫌を損《そこ》ねてしまった。

津軽は白身魚の油と戦いつつ、広場を眺めた。鸚鵡に餌をやっていた老人はベンチから離れ、チップス売りに話しかけている。誰かが強く投げすぎたのか、子供たちのボールが遊歩道まで転がってくる。津軽は気まぐれにベンチを立ち、ぽんと蹴り返してやった。

「タッソー館はメリルボーン通りにあるそうです」広場の向こうから静句が声を投げた。「今日は四時で閉館だとか」

「じゃあ急がないと。師匠行きましょう」

津軽はベンチに戻って鳥籠をつかみ、せかせかと静句のもとへ。

「お待たせしました」

「あなたのことは待ってません」

「冷たい！　よしてくださいよただでさえ寒いんですから」

「寒いのはあなたのせいでは？」

「……どういう意味です？」

「言葉どおりの意味です」

「心外だなあ、静句さんさっき風呂敷屋のくだりでちょっとおかしそうにしてたじゃありませんか」

「悲しそうにしていただけです」

「憐《あわ》れみの域に!?　いや絶対笑ってましたよ、ねえ師匠。……師匠ってば」

「鴉夜様？　どうかされたのですか」

「お魚あげないって言ったから拗ねちゃってるんですよ。静句さん一ついります？」

「いりません」

ああだこうだと話しながら、津軽たちは公園の出口へ向かう。

名台詞でも飛び出たのか、野外劇場から歓声が上がった。

＊

ジョン・H・ワトスン医師は通い慣れた階段を上り、ベイカー街221Bのドアを開いた。

広い居間を持つ下宿は、彼が同居していた十年前と同じように乱雑で、評判高き名探偵の住まいとはいまだに思えなかった。書きもの机の上には書類が重ねられ、暖炉の上には頭蓋骨《ずがいこつ》の標本と、仕事をするうち集まった記念品の数々が並んでいる。壁際の棚には実験器具と怪しい薬品。大きな二つの窓からは下の通りがよく見えた。

シャーロック・ホームズは安楽《あんらく》椅子に身を沈め、眠たげに目を細めて、何かの調査書らしきものを読みふけっていた。事件現場に踏み込むときの猟犬めいた活力は消え、内向的な思索家としての一面が浮き上がっている。昔を知っているワトスンの目には、寄る年波が垣間《かいま》見えもした。

「やあワトスン君」ホームズは顔を上げた。「いらっしゃい」

「取り込み中だったかな」

「暇を持て余していたところさ。ところで万年筆のインクが切れかかっているね。僕のを使うといい」

ホームズは机に手を伸ばし、インク壺を指さした。ワトスンは向かいの椅子にかけながら、首を横に振るしかなかった。

「なぜ万年筆のことを？」

「君の右中指が赤く腫れあがっている。できたばかりのペンダコだ。だが靴が汚れているところを見ると、午前中の君は回診で歩き回っていたはずだから、長時間書きものをしたとは思えない。とすれば、ペンのインクの出が悪くなっていて、カルテを書くのに普段以上の筆圧を要したのだと考えるのが、ごく当然の帰結じゃないか」

「お見事」

「初歩的な推理だよ。何か飲む？　コーヒーでいいかな」

ホームズが階下のハドスン夫人を呼ぶ間、ワトスンは椅子に置かれた調査書をちらりと見た。〈レスター・スクエアにおける画家殺し〉とある。

「もう解決したよ」ホームズは椅子に戻ってきて、「君の備忘録《びぼうろく》に加えるほど面白い事件じゃなかった」

「ずいぶん余裕だね。今夜の作戦を立てなくてもいいのかい？」

「作戦なら立て終えてるよ、心配無用だ。それに攻めるのは向こうで、守るのはこっちだからね。味方も百人以上いるし、役割は僕らのほうがずっとたやすい」

「昨日は警備に懐疑的じゃなかったっけ」

「昨日はね。今は違う」

ホームズは夢見がちな表情で視線を泳がせた。

「ワトスン君、僕はチェスの国際試合に挑むような心境だよ。シャーロック・ホームズが英国代表で、アルセーヌ・ルパンがフランス代表。お互い戦うのは初めてだが、棋譜《きふ》をもとに指し手を推理することは可能だ……。そう、勝負は対峙《たいじ》の前にはもう決している。互いの戦略を読み合って、より上を行ったほうが勝つ。これは二人の偉大なる頭脳のぶつかり合いなんだ。……ああ、奴もかわいそうに。こちらが準備万端整えているとは思ってもいまい……」

「『ノーバリ』を思い出させるべきかな」

悪癖の自信過剰が出ているようだったので、ワトスンはさりげなく言ってやった。ホームズは「え?」と聞き返してから、

「ノーバリがどうかした? それより煙草でも吸おう」

と、椅子から離れた。ワトスンには少し意外だった。ノーバリは、以前ホームズが失態をやらかした「黄色い顔」事件の土地だ。それ以来、彼が自分の力を過信したときには「ノーバリ」と囁《ささや》いてやるのが二人の間の決め事になっていたのだが。

ホームズは愛用の黒い陶製パイプを手にしたものの、刻み煙草の場所を忘れてしまったようで、しばらく机の上をあさっていた。ワトスンが「いつもそこに入れてるじゃないか」とペルシャ製の室内靴を指し示すと、ようやく思い出したようで、さっそくパイプに火をつけた。

ワトスンのほうはパイプを出す気にもなれず、医者としての目でホームズを見つめた。どうも友人は軽い錯乱状態にあるようだ。以前にも、彼がこんな症状に陥ったことがあった——コカインの過剰摂取によって。

「ホームズ、ひょっとして君……」

ノックの音が、ワトスンの言葉をさえぎった。

腹の突き出た六十絡みの紳士が部屋に入ってきた。広い額に、感情をうかがわせぬ厚ぼったい唇。瞳には弟と同じく、水面の波紋を想起させる深い思索が宿っている。英国政府の監査役にして名探偵の実兄、マイクロフト・ホームズだった。

「やあ兄さん」と、ホームズ。「珍しいこともあるものだ、あなたが自分の足で訪ねてくるなんて」

「ちょっと伝えたいことがあってな」マイクロフトは弟の姿を一瞥し、「ところで、君はどなたかな」

「え？」

素っ頓狂な声を上げたのはワトスンだった。ホームズは動揺の素振りもなく、静かにパイプを吸っていた。

「おかしなことを言う兄さんだな。弟の顔を忘れたのかい」

「確かによく似せているが、別人だと一目でわかるね」

「なぜ？ 兄弟の絆《きずな》？」

「爪だよ」マイクロフトは淡々と述べた。「シャーロックとはミルバートン殺しの件で三日前に顔を合わせたが、そのとき弟の爪は短く切ってあった。だが君の爪は、そろそろ切りどきというところまで伸びている。たった三日でそこまで爪が伸びるなんて、こんなことは生物学的にありえないよ、君。よって君はシャーロック・ホームズではない」

別人だと名指しされた男は、光に透かすように自分の爪を見やった。

「なるほど弟より観察眼に優れるというだけある。だがあくまで主観的推論だ。まだ完璧な証明には……」

「僕なら証明になるか？」

マイクロフトの背後から階段を上ってきた男を見て、ワトスンは今度こそ絶句した。目の前のシャーロック・ホームズを鏡に映したような人物が、そこにはいた。後ろに撫でつけられた癖毛も、痩せた鷲《わし》のような顔つきも、赤茶けた上着もまったく同じ。服の裾にパイプの灰が付着しているところまで瓜二つだった。

新たに現れたほうのホームズは、両手に血まみれのナイフと小さな紙包みを持っていた。彼はそれらを〈証拠品入れ〉の箱に収めてから、安楽椅子のもとへ移動し、鏡映しの自分と対峙した。

別人と名指しされたほうが、穏《おだ》やかに言った。

「はじめましてシャーロック・ホームズ。お会いできて光栄だ」

「こちらこそ」もう一人のホームズも微笑み返した。「君はアルセーヌ・ルパン君だね」

＊

「シェイクスピアやナポレオンの蠟人形見たってたいして面白くなさそうですね。他に見どころはないんですか」

「『恐怖の部屋』という特別展示があって、残酷な人形が飾られているそうです」

「おっ、そっちはよさそうだ。残酷な人形ってえとたとえば」

「生首とかでは？」

「やめときましょう、そっちも見飽きてる……ええと、ここは左？　右？」

「私に聞かれても」

交差点で立ち止まった津軽と静句は、クック社製のロンドン地図に目を落とした。

今いる場所はグロスター・プレイスというらしい。右に曲がると出るのがベイカー街で、目的地のマダム・タッソー館はその先だ。

「ベイカー街といやあホームズさんの家がそのへんでしたね。どうです師匠、寄っていきましょうか」

「………………」

「師匠ってば。いつまで拗ねてんですかもう」

「ファー、オメデト、オメデト」

「何もめでたかないですよ変な声出さないでください」

「ホクホクセイ、イジョウナシ。ファー」

「……あれ？」

津軽は不吉なことに気づいた。

右手にぶらさげた鳥籠は、いつもと同じ真鍮製の釣り鐘形。きちんとレースの覆いもかかっている。だが、そのレースの柄が妙だ。セイヨウキヅタの刺繍だったはずなのに、いつの間にかアサガオに変わっている。

「………………」

いやな予感が夕立雲のように広がった。静句も違和感に気づき、眉をひそめる。津軽の手がおそるおそる鳥籠に伸び、そっとレースをめくった。

極彩色の鸚鵡が、羽をバタバタさせながら「ハロー、ハロー」と鳴いていた。

先ほど、隣のベンチで老人が餌をやっていた鳥である。

「…………」

津軽はにやけた顔を固まらせ、静句と目を合わせた。彼女もクールを保つどころではなく真っ青になっていた。

「……えー、鳥と間違えまして、これがほんとの取り違え」

言うと同時に、静句の拳が飛んできた。

＊

「留守中に画家殺しの調査書を読ませてもらったが、犯人は隣家の人妻だと思うな。壁のひっかき傷は偽装だろう。本物の凶器は天井裏に」

「知ってる。今行って確かめてきたところだ。兄さん砂糖はいくつ？　ワトスン君はブラックだよね」

「あ、うん」

不思議の国のアリスにでもなった気分で、ワトスンはカップを受け取った。

ベイカー街221Bの下宿では、開業以来最も奇天烈《きてれつ》なメンバーによるお茶会が始まろうとしていた。自分とシャーロック・ホームズ。彼の兄マイクロフト。そして、変装を解いた金髪の美男子——アルセーヌ・ルパン。

先ほどまで話していた壮年の探偵と、この若々しい青年が同一人物だとはまだ信じられない。意外なことに、彼は大がかりな変装はしていなかった。カツラとつけ鼻をつけ、化粧をし、服装を真似ただけ。にもかかわらず全体の雰囲気、言動、声質から推理を披露するときのちょっとした素振りに至るまで——細かい点でボロも出したが——先ほどの彼はホームズそのものだった。瞳の色は目を伏せることで隠し、年齢差は表情の力加減によって、身長差は姿勢や歩き方によって巧《たく》みにカモフラージュしていた。

変装の天才——というよりも。

演技の天才。

ワトスンは、似た才能の持ち主をもう一人知っている。ホームズだ。彼は病人に化けたことも、馬車の御者《ぎょしゃ》に化けたことも、老婆に化けたことさえあった。しかしルパンの技術ときたらどうだろう。そのはるか上ではないか?

苦いコーヒーをすすりながら、対峙する両雄をうかがう。二人ともくつろぎ、お茶菓子の並んだテーブルを挟んで、友人同士のように微笑み合っている。ワトスンには、そのテーブルが白熱するチェス盤に思えた。目に見えない緊張感が、コーヒーの香りと一緒に漂っていた。

彼らはきっと、笑顔の裏で互いの指し手を読み合っている。

「それで？　アルセーヌ君」ホームズが口火を切った。「わざわざ僕に成りすましてまで部屋に忍び込んだのは、どうしてかな」

「別に深い理由はないがね。ただ、あんたに挨拶《ソリュート》しておこうと思って」

「偵察《スカウト》ではなく？」

マイクロフトがすかさず言った。

「シャーロックが留守にするのを待って忍び込み、部屋をあさって相手の策を探ろうとした。そこに運悪くワトスン先生と私が来てしまい、本人も予想より早く帰宅したので、しかたなくお茶を飲んでいる。そんなふうに見えるね」

「いやいや……策なんて、探るまでもないよ」

ルパンは楽しげに首を振り、カップをテーブルに置いた。駒《こま》を一つ進めるかのように。

ホームズは渦巻く瞳で彼を観察し、

「その推論は正しいよ」

すぐに一手指し返した。

「君は確かに強敵だが、僕は特別な策を打つ気はない。そもそも人数・警備からしてこちらの圧倒的有利だからね、いたずらに難易度を上げてもつまらない。ダイヤと一緒に〈余罪の間〉にこもり、君を待ちかまえる。僕のやることはそれだけ。ダイヤを盗めれば君の勝ち、できなければ僕の勝ち。シンプルなゲームだ」

ルパンはテーブルに頬杖をつく。金色の瞳がぎらぎらと輝いた。

「今のところ、探偵側の勝率は？」

「限りなく百に近い。いくら君でも、あの部屋の扉は破れないだろうからね」

「………………」

ルパンは椅子から立ち上がった。ふらりと暖炉へ近づき、記念品の一つを手に取る。

白百合柄《フルール・ド・リス》の紋章が刻まれた、南京錠《なんきんじょう》つきの宝石箱。

「いい品だ」

「君の国の政府からもらったのさ。十年ほど前、尻拭《しりぬぐ》いをしたお礼に。気に入ったなら持っていきたまえ」

ルパンは答えず、散歩するような足取りで部屋の中を歩いた。

「シャーロック。〝鍵〟という道具が持つ最大の特徴はなんだと思う？　本質と言い換えてもいい。すべての鍵に共通する、本質的機能とはなんだ？」

「……何かを閉ざしうること？」

「いいや、開けられることさ」

部屋を一周したところで、彼は宝石箱をテーブルに放った。箱はテーブルに着地し、顎が外れた犬のようにぱかりと口を開いた。

南京錠が、外されていた。

ワトスンはルパンを振り返った。いつの間にか、片手に小さな針金のようなものを持っている。まさかあれで開けたのか？　この数秒で？

　怪盗はテーブルの前に戻ってきて、ビスケットを一枚かじる。

「俺を迎え撃つとき、誰もが同じことを考える。『部屋に鍵をかけておけば安心。泥棒なんて入ってこられるはずがない』……大間違いだ。あんたが煙草の灰の専門家なのと同じだよシャーロック。俺ほど鍵に精通している人間はこの世にいない。そこに鍵がある限り、俺はどんな厳重な扉でも簡単に破ることができる」

「あの箱型金庫も？」

　挑発を受け流すようにホームズは尋ねた。ルパンは苦笑して、

「あればかりは人外の技術だからな、一瞬で解錠とはいかない。でもまあ、二、三時間あれば充分だろう」

「フォッグ氏は開けるのに三年かかったと」

「だから三時間もかかるのさ。……ごちそうさま。下のご婦人にお礼をよろしく。俺はそろそろおいとまの時間だ」

　ルパンは残りのコーヒーを一口で飲みほし、テーブルに背を向けた。ワトスンはすかさずドアの前に立ちはだかり、じっと相手を睨んだ。

「玄関まで送っていこうか」

「やめとけ、そういう無駄なことは」

　彼はつまらなそうに手を振ると、通りに面した窓を開いた。水たまりでもまたぐような

調子でガス灯に飛び移り、くるりと部屋のほうを向く。

「ではホームズさんならびにワトスン先生、また今夜お会いしましょう！」

大仰に別れを告げてから、ルパンは後ろ向きに落下した。ワトスンはあっと叫んで窓に駆け寄る。怪盗の体は、真下を通りかかった幌《ほろ》馬車の上ではね返り空中で一回転、猛スピードで走ってきた自動車の座席に完璧なタイミングで着地した。運転手は、帽子を目深にかぶった白髪の男だった。

車はスピードを落とさぬまま、ベイカー街の彼方《かなた》へ消えていった。

「………」

ワトスンはぽかんとした顔でそれを見送り、部屋の中を振り返った。ホームズ兄弟は何事もなかったかのようにお茶会を続けている。

「に、逃げられた」

「そのようだね」と、ホームズ。「噂にたがわぬ派手好きだ」

「よく似てるよ。おまえの若いころに」

マイクロフトがしみじみと言った。

7

「おまえは、いつもあんな馬鹿みたいな逃げ方をするのか？」

「頼れる部下が拾ってくれる場合に限る」

ファントムの運転するプジョーはベイカー街を駆け抜け、パディントン街との交差点を左折した。ルパンは隣の座席で脚を組み、観光客のように街並みを眺めている。カツラはどうしたと聞くと「そういえば忘れた」との返事。適当な男だ。

「で、ホームズとは話せたか？」

「話すどころかお茶を飲んだよ。首尾は上々。〝種〟は二つとも蒔《ま》いたし向こうの策もほぼわかった。こっちの一歩リードだ」

「相手方も同じようなこと言ってる気がするよ」

「かもな。とにかく計画は変更なしで進める。列車の時間は？」

「五時二十五分ウォータールー駅着」

「まだ余裕があるな。そのへんで遊んでいくか」

「車から蹴り落としてもいいならそうしろ」

「いやこの近くにタッソー館ていう蝋人形館があってな。ニッチな人気が……危ない！」

ルパンが叫び、ファントムもとっさにブレーキを引いた。曲がり角から女が飛び出してきたのだ。プジョーの四輪が悲鳴を上げ、車体は女の三インチ手前で止まった。

どこかのメイドだろうか。黒目に黒髪という東洋人らしき風貌。エプロンドレスを身に着け、布が巻かれた竿《さお》のようなものを背負っている。

「お怪我《けが》はありませんか？」

ルパンが車を降りた。女はすみません、と慌てた様子で頭を下げてから、

「あの、このあたりで鳥籠を見かけませんでしたか？」

「鳥籠？」

「このくらいの大きさの、レースの覆いがかけられた鳥籠です」

「さあ……エリック、見かけたか？」

「見てないな」

メイドはひどく落胆した様子で「そうですか」と答えた。もう一度頭を下げ、そのまま走り去ろうとする。

「お待ちくださいご婦人」と、ルパンが呼び止めた。「鳥籠をお探しで？」

「ええ、ものすごく大切なものなんです。私の命に代えても探し出さないと」

「それはお気の毒に……。お一人で探されているのですか」

「もう一人と手分けして探していますが、その男はまるで役に立たないので実質私一人です」

「わかりました」ルパンは颯爽《さっそう》と車に手をやり、「我々が一緒に探しましょう。どうぞお乗りください。歩き回るより早い」

「おい待て」

ファントムはルパンを咎《とが》めた。いつホームズが追ってくるかわからない状況なのだ、本来ならまっすぐホテルに戻る計画だった。

「そんなことに関わってる暇ないぞ」

「固いこと言うな、美じ……女性が困ってるんだぞ？　助けなければ紳士の名折れ」

「いいんですか、乗せていただいても」

「もちろんです。さあどうぞ」

「なんとお礼を申し上げたらよいか……ありがとうございます」

「当然のことをしたまでです」

深く感謝するメイドと爽やかに笑うルパン。そのしたたかさに二の句が継げないファントム。違う。紳士とか絶対違う。ただの口説きの口実だ、さっき「美人」って言いかけたし。

メイドは自動車に乗り込み、男たちに挟まれる形で座った。もともと二人乗りなので少し狭い。間近に迫った彼女からは石鹼《せっけん》のように清楚《せいそ》な香りがした。探しものを気にかけるあまりか、唇をきっと結び一心に前方を見つめる横顔は、澄みきった氷を思わせた。

降りろとは、言いづらい。

「それでご婦人、まずはどちらへ？」とルパン。

「では、オックスフォード街のほうへ」

メイドは目的地を告げてから、運転手のファントムに「よろしくお願いします」と美貌を向けた。

「……『女を信用するのはいつ何時でも狂気の沙汰だ』！」

悪態《あくたい》代わりに『フィガロの結婚』から引用すると、ファントムは二気筒式の水平対向エンジンをふかした。

＊

そこから少し離れた、モンタギュー・スクエアの片隅《かたすみ》で。

「えーと、シーモア通りからこう来てあっちが北だから……ん、ブライアンストン？　違うここはモンタギューか。えーとじゃあベイカー街は三つ先の通り？　あれ？　二つ？」

ハンチング帽をかぶったそばかす顔の少女――〈エポック〉紙の特派員アニー・ケルベルが、北風に耐えながらロンドンの地図と取っ組み合っていた。

フォッグ邸の件でシャーロック・ホームズにインタビューしようと出かけたのだが、土地勘のない市内を歩き回るうち完全に迷ってしまった。分厚い襟巻きを顔半分が隠れるくらいずり上げているのに、長時間外にいるせいで体の芯《しん》まで冷えきっている。このままホテルに戻れないとロンドンの真ん中で凍死の危機だ。

「どうしよ。誰かに聞こうかなあ」

藁《わら》にもすがる思いで通りを見回したとき、

「すみません、つかぬことをお尋ねしますがここいらで鳥籠を見かけませんでしたか。このくらいの大きさでレースの覆いがついてて中に女の子の生首が入ってます。人形ですけどね生首の人形」

「いや見なかったが……兄さん、大丈夫か？　頭から血い出てるぞ」

「連れに五発ほど殴られまして。ご心配なく慣れてますから」

「真打さん？」

話しかけると男は振り向いた。青い髪に左目の一本線、つぎはぎだらけのコートに灰色の手袋。見慣れた真打津軽だった。

「やあどうもアニーさん、ロンドンに来てたんですね」津軽は手早く挨拶し、「ところで師匠を見かけませんでした？」

「見てませんけど……え、輪堂さんがどうかしたんですか？」

「ちょいと迷子になりまして」

「まさか、なくしたんですか⁉」

「いや師匠はものじゃありませんからそんな言い方は失礼ですよ、ただちょいと迷子に」

「なくしたんですね？」

「そうです」

津軽は気まずそうに認めた。アニーは額を押さえて天を仰ぐ。ホームズのインタビューは取りやめだ、もっと大事な用ができた。

「さっき、公園のベンチでじいさんが持ってた鸚鵡と取り違えちまいまして。すぐ気づいて公園に戻ったんですけどもうじいさんの姿がなくて。いま静句さんと手分けして探し回ってるところです」

「お二人がついていながらなんでそんなことが……」

「あたくしもびっくりしました」

「言ってる場合じゃないですよ緊急事態じゃないですか！」

「でもまあ、師匠が死ぬことはありませんから。川にでも流された日にゃ一大事ですが」

「テムズ川がすぐ近くですよ」

「………」

「急いで探しましょう。私も手伝います」

「助かります」津軽は額の血を拭って、「ところでアニーさん、その襟巻き買ったんですか？　かわいいですね」

「いいから早く探せ！」

寒さも仕事も忘れたアニーは、緊張感のない探偵助手の背中を叩きつつ、ウェストエンドを走りだした。

＊

ベイカー街221Bでは、やけ酒のようにワトスンがコーヒーをあおっていた。そろそろポットが空になる頃合いだった。

「自動車を運転してたのは顔の右側を隠した男だった。きっと彼がファントムだ」

「〝オペラ座の怪人〟というやつか」と、マイクロフト。「古い劇場にはああいう手合いがよく出るな」

「ドルリイ・レーン劇場にも幽霊話がありますからね。おや、見てください兄さん、ルパンの奴カツラとつけ鼻を忘れていきましたよ。ワトスン君、僕ってこんなに鼻がとがってるか？」

「どうでもいいよ！」まったく呑気な兄弟だ。「それより、ルパンはなんでこの部屋にいたんだろう。まさか本当に挨拶しに来たわけじゃないだろ？」

「挨拶だとしても驚かないがね。少なくとも僕は、彼と会話ができてよかった」

ホームズはルパンが逃走した窓に目をやり、

「一つだけ確かなことは、僕もルパンもやっかいな呪縛に支配されているということさ。〝紳士〟という名の呪縛だ。僕らは自分の指し手に関して決して嘘をつかない。というか、つけない。プライドが許さないからね。そのルールにのっとって、僕はルパンからある事柄の確認を取った。彼も僕からある事柄の確認を取ったが、それが罠《わな》だとは気づいていまい。こっちの一歩リードだ」

「……なんだか、ルパンも同じようなこと言ってる気がするよ」

「君もなかなか洞察力が育ってきたね」

冗談めかしてホームズが言う。笑い返す気にはなれなかった。ある事柄とはいったいなんだ？　友人の思考は常に不可解だが、今回はいつにも増して中身が読めない。

「油断は禁物だぞ、シャーロック」

マイクロフトはカップを置き、厚ぼったい唇をハンカチで拭った。水色の瞳からは温和な雰囲気が消えていた。

「敵はルパンとファントムだけじゃない」

「わざわざ訪ねてきたのはその件ですか。他にどんな敵がいると？」

「保険機構だよ」

「〈ロイズ〉のエージェント？」ホームズは首をかしげ、「性格に難はありましたが、あの二人は味方ですよ。ダイヤを警護する仲間です」

「わかっていないな。諮問警備部の職務は顧客の財産を守るだけではない。彼らは怪物撲滅を目指している。仕事柄、私の耳には彼らの度を越えた活動に関する噂が多く入ってくる。駆除業者《ハンター》の間では、彼らこそが最強の組織と名高いほどだ」

「それが何か？」

「〈最後から二番目の夜〉は、人狼を探す鍵だといわれている」

その瞬間、ルパンを前にしても決して臆さなかったホームズの顔が、わずかに曇《くも》った。

「よく考えるんだシャーロック。ロイズが急に首を突っ込んできたのはなぜか。七人しかいないエージェントのうち、一挙に二人も派遣しえたのはなぜか。怪盗を倒してダイヤを守るため？　違う。奪うためだ。彼らはずっとフィリアス・フォッグの人造ダイヤに目をつけていた。人狼の生き残りを探し出し、滅ぼすために。ルパンの犯行は彼らにとって好機なんだよ」

「ロイズの二人が、ダイヤを横取りするって言うんですか?」

ワトスンが聞くと、マイクロフトは重々しくうなずいて、

「彼らはおそらく、ルパンの犯行を妨げようとはしないだろう。行動を起こすのはダイヤが盗まれた直後だ。人知れずルパンを追いつめ、殺害して死体を隠し、ダイヤを奪う。盗難の罪はすべてルパンに着せられる」

「そんなこと……」

あるわけないとは言いきれなかった。思い当たる点はいくつかある。

二人のエージェントの、輪堂鴉夜たちに対する異常な執着。「警備は俺たちだけで充分だ」という発言。ダイヤを見たあとも少し様子がおかしかったような……。

「もし本当にそうなったら」と、ホームズ。「僕がダイヤを奪い返してみせますよ」

「言うほど簡単じゃないぞ。彼らは強い」

「僕には奥の手もある」

「『バリツ』か? シャーロック、おまえはもう若くないだろう」

憐れむように弟の肩を叩くと、マイクロフトは立ち上がった。「気をつけろ」ともう一度念を押してから、彼は太った体を揺らして部屋を出ていった。

閉じられたドアのまわりを、埃が薄く舞う。

ホームズは安楽椅子に座ったまま、兄の忠告を吟味するように暖炉を見つめていた。

「ワトスン君。君の煙草吸ってもいいかい？」

「いいけど、僕のはアルカディア・ミクスチャーだぞ。君はシャグ派だろ」

「香り高いのが吸いたい気分なんだ」

「コートの左ポケット。どうぞご自由に」

ホームズは壁にかけられたワトスンのコートから、小箱タイプの刻み煙草入れを取り出した。ワトスンに背を向け、机の前でぷかぷかとパイプをふかす。右手が手遊《てすさ》びでもするように、〈証拠品入れ〉の箱の中をいじっていた。

ワトスンは天井を見上げ、ため息を一つ。

「ルパンにはファントムがついていて、おまけにロイズの二人も味方じゃない、か」

「急に、まわりが敵だらけに思えてきた。モリアーティの組織と戦っていたころを思い出すよ。君も覚えてるだろう？」

「もちろん」

八年近く前の話だ。宿敵と対決したホームズはライヘンバッハの滝で消息を絶ち、三年間行方不明だった。モリアーティを追っていた友人の鬼気迫る姿、彼が滝に落ちたと思い込んだときの喪失感、生きていたホームズと再会したときの衝撃は、どれも忘れるはずがない。

「〝鳥籠使い〟はどうだろう？」ふと思い立って、ワトスンは尋ねた。「彼らは信用できるだろうか」

「わからないな。でも、彼らも怪物だから〈ロイズ〉に狙われるかも。昨日何か脅されていたようだし、混乱に乗じて殺される可能性も……いや」

ホームズは刻み煙草入れを閉じると、笑劇《ファルス》の舞台でも眺めているかのようにくすくすと笑った。

「彼女は死なないんだったっけ」

＊

同じころ。天下無敵の死なない怪物・輪堂鴉夜の生首は、一マイル近く離れたグローブナー街にしらけきった顔で転がっていた。

ハイド・パークで鸚鵡の鳥籠と取り違えられたのが三十分ほど前のこと。鴉夜はすぐさま「こら待て津軽」と声を出したが、野外劇場の歓声にかき消されて、去っていく二人には届かなかった。

そのときはまだ、すぐ気づいて戻ってくるだろうと気楽に構えていたのだが。先にベンチに戻ってきたのは、鸚鵡に餌をやっていた老人のほうだった。彼は鴉夜の鳥籠を持ち上げると口笛交じりに歩きだした。完全に中身が鸚鵡だと思い込んでいる様子だ。「もしもしおじいさん鳥籠をお間違えですよ」と話しかけるわけにもいかず、鴉夜は運ばれるしかなかった。

　公園を出たところで危機感を抱いた。このままでは津軽たちと合流できなくなる。年の功で大抵のトラブルには慣れている鴉夜だが、首から下がない状態でロンドンのど真ん中に取り残されるのはさすがに困る。

　どうしたものかと思案していると、曲がり角で老人が立ち止まった。たまたま知り合いに出会ったらしい。

「やあ、グリーンさん」

「おや、マシューじいさん。鸚鵡と散歩ですか？」

「今、公園で餌をやってきたところでな。そうそう、昨日新しい言葉を覚えたんだ。聞いてくれないか」

「聞いたっていいですがね、どうせまた短い単語でしょう？」

「いやいや、今度は立派な文章だよ。きっとあんたも驚くよ」

　よせよせよせ、という念は通じなかった。

　マシューじいさんの手が鳥籠に伸び、レースの覆いを持ち上げ——鴉夜は鳥籠を覗き込む二人と、もろに顔を合わせた。

「……どうも」

　彼女が発したのは短い単語だったが、マシューじいさんの予告どおりグリーン氏はひどく驚いた。間髪容れずに「ぎょえ」と絶叫し、一目散に逃げていく。マシューじいさんも

「ぐぎゃお」と叫び、鳥籠を放り出して退散した。

さらなる不運は、津軽が扉に鍵をかけ忘れていたことである。地面にぶつかった勢いで鴉夜は籠から飛び出し、敷石の上に転がった。あの馬鹿、無事帰れたら静句に折檻《せっかん》させてやる。鴉夜は心に誓った。

目や口を除けば、今の鴉夜に動かせるのは頸椎《けいつい》の関節だけだ。首をかしげたり、横を向いたり見上げたり程度ならばできるが、当然自力で移動することはかなわない。ますます困った、と思いながらも身動きが取れずにいると、背後から子供たちのはしゃぎ声が聞こえた。

「早く来いよ、ジェシー」「待ってよ〜」「あはは」「おい見ろ、何か落ちてるぞ」「なんだろう」「黒くて丸いな」「ボールかな?」

ボールじゃないよ、という念は通じなかった。

足音が近づき、誰かが鴉夜を持ち上げた。くるりと向きが変えられると、視界に口をあんぐり開けた子供たちの顔が飛び込んだ。美しさに見蕩《みと》れているわけではなさそうだった。

「やあ、こんにちは。怪しい者じゃないから怖がらないでくれ。ちょっと頼みがあるのだけど……」

言い終わるより先にぶん投げられた。

子供たちは「ほぎょあ」「おひ」「あばば」などと個性豊かな奇声を上げつつ散り散りに

逃走した。トラウマにならないことを祈るしかない。火事場の馬鹿力で放られた鴉夜は道の向かいの路地まですっ飛び、頭しかないので当たり前だが、頭から落下した。額が割れたが、血がにじむ間もなくふさがる。鬼につけられた傷を除き、あらゆる肉体的損傷がたちどころに再生する——というのが不死の基本特性である。

路地には誰もおらず、吹き溜《だ》まりに生ごみや紙くずが固まっていた。なぜこんな目に遭うのかと思いながら耐えていると、今度はハッハッという息遣いが聞こえた。やって来たのは野良犬であった。

「……こんにちは。君に助けを求めても無駄だろうね」

「ウウ、バウ」

「私は四十ヵ国語喋れるが君の言葉はよくわからんな」

言った直後に嚙《か》みつかれた。

ぶんぶんと振り回されたり、前足で転がされたり。一通り遊ばれたあと、犬は鴉夜の耳たぶをくわえてどこかへ運び始める。穴にでも埋められたらますます面倒だ。

痺《しび》れを切らした鴉夜は息を深く吸い、

「ガウッ！」

一声威嚇《いかく》した。さすがの犬も驚いたのだろう、キャウンと情けない声を上げ、鴉夜を落として走り去った。そして現在に至るわけである。

窮地は脱したものの、鴉夜は「叫ぶタイミングを間違えたな」と後悔していた。取り残されたのは車道のど真ん中。幸い通りに人影はないが、もっと公園に近い場所で犬と別れるべきだった。そうすれば津軽たちも見つけやすかったかも。というか、あいつらはどこをほっつき歩いてるんだろう。

早く見つけてくれ、と願いつつもやはり動きは取れず。空を見上げながらなりゆきに身を任せていると――今度はエンジン音が近づいてきた。

直後、黒いドイツ車の前輪が鴉夜を轢《ひ》きつぶした。

自動車の軌道は、ちょうど鼻の上を真横に通るような形だった。

タイヤの溝に皮膚が巻き込まれ、ちぎれた表情筋と毛細血管があとを追い、上顎骨《じょうがくこつ》がクシャリと音を立てる。水風船でも投げつけたように、血が四方に爆《は》ぜるのがわかった。タイヤは頸椎にひっかかってバウンドし、潰《つぶ》れた頭部も一緒にはね、鴉夜の美しい顔は上下に断裂した。舌がへばりついたままの下顎がくるくると飛んでいく。上部の断面からは片側の眼球がどろりとこぼれ出る。ちぎれた髪の毛が風に舞い、無数の赤白い肉片が飛び散った。

が。

地面につくかつかないかのうちに、すべての肉片は塵《ちり》のように細かくなった。彼女の瞳とよく似た紫色の塵だった。四散した血や体液も同じ色の霧と化す。塵と霧は見えない糸に引かれるように地面を這《は》い、遠くに飛びすぎたものは風に乗るように宙を舞って、裂けた頭の上半分へ吸い込まれてゆく。歯一欠片、タイヤにこびりついた髪の毛一本とて例外ではなかった。

頭部に吸収されたそばから、塵はグロテスクな工作に取りかかる。まず砕けた顎骨が作り直され、虫が這い回るように筋肉と神経と血管が戻り、一枚ずつ皮膚の層が重なってやがてなめらかな白肌を成した。脳は無傷だったので、鴉夜本人にもその様子は知覚できた。再生時の感覚は、炭酸水に指を突っ込んだときによく似ている。プツプツと気泡がまとわりつくみたいで、痛いと同時にこそばゆい。

自動車が止まり、二人の男が降りてくるころ。鴉夜の頭部は完全にもとどおりになっていた。いや首から下はないままなので、不完全にというべきか。

「いちいち確かめんなよ、猫かなんかだろ。それよかさっさと荷物を届けねえと」

「でもさ兄ちゃん……あれ？　こいつは」

鴉夜を見下ろしたのは、見覚えがある双子の顔だった。昨日、護送用馬車で乗り合わせた運び屋兄弟である。

「昨日の生首じゃねえか」と、弟。「何してんだこんなとこで」

「君たちこそ逮捕されたんじゃなかったのか」

「証拠不十分で釈放だよ、おあいにくさま」と、兄。「連れの男たちはどうしたんだ？」

「実ははぐれてしまってな。だが、ちょうどよかった。自分じゃ動けないし人には驚かれるしで困っていたんだ。公園まで運んでくれないか？」

鴉夜は喜々として話しかけたが、双子は何やら相談するように顔を見合わせた。

「兄ちゃん。こいつ、一人みたいだぜ」

「そうだな。動けないみてえだ」

「ああ。だから君たちに運んでもらえると助かるんだ。もちろんタダとは言わん、あとで何か礼を……」

そこで、ふと昨日のやりとりを思い出す。

不死かあ、初めて見たぜ。サーカスに売ったら高値がつくかも。

「…………」

鴉夜は不吉な予感とともに兄弟の顔を見上げた。瓜二つの顔に、瓜二つのあくどい笑みが浮かんでいた。

兄のほうがこちらに手を伸ばしてくる。

「おい……おい、待て。待て待て待て待て待て」

＊

「見つからないな。この近くにはないんじゃないか？」

「悲観的なことを言うな、もっと気合を入れて探せ！」

怪人と怪盗とメイドを乗せた黄色いプジョーは、ハイド・パーク周辺をぐるぐると回っていた。

探しものはレースつきの鳥籠。いまだ目撃情報すら皆無だが、メイドはいっさいあきらめず、四方に目を走らせている。よほど大切な紛失物と見えて、最初はしぶしぶ従っていたファントムもだんだん気の毒に思えてきた。

「もう一度、大通りに戻っていただけますか」

「はいよ、お客さん」

辻《つじ》馬車の御者さながらに答え、突き当たりのT字路を曲がろうとする。が、

「うわっ！」

その直前、進行方向から別の自動車が現れて衝突しそうになった。相手の車はこちらの鼻先をかすめ、スピードを緩《ゆる》めることなく走り去る。二人乗りの黒いドイツ車で、顔がそっくりな男たちが乗っていた。なぜか通り過ぎざま、「しずくうう」というくぐもった少女の声が聞こえた気がした。

「危ない奴らだな、まったく……をわあ！」

ファントムは二連続で叫び声を上げた。メイドが体を押しつけてきて、無理やりハンドルをひねったのだ。プジョーは急激に方向転換し、はね飛ばされそうになった通行人が悲鳴を上げる。

「何すんだあんた、正気か！」

「見つけた！」

「え？」

「探しものです、あの車に！」

「本当か？　……と、とにかく替われ。危ないから」

ハンドルを奪い返すと、ファントムは前方の車を追い始めた。向こうはベンツ社製の量産モデルである。最高速度はこちらが勝っているはずだ。

近くに市でも立っているのか、狭い道路は混雑していた。障害物を蛇行でよけつつ徐々にスピードを上げる。すれすれの距離で辻馬車を追い越し、敷石に乗り上げてルパンを振り落としそうになった。「あはははは」と笑うルパン。何がそんなに楽しいのか。

ベンツの運転手がこちらを振り返り、メイドを見たとたんさっと青ざめた。どうやらやましいところがあるらしい。

相手方のスピードが突然上がり、逃げるように左折する。後輪が自転車に乗った行商人の籠をはね飛ばし、周囲に洋ナシが飛び散った。こちらもスピードを落とさぬまま無理やりカーブ。ルパンは「失礼！」と言いながら呆然とする行商人にコインを投げた。

曲がった先はオックスフォード街の大通りだった。ファントムはさらにスピードを上げ、ドイツ車の右側に並んだ。座席の間に、布を巻かれた鳥籠大のものが確かに見えた。

「お任せください、ご婦人。私が飛び移って車を止めてやり……ぎゃあああ！」

ルパンが颯爽と立ち上がった直後、メイドが横からハンドルをひねりプジョーを相手の車にぶつけた。タイヤの間に火花が飛び散り、どちらの車体も大きくはね上がる。圧死しかけたルパンはさすがに紳士的どころではない。

「殺す気か！」

「殺す気です！」

彼女の目にはもはや相手の車しか映っていなかった。殺意は相手にも届いたらしい。ひいっと叫んだ運転手がハンドルを大きく切り、車は前方の路地へまた急カーブを切る。ファントムは一歩遅れてブレーキを引き、車体が横倒しになりかける。

「追って！」

「わかってるよ！」

メイドに答え、路地へ突っ込もうとしたとき。

その向こうから、おもちゃ箱をひっくり返したような盛大な音が聞こえた。

＊

「見つかりませんねえ。もうこの近くにはいないのかも」

「ぐだぐだ言ってないでもっと気合入れて探してください！」

アニーは津軽を一喝した。賑やかなオックスフォード街まで出てきたものの、まだ鴉夜の行方はわからなかった。

「ほんとにもうどこ行ったんだか……外身だけなら見つけたんですが」

津軽は空の鳥籠を持ち上げてみせる。先ほどシーモア・プレイスの角で拾ったのだ。レースには見覚えのあるセイヨウキヅタの刺繍が入っていたので、輪堂鴉夜の鳥籠であることは間違いないが、問題は本人の姿がどこにもなかったことだ。彼女が自分で動けるはずはないから、誰かに運ばれたということになる。

だが、誰に？ そしてどこに？

「こ、このまま見つからなかったらどうしましょう。〈助手が公園で鸚鵡と取り違えて探偵死亡〉なんて私絶対記事に書きたくありませんよ。投書殺到ですよ」

「ですから師匠は死にませんって。ぶらぶらしてりゃ案外ひょっこり……」

津軽が通りを見回したとき、自転車に乗っていた行商人が前方で派手にずっこけた。カーブを切った自動車に籠をひっかけられたのだ。商品の洋ナシが道に転がり、それを潰しながら車が走り去る。黒いドイツ車で、顔がそっくりな二人の男が乗っていた。通り過ぎざま「つがるうう」という少女の声が聞こえた。

それに続いて黄色いプジョーが現れる。金髪の男が「失礼！」と行商人にコインを投げ、車は猛スピードでドイツ車を追いかけていった。座席には男が二人と、メイド姿の女性が一人。

馳井静句であった。

「……今のって」

アニーが横を向くと、すでに津軽は駆けだしていた。

コートの裾をひるがえし、通行人を突き飛ばしながら自動車を追う。通りに人が多すぎると見るや、喫茶店のテラス屋根から出窓へと駆け上がり、立ち並ぶ建物の上を渡り始めた。は、速い。

「すみません、借ります！」

アニーもじっとしてはいられない。行商人の自転車を起こすと、止める声にもかまわずこぎだした。

前方には屋根の上を走る津軽。さらに前には、追跡劇を繰り広げる二台の車。

静句の乗ったプジョーはベンツに体当たりをかましていた。車体が大きくはね上がり、男の悲鳴が聞こえる。ベンツは突如横の路地にカーブを切り、静句たちの反応が遅れた。横転しかけるプジョーを横目に、小回りのきくアニーは路地へ入る。

ベンツはすでに路地を抜け、向かいの裏通りへ出ようとしていた。だめだ、逃げられる――と思ったとき。

狙いどおりの正確さと隕石《いんせき》のような勢いで、車の上に人が降ってきた。

前面部を踏み抜かれたベンツはシーソーめいて勢いよくはね上がり、乗っていた男たちは前方へ吹っ飛んだ。車体は半回転して地面に激突し、おもちゃ箱をひっくり返したような轟音《ごうおん》を上げながら道を滑る。タイヤの骨組みやエンジン部品が撒《ま》き散らされ、土煙が路地を包んだ。

「…………」

口をあんぐり開けたまま、アニーは自転車から降りた。

乗っていた双子は仲よく気絶している。その後ろの土煙から、飄々と現れる人影が一つ。

コートの埃を払う真打津軽。手に提げた鳥籠の中には、救出された輪堂鴉夜。

「おかえりなさいませ、師匠」

「迎えが遅い。あとで仕置きだ」

「すみません、鸚鵡と遊んでたもんで。お怪我は？」

「首から下がない以外は大丈夫だ」

「はははははは」

「ふふふふふふ」

いつものように笑い合い、津軽はレースの覆いを鳥籠にかけた。アニーが駆け寄ると、彼は鳥籠を手渡してくれた。安堵のあまりぎゅっと抱きしめる。

「輪堂さん！　無事でよかった！」

「なんだおてんば記者か、君もロンドンに来てたのか」

「鴉夜様！」

続いて静句が走ってくる。普段は氷塊のごとき彼女も、主人の無事を確認すると肩の荷が下りたように息を吐いた。

「ご無事で何よりです。申し訳ありませんでした。私がついていながらこんなことに」

「別にいいさ、楽しい散歩だった。ところで車で追いかけてきたようだが……」

「探しものは見つかりましたか。よかったよかった」

静句の後ろから二人組がやって来た。金髪の若者と、帽子を斜めにかぶった白髪の男。あれ？　とアニーは思う。白髪のほう、昨日フォッグ邸の前で見かけたような。

「静句、このお二人は？」

「捜索に協力してくださったんです。お名前は……そういえば、まだ」

「いえいえ、名乗るほどの者では」謙遜《けんそん》しかけた金髪の男は、そこでぴくりと片眉を上げ、「……待てよ。鳥籠で、女で、鴉夜様？」

何か思いついたようにアニーたちを見回した。すぐに確信を得たらしく、ははあと声を漏らす。

彼は紳士的な物腰を捨て去り、探るような態度で一歩前に出た。

「もしかしてあんたたち〝鳥籠使い〟か？」

「そういう君は奇妙な恰好をしているね」と、鴉夜。「シャーロック・ホームズ氏とまったく同じ服装だ。上着の色のあせ方も、ボタンを繕《つくろ》った糸の色も、裾にパイプの灰がついているところまで同じ。そして耳元には化粧の落とし残り。まるで、変装してきた帰り道のように見える」

青年は耳のつけ根に手をやってから、感心したように笑う。

「なかなか有能だ。では変装後だと仮定すると？」

「ホームズ氏に成りすます必要があり、かつそこまで精密な変装が可能な人物とくれば、候補者は今のロンドン市内に一人だけ」

淡々と分析したのち、鴉夜は結論を告げた。

「静句。おまえどうやら、アルセーヌ・ルパン氏の車に乗せてもらったらしいぞ」

8

アニーは、驚きのあまり声も出せずにいた。

アルセーヌ・ルパン。新聞の挿絵で描かれるよりもだいぶ垢《あか》抜けていて、シルクハットと片眼鏡もつけていない。だが、輪堂鴉夜が言うのだから間違いなく本物だろう。フランスの話題をかっさらう怪盗とロンドンの路地裏で出くわすとは。

ルパンは物珍しげに顎を撫でると、居並ぶアニーたちを一人ずつ吟味し、最後に静句へ目をやった。静句はすでに、彼の認識を〝恩人〟から〝敵〟へと切り替えていた。

「ホームズに挨拶をした帰りに困っているご婦人を助けたら、もう一人の探偵まで行きついた。面白い一日だ」

「厄日《やくび》の間違いだろ」と、白髪の男。「だから関わるなと言ったんだ」

「いいじゃないか、ちょうど〝鳥籠使い〟にも挨拶したいと思ってたんだ……はじめまして輪堂鴉夜、いかにも俺がアルセーヌ・ルパンだ。こっちは部下のエリック」

「本名で呼ぶな」

「ああ悪い。訂正。部下のファントム」

「そっちもばらすな！」

二度目の衝撃がアニーを襲った。〝オペラ座の怪人〟？　彼もまた、骸骨《がいこつ》めいた新聞の想像図とはだいぶ違う。確かに痩身で色白だが、彫刻のように鋭敏な隙のない顔立ちをしている。

「こちらこそはじめまして、ルパン君」鴉夜の声が答えた。「顔を隠していてすまないね。今日はもう人の絶叫を聞き飽きたんで」

「いやいや、ミステリアスな女性は好みだ。ところで他の二人は助手か？」

「弟子とメイドです」と、津軽。

「変わった連中だなあ。ホームズたちとはだいぶ違う。まあいいや、あんたたちも今夜はフォッグ邸を守るんだろ？　一つよろしく頼むよ」

ルパンは親しげに言ったが、鴉夜はじっと黙っていた。レースの向こう側で何かを目まぐるしく考えているらしく、うなる思考の熱気が鳥籠からアニーの指先に伝わるような気がした。

「ハナイカダ」

やがて彼女は妙な単語を発した。日本語だろうか、津軽と静句が目だけで反応する。ルパンもその意味を問うように口を開きかけるが、鴉夜はそれに先んじて、

「ファントム君が正解だな」

「なに？」

「君にとっての今日という日だよ。ファントム君の言うとおりどうやら厄日だ。私たちにとってはラッキーデーかな。事件の前にその犯人と出会えたんだから」

「………」

方向性を求めさまよっていた路地裏の空気が、ピンと一本に張りつめた。

考えてみれば——いや考えるまでもなく、そうだ。今アニーたちの目の前にいるのは、国際指名手配の犯罪者。ここで彼を倒してしまえば、わざわざフォッグ邸を守る必要もなくなる。

だが怪盗は、つまらないジョークでも聞いたように首を振った。

「無粋《ぶすい》だな輪堂鴉夜。ホームズはそんなこと考えなかったぞ」

「あいにく私たちは、ホームズとはだいぶ違うのでね」鴉夜はしたたかに言い返し、「津軽、この男をふんじばって警察へ連れていくぞ」

「お安いご用で」

津軽はアニーたちの前に出た。らんらんと光る青い目に、どちらが怪人だかわからなくなるような満面の笑み。

「……しょうがないな」

ルパンは息をつき、上着をファントムに投げた。

「邪魔が入らんよう大通りの見張りを頼む。あと、車から俺の小物入れを取ってくれ」

「やばくなったら私は逃げるぞ」

「やばくはならない。俺が勝つ」

「そりゃ安心だな」と皮肉っぽく言い、ファントムはオックスフォード街へ引き返した。

アニーも静句に促され、鳥籠と一緒に壊れた自動車のほうへ退がった。

ルパンはシャツの袖を肘《ひじ》までまくり、津軽と対峙した。貴族風の青年から場数を踏んだ怪盗へと、いつの間にかまとう雰囲気が変わっている。黄金色の眼差しがぐっと強まる。

「おまえ、名前は」

「あたくし戦慄《せんりつ》恐怖の〝鬼殺し〟真打津軽と申します。以後お見知りおきを」

「オニゴロシ？」

「日本語でアルセーヌ・ルパンより強いって意味です」

「やっぱり変わった奴だ」

大通りのほうから、口が縛られた小さな袋が飛んできた。ルパンは振り返ることもなくキャッチし、中から何かをつまみ出した。虹色《にじいろ》に輝くガラスの球体。あれは――

ビー玉？

「なあ津軽、悪いが俺は今夜の仕事に備えて体力を温存しておきたいんだ。だから本気では戦えない。戦えないが……」

袋が逆さになる。じゃらじゃらと音を立て、合計五十個ほどのビー玉が両者の間に散らばる。

ルパンは足元のビー玉に体重をかけ、

「遊んでやる」

一瞬で津軽の間合いに潜り込んだ。


地面を蹴って移動したのではなかった。滑走したのだ。ビー玉を車輪代わりにして。

意表を突かれた津軽の反応はわずかに遅れた。拳を振り抜くもルパンは「じゃらり」と音を鳴らしてかき消え、次の瞬間彼の真横に現れる。月光めいた青い瞳と、太陽のような金色の瞳が交錯する。

じゃらり。

回し蹴りに転じる津軽。土煙が弧を描くほどの一撃だったが、
じゃらり。

ルパンは屈み込むようにして簡単によけた。体重移動の勢いを使ってまた滑走、津軽の軸足を払う。津軽は地面に片手をつき、宙に浮いた両脚でルパンを狙う。

じゃらり。

標的は真後ろへ遠ざかった。踏み込みなしの、文字どおり滑るような動き。

津軽は身を起こして追撃を仕掛け——一歩踏み出したとたん、ビー玉に足を取られた。

「そら、かかった」

じゃらり！

加速した靴先が、津軽の胸元に食い込んだ。

「………」

アニーはサーカスの綱渡りでも眺めているような気分で、奇妙な勝負から目を離せずにいた。

じゃらり。じゃらり。じゃらり。ルパンはビー玉を操り、右へ左へと体をさばく。津軽のほうは逆にビー玉を持て余していた。満足に動けず、相手を捉えることもできない。彼の顔からは笑みが消え、代わりに汗が浮かび上がった。

ビー玉だらけの足場は見るからに不安定だ。一歩踏み違えれば、ルパンも先ほどの津軽よろしくずっこけて、その隙が命取りとなるだろう。

にもかかわらず、彼は一歩たりとも踏み違えなかった。

踏み違える気配すらなかった。

ノーモーションからの急加速。スケートめいたターンとステップ。予測不可能な動作を繰り返し〝鬼殺し〟を翻弄《ほんろう》する。ようやく追いつめられたと思いきや、壁を使った二段跳びで反対側へ飛び、その勢いでさらに加速。拳をかわし、膝を受け流し、また遠ざかる。痺れを切らした津軽が大振りの蹴りを放つと、ルパンは綿毛のようにふわりと跳ね上がり――つま先で、伸びきった脚の上に乗ってみせた。

アニーは、怪盗の怪盗たるゆえんを知った。

新聞がどう恐ろしく書き立てても、この男は人間にすぎない。これまで〝鳥籠使い〟が出会ってきた吸血鬼や人造人間のように、怪物じみた戦闘力は持っていない。

だが、この男は。どんな人間にも成りすまし、どんな場所にも忍び込み、どんなものでも盗み出すこの怪盗は。その弱さを補って余りあるほど、強すぎる怪物たちをはるかしのぐほどに——

「器用すぎる」

ぼそりと、鴉夜が声に出した。

「さすがは闇夜に紛れる盗賊といったところか。失業しても大道芸で食っていけるんじゃないか？　伊賀《いが》の忍びどもを思い出すなあ」

呑気な言動の間も弟子の苦戦は続いている。このままだと取り逃がすかも。静句も加勢したほうがいいのでは？

「津軽のことなら心配いらない」思考を読んだように、鴉夜が言った。「それよりアニー、そのままじっとしていてくれ。何が起きても騒ぎ立てるな」

「……？」

奇妙な頼みごとだった。静句のほうを見ると、彼女もなぜか、アニーのお喋りを禁じるみたく唇に指を当てていた。

「どうした弱いな〝鬼殺し〟」

挑発するようにルパンが言う。半人半鬼は死角から攻撃を刻まれつつ、いまだビー玉の海に遊ばれていた。

津軽は頭をかくと片足を上げて、

「アルセーヌ・ルパンとかけまして夜中の銭勘定《ぜにかんじょう》と解きます」

「あ?」ルパンは動き回りながら、「なんだって?」

「じゃらじゃらうるさい!」

津軽は何やら日本語で叫ぶと、痛烈な踵落《かかとお》としを真下に叩き込んだ。

敷石が砕け、直径一メートルほどの周囲にひびが入る。ルパンはちょうど津軽の背後に回り込んだところだったが、靴裏のビー玉がひび割れにはまり込み、とうとう無様《ぶざま》に横転した。

慌てて起き上がったその胸を、〝鬼殺し〟の肘鉄が捉えた。

「……っ!」

華奢《きゃしゃ》な体が宙に浮いた。ルパンは大通り近くまで吹き飛ばされ、地面に伏して身悶《みもだ》える。追撃のため駆けだす津軽。その場所にもう煩《わずら》わしいビー玉はない。津軽の勝機――

「そら、またかかった」

ルパンの左手が、さっと動いた。次の瞬間、残り二歩の距離まで迫っていた津軽が、何かに足元をすくわれた。

三粒のビー玉だった。

津軽は前方につんのめり、敵の目の前に顔を突き出す形になる。待ちかまえていたのは、下段に構えた右拳。

「右手《こっち》が本命」

アッパーカットのように、ルパンは腕を振り抜いた。

直撃だった。顎を打ち抜かれた津軽は先ほど自分が潰した自動車のように半回転し、仰向けに倒れる。路地はしんと静まり返った。青髪の男は立ち上がるどころか、手足が動くことさえなかった。

ルパンは気絶した相手を見下ろすと、右の拳を開いた。四つのビー玉がパラパラとこぼれ落ちる。

アニーは生唾《なまつば》を飲み下した。

――おそらく、転んだ瞬間だ。地面に手をついたとき、ルパンは両手でビー玉を握り込んだ。左手のビー玉は津軽を転ばすのに使い、右手のビー玉はとどめに使った。石やコインを握って殴ればパンチの威力が上がることなど、子供でも知っている。

だがいったい、この男はいつからそれを狙っていたのだろう。転んだ際の一瞬で思いついたのだろうか。それともまさか、最初から？　津軽を確実に殴り倒すため、武器としても使えるビー玉をあらかじめ撒いておいた？

「つ、津軽」

鴉夜がつぶやいた。震えるその声に、弟子の粗相を楽しむようないつもの軽快さはなかった。静句は動かず、じっと相手を睨んでいる。

「終わったか？」

ファントムが大通りのほうから戻ってきた。

「終わった。楽勝」

「嘘つけ、吹き飛ばされるのが見えたぞ」

「演技だよ。攻撃に合わせて退いたからたいしたダメージじゃない」

ルパンは再びビー玉の上を滑り、アニーたちの前にやって来る。金色の目は敗者を憐れんでいた。

「悪いが輪堂鴉夜——正直、拍子《ひょうし》抜けだ。もっと面白い連中かと思ったが、あんたたちは中途半端だな。俺の相手としては弱すぎるし、ホームズたちほど張り合いもない。そういう奴らに首を突っ込まれるとはっきり言って、興がさめる」

「………」

「この事件からは降りろ」

最後通告のように言い渡すと、彼はそれきり探偵への興味を失った。踵《きびす》を返し、「行こうか」とファントムに声をかける。

数秒のち、自動車が走り去る音が聞こえた。

ドイツ車の残骸《ざんがい》と気絶した双子、砕けた敷石と散らばるビー玉、呆然と立つアニーたちに、起き上がらない青髪の男。嵐のあとのような路地を、真冬の風が吹き抜けた。

「し、真打さん！」

やがて我に返り、アニーは津軽に駆け寄った。静句もあとからついてくる。

揺さぶって起こそう――とするまでもなく、津軽はひょいと身を起こした。そして「おはようございます」と気の抜けた一言。あまりダメージは受けていない様子だ。

「負けました」

「見てたよ」と、鴉夜。「さて、これからどうしたものかな」

「タッソー館の閉館時刻がもうすぐですが」と、静句。

「いや、そっちの予定はもういい。宿に戻ってひとっ風呂浴びて、フォッグ邸に向かうとしよう」

勝負に負け、怪盗を取り逃がし、邪魔者と宣告されたにもかかわらず。

彼女の声はなぜか、いつも以上に高揚《こうよう》していた。

「笑劇《ファルス》の下準備だ」

9

ワトスンとホームズは夕方までベイカー街で過ごし、そのあと連れだって辻馬車に乗った。途中、ラッセル・スクエアのレストランで夕食を取り、ビッグ・ベンが午後八時を告げると同時にストランド街へ降り立った。

フィリアス・フォッグ邸は昨日とすっかり様変わりしていた。野次馬は追い払われ、ヘルメット型の帽子に七つの金ボタンつき制服、太いベルトに半長靴という恰好の警官が、橋の上やバルコニーや屋上に規則正しく配置されている。赤服の警備員たちも警察をサポートするように巡回中だった。

　橋の前では形式的な身体検査を受けた。警官たちが二人の体をチェックし、ポケットの中の持ちものを取り出しては戻してゆく。拳銃に懐中時計、パイプに刻み煙草入れ。

「ちゃんと煙草を持ってきてくれたね」ホームズが言った。「何よりだ」

「地下室では暇を持て余すと思って。君、また僕のを吸う気か？」

「気が向いたらね。ところで予備の銃弾は持ってきたかい？」

「十発くらいなら」

「ありがたい。あとで六発譲ってくれないか。僕の弾倉は三時間以内に空になる予定だ」

「……銃を撃つ予定が？」

「あくまで予定だ、気にするな。君たち、もう検査はいいだろう？　よし。それじゃ行こうかワトスン君」

「私も通ってよいですか？」

　二人が橋を渡ろうとしたとき、背後から声をかけてきた者がいた。

　額に深い皺の刻まれた男だった。白髪交じりの髪に、コモンドール犬めいた特徴的な口ひげ。小柄で恰幅のよい体型は、フォッグ邸の執事パスパルトゥーによく似ている。服装や物腰は冴《さ》えない勤め人のようだが、顔つきは雄々《おお》しく引き締まっていた。

　ホームズは体ごと振り向き、ゆっくりと相手を観察した。

「コートに襟を立てた跡が。風の強い場所にいたからでしょう。日中は船に乗られていましたね」

「ええ。ロンドンには先ほど着いたばかりです」

「発音を聞く限りフランス人」

「そのとおり《ウィ・トゥタ・フェ》」

「靴はまだ新しいのに、底がすり減っている。頻繁に歩き回るお仕事を」

「刑事です。パリ市警の」

「あなたは」ホームズは微笑んで、「ガニマールさんですね？」

「アルセーヌ・ルパンかもしれませんよ」

生真面目《きまじめ》な調子のまま男は言った。ワトスンはたじろいだが、ホームズはますます嬉しそうに破顔した。

「確かめてもよろしいですか？」

「どうぞ」

　ホームズの右手が伸び、男のひげをぐっと引いた。まわりの警官がどよめいたが、男は慣れた様子で微動だにしない。当然、ひげは抜けなかった。

　ホームズは快活に笑い、今度こそ男と握手を交わした。

「はじめましてガニマール警部。お噂どおり、ルパンの専門家のようだ」

「誰よりも詳しいつもりですよ。ホームズさん、あなたよりもね」

プライドの高いホームズもそこに関しては否定しなかった。

レストレードが「明日到着する」と予告していた、百十一人目の仲間——パリ市警の重鎮・老ガニマール。ルパンが新聞を賑わすようになる以前から彼を追いかけ、幾度となく対決し、そのうち何度かは逮捕寸前まで迫ったという因縁《いんねん》の男。警察側にとっては頼もしい味方である。茶色い瞳の奥には〝打倒・怪盗〟を訴えかけてくるような執念が燃えていた。

「中に入りましょう。時間が惜しい」

ホームズが言い、三人はフォッグ邸に入場する。

橋を渡りきる寸前、ワトスンはふと悪寒を覚え、振り向いた。

向かい側の建物の陰から、誰かが自分たちを見張っていた——ような気がした。

警官に先導され、ワトスンたち三人は地下へ地下へと潜ってゆく。

階段はとても静かで、土壁が音を吸い尽くしてしまったかに思えた。一段下りるたび、耳の裏側が妙に汗ばむ。今から緊張してどうする、とワトスンは何度も首を振った。

広い〈控えの間〉に入ると、橋の上には多くの警官の姿があった。奥の鉄扉は開いていた。敬礼に会釈を返しつつ橋を渡り、勝負の舞台となる〈余罪の間〉へ踏み込む。

部屋の中は昨日と大差なかった。まわりには蠟燭、中央の椅子にはドワーフ族の秘宝・銀色の箱型金庫。木製の椅子も六脚運びこまれている。金庫を囲むようにしてフィリアス・フォッグ氏と執事のパスパルトゥー、警視庁のレストレード、昼間に注意喚起された〈ロイズ〉の曲者《くせもの》、レイノルド・スティングハートとファティマ・ダブルダーツがそろっていた。

まずホームズがガニマールを紹介し、フォッグ氏やレストレードとの挨拶が交わされた。老警部は歓迎の言葉よりも屋敷の警備が気になるようで、「警官の人数はどれくらいか」「天井の通気口は安全か」などと、レストレードに名探偵顔負けの質問を重ねた。

その間、ホームズは室内の面々を見回す。

「〝鳥籠使い〟はまだ来てないのかな」

「先ほどいらしたのですが……フォッグ様と一度地下に向かわれたあと、すぐに戻っていらして。これをあなたにと」

パスパルトゥーが一枚の封筒を差し出した。ホームズは封を破り、手紙を声に出して読む。眉間《みけん》に浅く皺が寄った。

「『お邪魔にならないよう地上階の警備に当たります。地下はよろしくお願いします』？昨日は僕と張り合ってたくせに、締まらないなあ」

「地上階のどこを守るつもりだろう」

「『塔の上』だとおっしゃってました」パスパルトゥーがワトスンに答えた。「『あそこが一番眺めがいいから』と。最上階への出方をお教えしたら、お二人で――いや、鳥籠も入れたら三人でか。とにかく上られていきました」

「……？」

意味がわからない。そりゃ、眺めはいいだろうけど。

「まあ、彼らには彼らなりのやり方があるんだろうさ」

ホームズは手紙をたたみ、上着の内ポケットにしまった。

一方、レストレードと話し終えたガニマールは力強くうなずいて、

「よくわかりました。警備態勢はほぼ完璧と見ていいでしょう」

「……ほぼ、ですか？」

「ルパンを防ぐ完璧なすべなどありませんよ」

昨日と同じようなやりとりだった。レストレードは困ったように二、三度うなずき、

「では、ほぼ完璧ということにしておいて……持ち場の確認をしましょう。今夜は総勢百十一名が屋敷を守りますが、〈余罪の間〉に残る人間は厳選したほうがいいと思います。あまり考えたくありませんが、警官を大量に導入すると変装したルパンが紛れ込む可能性もあるので」

「賛成です」と、フォッグ氏。「木が隠せる森をわざわざ用意することはない」

「なら、最後の砦《とりで》は少数精鋭でいきましょう。まず屋敷の責任者として、フォッグさんとパスパルトゥーさん。それから警察代表として私とガニマールさん。ホームズさんたちは……」

「もちろん残るよ。そのために来たんだ」

「地下で怪我人が出たら、僕が診ますよ」

ホームズがうなずき、ワトスンも冗談半分に言う。それに続いて、

「俺とファティマは地上階を守る」

レイノルドが意外な宣言をした。

「こんな埃っぽい場所にはあと一秒たりともいられん。南館の書斎に詰めることにする」

「すいませんが、先輩がそうおっしゃるので私も……」

「そっちのほうが、ダイヤを盗み終えたルパンを囲い込みやすいから?」

ファティマはびくりと肩を震わせた。レイノルドは口元をハンカチで押さえたまま、鮫のような視線でホームズを射抜いた。

「誰かに入れ知恵されたな。さすが名探偵だ、無駄なことをよく知っている」

「僕は地動説以外には詳しいんだ」

「コペルニクスを学んだほうがましだったな。俺たちの仕事はフィリアス・フォッグ氏の財産を守ること。それ以上でも以下でもない」

「信用できないね」

「……じゃ、なおさらここにいないほうがいいだろ? 地下の警備は任せたぞ、名探偵。行くぞファティマ、グズグズするな」

レイノルドは階段へ向かって踵を返した。ファティマも「そ、それじゃあすいません」と一同に謝りまくりつつあとを追う。

ワトスンの疑念は確信に変わった。やはり、ロイズの裏には何かがありそうだ。

「えーと、ホームズさん」と、レストレード。「今のお話はいったい……」

「気にしなくていいよ。僕らがルパンを捕らえればいいだけの話だ」

「そ、そうですか」

警部はさっきと同じく困り顔でうなずいた。そして気を取り直したように、

「では、この部屋には我々六人だけが残るということで。予告時間まではまだ三時間近くありますが……」

「施錠は早いほうがいい」ガニマールが淡々と言った。「閉めてください」

「わかりました。皆さんも、よろしいですね？　フォッグさん、ダイヤは」

「皆さんがいらっしゃる前に確認しました。今のところ、まだ盗まれてはいません」

「……三時間後も盗まれてないことを祈りましょう。では」

最後の確認を取ると、レストレードは外の部下たちにうなずきかけた。

重い軋みを上げながら二枚の鉄扉が動かされ――隙間なくぴたりと重なる。

フォッグ氏は鍵束を取り出すと、昨日と同じく三つの鍵穴に近づき、上から順に丁寧に鍵をかけた。ガチャリ。ガチャリ。ガチャリ。

三度目の施錠音が余韻となって部屋を満たし、〈余罪の間〉は閉ざされた。

次にその扉が開くのは、怪盗を撃退し自分たちが外に出るときだろうか。

それとも――

＊

梯子《はしご》は上りにくいことこの上なかった。右手に鳥籠を提げているせいだ。津軽は緊急措置として持ち手の輪っかを口にくわえる。幸い、鴉夜の叱責が飛ぶことはなかった。

静句に続いてはね上げ戸から這い出ると、塔の最上階を見回した。期待していたほど面白い場所ではない。展望台か見張り台でも造られているかと思いきや、屋根裏めいたただの小部屋である。

北と南には大きな窓があり、静句が北側のほうを調べているところだった。

「屋根の張り出しに乗れそうです」

「じゃ、鬼瓦《おにがわら》の真似事でもやりますか」

実際、鬼だし。

津軽たちはひょいと窓の外に出て、横に造られた張り出し部分を伝った。

地上百二十フィートはあるだろうか。屋根からは夜のウェストエンドを一望できた。深まりつつある紺色の空に、ビッグ・ベンやヴィクトリア・タワー、トラファルガー・スクエアのモニュメントの影が浮かび上がっている。足元に目をやれば正方形のフォッグ邸の姿。ちょいと寒いが、眺めは良好で風通しもよい。よく見えるし、よく聞こえる。重要なのはその二点だ。

静句は直立不動の体勢を取り、津軽は張り出しに座って、鳥籠を横に置いた。鬼瓦というよりどこぞの寺院のガーゴイルにでもなった気分である。実際、怪物だし。

開戦を告げるように一陣の風が吹く。

探偵の弟子は、レースの覆いがかかった鳥籠に笑いかけた。

「さて師匠——不肖《ふしょう》前座真打津軽、『釜泥《かまどろ》』勉強させていただきます」

10

アフガン帰りの負傷兵のような足取りで、時間はのろのろと過ぎていった。

閉ざされた〈余罪の間〉は駅の待合室のような空気になっていた。六人とも思い思いの場所に椅子を置き、あくびをしたり脚を組み替えたりしながら、中央の箱型金庫を見つめている。レストレードはときおり伝声管に近づき、外の警官たちと連絡を取り合っていた。今のところ、報告はすべて「異状なし」だ。

「……『十一時から十一時半にかけて』」

二時間近く経ったころ、ホームズは独《ひと》り言《ごと》のように犯行予告を暗唱した。

「今になって、昨日の輪堂鴉夜の発言が気になってきた。十一時から十一半にかけて——なぜ『かけて』なんだ？　なぜ三十分の間を置く？　予告状にしては曖昧だ。僕が怪盗でも、十一時ちょうどと書くはずだ」

「そんなに変なことか?」と、ワトスン。「僕が往診の返事をするときは、二時から三時の間にうかがいますとか、曖昧な時間指定をするけどな」

「ルパンは医者じゃない。芸術家」

「泥棒だろ」

「とにかく何かひっかかる。ガニマール警部、どう思われます?」

ホームズが声をかけると、老警部はこちらを向いた。

「私が経験から学んだ、最も効果的なルパン対策をお教えしましょう。——考えないことです」

「考えないこと?」

「ルパンは策士です。予告状の文句一つ取っても我々を操るための策である可能性は大いにある。一つのアイデアに固執していると、それを利用して裏をかかれます。だから一番よい方法は、何も考えずに物理的な布陣を固めることです。死角をなくし、侵入経路を潰し、人員を導入し、扉に鍵をかける。そして少数精鋭でもって、狙われた品を直接守る。今私たちがやっているように」

ガニマールは〈余罪の間〉を見回すと、箱型金庫に視線を戻した。

「……なるほど」ホームズは苦笑いし、「困ったよワトスン君。僕は考えないことが何より苦手なんだ」

「安心してくれ、僕は得意だ」

皮肉っぽく答えてから、ワトスンは真剣な顔で腕を組んだ。考えるなと言われると逆に考えてしまうのが人の性《さが》である。

十一時から十一時半にかけて。三十分の幅はなんのためか？　いやそもそも、ルパンはこの状況からどうやってダイヤを盗み出す気なのか――

「午後十時」

フィリアス・フォッグ氏が、機械的に言った。

「犯行予告まであと一時間です」

*

「冷え込むなあ」

「ええ、本当に」

シャドウェル署のナイジェル巡査は、カラーに包まれた首を縮めた。

昨日の護送馬車のどさくさでフォッグ邸警備班に選抜され、任された持ち場がここ――北館二階の小バルコニーである。バディは五つ年上の巡査長。二人で正面の橋やストランド街の並木道を見張り続けているが、今のところ任務は退屈だ。

ホワイトホールの方角から、ビッグ・ベンの時鐘が十回聞こえた。午後十時。

「あと一時間か。これじゃ、ルパンが来る前に凍えちまうなあ」

巡査長が白い息を吐くと同時に、

――バシャアン。

真下の堀で水音が聞こえた。

「……なんだ？」

ナイジェルはバルコニーから角灯《ランタン》を突き出す。

暗い水面に人影が漂っているのが見えた。「おい！」と呼びかけるが、動かない。気絶しているようだ。

「み、みんな来てくれ！」巡査長が叫んだ。「誰か落ちたぞ！」

「落ちた？　どこの奴だ？　橋の警備班か？」

「わからない。水面が暗くて……」

「とにかく、ロープとフックを持ってこい。引き上げるんだ！」

周辺にいた警官たちが集まり、狭いバルコニーが一時騒然となる。やがて柵からロープが垂らされ、ナイジェルたちは落下した人物を引き上げた。

ぐったりした体をバルコニーの床に寝かせ、角灯で救難者の姿を照らすと――彼らは戸惑い顔を突き合わせた。

引き上げられたそれは、人間ではなく人形だった。虚ろな目をしたピエロのマネキン。ポンポンつきの帽子をかぶり、水玉模様のだぶだぶの服を着ている。腹には薄い板がくくりつけられ、ペンキでこう書かれていた。

〈CURTAIN RISING〉

「『開演』だって？」警官の一人が眉をひそめる。「いたずらか？」

「もしくは盗賊の犯行声明とか」

「どっちにしろ悪趣味だな」

「……陽動では？」

ナイジェルがぼそりと言うと、その場の全員がぎょっとしたように周囲を見た。

「全員、すぐ持ち場に戻れ！　持ち場に戻れ！」

巡査長が指示を飛ばし、集まっていた警官たちは慌てて引き返した。バルコニーには五分前と同じく、ナイジェルと巡査長だけが残った。

各持ち場からの報告に耳を澄ましたが、異変が起きた様子はない。やはりルパンとは無関係か？　二人は速まる鼓動を抑えつつ、柵から身を乗り出すようにして、ガス灯に照らされた並木道へ目を走らせる。

わずかな衣擦《きぬず》れの音が聞こえて、ナイジェルは振り返った。

目の前にピエロの笑顔があった。

「――ッ」

声を出すよりも先に、何かで喉《のど》が圧迫された。ロープだ。一瞬のうちに二人の首に輪がかけられ、ピエロがそれを引き絞っていた。ナイジェルたちはじたばたともがいたが、数十秒で酸欠に襲われ、ぐったりと力が抜けた。叫び声一つ上がらなかった。

遠のく意識の中、ナイジェルはぼんやりと侵入者を見上げた。ピエロは帽子とカツラを取り、蠟でできた顔をはいだ。下から現れたのは、顔の右側を仮面で隠した白髪の男。

「同意するよ。確かに悪趣味だ」

ピエロの面を投げ捨てると、怪人はナイジェルの服を脱がしにかかった。

＊

「なに？　いったいどうして……それで、捕まえたのか？　……え？　わ、わかった。じゃあ、各班に点呼を取るよう伝えろ。それと、警官は必ず二人一組で動け」

レストレードは伝声管での通話を終えると、深刻そうな顔でこちらを振り返った。

「何者かが、北館のバルコニーから侵入したそうです。警官の制服が一着奪われていたので、見張りの中に紛れ込んだのだと思われます」

〈余罪の間〉に、今夜最初の動揺が走った。パスパルトゥーはバネ仕掛けのように椅子から立ち、ワトスンは汗ばんだ口ひげをごしごしとこする。ガニマールは「来たか」とだけつぶやき、自前の懐中時計を開いた。

「だが、予想より早いな。まだ十一時までは五十分近くある」

「ルパンの時計が進んでるとか」

「冗談を言ってる場合じゃありません」ガニマールはパスパルトゥーを睨み、「とにかく警戒を強めましょう。皆さん、もっと金庫のまわりに近づいてください。そんなことでもしないよりはましだ」

フォッグ氏たちは椅子を持ち上げ、部屋の中央へさらに近づいた。ワトスンもそうしようと腰を上げかけたが、横にいるホームズが動かない。彼は脚を組み、膝の上で両手の指を組み合わせ、集中するように目を閉じていた。

……まさか、寝ているわけではないと思うが。

「ホームズ」彼の肩を揺する。「今の聞いてたか？　北館に侵入者だ」

「聞いてたよ」ホームズは薄目を開けた。「そして考えていた。どうやらアイデアを実行に移すときがやって来たみたいだ」

ホームズは立ち上がると、ポケットに片手を突っ込んだまま、悠然と部屋の出入口へ近づいた。

「少し下がってください」とフォッグ氏らに声をかけ、鉄扉と向かい合い、
ポケットから銃を引き抜いて、発砲した。

ガン！　ガン！　ガン！　ガン！　ガン！　ガン！　銃弾が金属とぶつかり合う音が、立て続けに六発分。つまり、リボルバーのシリンダー一周分。ワトスンたちは耳をふさぐ暇もなく、目の前の光景を呆然と眺めることしかできなかった。

ホームズは鉄扉の三つの鍵穴に、二発ずつ弾丸を撃ち込んだのだった。

「な、何やってるんだ！」

反響音がおさまったころ、パスパルトゥーが叫んだ。ホームズを突き飛ばすようにして扉に駆け寄る。

「どういうつもりだ！　急にこんな……ああ。ああ、だめだ。壊れてる」

「壊れてる？」と、フォッグ氏。「何がだ、パスパルトゥー」

「鍵穴がです！　三つともすべて中が曲がってしまっています。これじゃ、とても鍵をさすことなんてできない！」

レストレードの顔が青ざめた。

「つ、つまり……」

「つまり、この扉は開かなくなったということです。内側からも、外側からも。我々はもうこの部屋から出られない。閉じ込められたんです！」

「永遠に出られないわけではありません」

わめき散らす執事とは正反対の態度で、シャーロック・ホームズが言った。

「伝声管で助けも呼べます。朝一で腕のいい鍵屋を連れてくれば、五、六時間で開けられるでしょう」

「朝から五、六時間ですって？」と、レストレード。「じゃあ、明日の昼まで出られないってことじゃないですか」

「数学的に考えればそういう結論になる」ホームズは両手を広げて、「皆さん、別にかまわないでしょう？　半日くらい食べずとも死にはしませんし、トイレなら隅で済ませればいい。幸いこの部屋は広いですしね。それよりも重要な事実は、どんな鍵開けの名人でも、午後十一時から十一時半までの間にこの部屋に入るのは不可能と化したということです」

ワトスンははっとして、ホームズに問いかける。

「まさか、鍵を壊した理由は……」

「当然、ルパンの侵入を阻《はば》むためだ。奴は『どんな鍵でも開けられる』と明言していた。実際そうなのだろう。屋敷の設計図まで事前に盗む男だからね、この鉄扉の錠についても調べ抜いて、破れるように準備を整えてくるに違いない。だが、破るべき錠が最初からなければ、いくらルパンでも扉を開けられるはずがない。フォッグさん、おめでとうございます。これで金庫は安全です」

「………」

穏やかに宣言するホームズの、波紋のような同心円を描く水色の瞳を、ワトスンは覗き込んだ。

フォッグ邸に入るとき、彼は「弾倉が三時間以内に空になる予定」だと言っていた。ベイカー街でルパンと会話した時点からずっとこうするつもりだったのだ。どんな鍵でも開けられるのなら、鍵をなくしてしまえばいい。理屈はわかる。半日我慢するだけで外に出られるというのも理解はできる。

だがその、手段を選ばぬ探偵の思考は。合理性だけを追求した、渦巻く瞳が湛える知性は——ワトスンにとっては、単なる狂気にしか映らなかった。

フィリアス・フォッグは何も言わなかった。パスパルトゥーやレストレードも、言葉を失ったように固まっていた。

「すばらしい」

ただ一人、ルパンを追い続ける老警部だけが、名探偵をほめたたえていた。

ブラウンの瞳にホームズと同種の狂気を宿し、彼はにんまりと笑った。

「これで警備は完璧になった」

＊

「三階、異状ありません！」

「同じく二階、サンルームも含め異状ありません！」

「いったいどこに……」

「まだ南館までは来ていないのでは？」

「油断するな、侵入者は我々に化けている。一人で行動している者がいたら注意を払え」

緊迫した会話を交わしながら血眼《ちまなこ》になって自分を探す警官たちの横を、ファントムは堂々と通り過ぎた。怪しまれるどころか、呼び止められることすらなかった。

彼が着ているのは警官の制服ではなく、王室近衛兵に似た赤い制服だった。百人の見張りのうち八十人は警官だが、残りの二十人はフォッグ邸で雇われている警備員たち。その警備員たちの制服だ。右顔と白髪はカツラで隠している。

ピエロの恰好の下には最初からこの服を身に着けていた。気絶させた警官の制服は、剝いだあとすぐそばの掃除用具入れに放り込んだ。各部署には「侵入者が警官に化けた」という思い込みの情報が伝達され、警備員の恰好をしたファントムは、誰にも見とがめられずに邸内を歩き回ることが可能となった。

邸内への侵入方法も含め、すべてはルパンのアイデアだった。よくもまあ次から次へ馬鹿なことを考えつくものだと、あきれてしまう。今ファントムが南館の一階を歩いているのも、ある馬鹿げたトリックのためである。

もっとも、うまくいくかどうかはわからないが……。

その後も数人の警官をやり過ごし、ファントムは目的の場所にたどり着いた。観音開きのドアを開き、中に入る。

角灯《ランタン》を灯《とも》すと、広い半円形の部屋が照らし出された。南館から張り出した塔の一階部分にあたる物置部屋。ドアのある左側は木張りの床で、使わなくなった家具が置かれている。右側は半地下の土間になっていて、工具やロープの収まった木箱がポツポツと並んでいた。レンガの壁に窓はなく、出入口も自分が使ったドアのみ。すべて事前の調査どおりだ。

ファントムはまず、ドアの左右の取っ手にロープを巻き、厳重に縛りつけた。さらに、家具を引きずってきてドアの前に積み重ねる。

ドアを完全にふさぎ終えると、十時四十分になっていた。少し急がねば。

彼はふところから小さな包み紙を取り出し、慎重に床に置いた。半地下の土間へと階段を下り、工具箱から長い釘《くぎ》抜きを手に取る。

そして、土間の隅にあいた小さな穴へと向かった。

*

「十時五十分」

フォッグ氏が時間を読み上げた。

〈余罪の間〉の面々は鍵破壊のショックからも立ち直り、むしろ腹をくくったように金庫のまわりを囲んでいた。ルパンの犯行予告まであと十分。いやが上にも緊張が高まる。

ワトスンは心を落ち着けようと、左ポケットの煙草に手を伸ばしたが、

「勝ってから吸いたまえ。そっちのほうが美味い」

ホームズがその手を止めた。彼はゆったりと椅子にもたれ、壁際の蠟燭を眺めていた。

「……本当に勝てるんだろうな」

「少なくとも、僕は考えうる限り最も強力な策を取った」

「そこはまあ、同意するけれど」

ワトスンは今一度、地下室の状況を考えてみる。

正面の鉄扉はそもそも頑丈で破れないうえ、ホームズが鍵を壊してしまった。天井の通気口は人が通れないし、中が曲がりくねっているので盗みの役には立たない。地下七十フィートの深さなので、気づかれずにトンネルを掘ることも不可能。警官たちに見とがめられることなく一本道の階段を下りることも不可能。

問題ない――とは、思うのだが。

「君の疑念はわかるよ」ホームズが言った。「厳密にいえば、裏をかかれる可能性はゼロじゃない。僕は問題に答えを出す前、常に自分の結論が正解だと確信している。不可能を消去していって最後に残ったものが真実だからだ。だがルパンは――奴は常に、不可能を可能に変える。僕とは思考の相性が悪い」

「……君も、不可能を可能にする男だろ」ワトスンは励《はげ》ますように返した。「ライヘンバッハの滝からよみがえった」

歴戦の探偵はこちらを向き、少しだけ微笑んだ。その一言によって緊張がほぐれた様子だった。ワトスン自身も、そんな友人の顔を見ていつもの自分を取り戻すことができた。

「十時五十五分。あと五分です」

フォッグ氏の冷静な声。

ガニマールは銃を抜き、ゆっくりと撃鉄を起こした。

「念には念を入れましょう。皆さんも武器を構えて。ホームズさん、ワトスンさん。金庫を手で押さえて、何が起きても決して離さないでください」

「わかりました」

ワトスンはホームズと向き合い、箱型金庫に手を触れた。

守るべきものの実物に触っていると、心の中にさらなる安堵感が芽生《めば》えた。ガニマールの言っていた「物理的な警備こそが最も効果的」という説にも通じる確信。

大丈夫だ。ルパンがどこから、どんな手を使って盗みにこようが、自分たちがこうしている限り心配ない。たとえば部屋が突然真っ暗になったとしても、ホームズと二人でスクラムを組み、金庫を抱きかかえてしまえば、この世の誰にも手出しはできなくなる。

相棒もちょうど同じことを考えていたらしい。ワトスンはホームズと視線を交わし、互いにうなずき合った。

「十時五十七分」と、フォッグ氏。

蠟燭の炎が揺れる音と、六人の息遣いの音だけがやたらと大きく聞こえた。ワトスンは懐中時計を金庫の上に置き、秒針を見つめながら最後の三分を過ごした。

十時五十八分——パスパルトゥーが額の汗を拭う。

五十九分——レストレードが銃を両手持ちに変える。

五十九分四十秒——五十秒——五十七、五十八、五十九——

時計の針が、十一時を指した。

秒針はさらに進む。十一時零分三秒。五秒。十秒。

「……何も起きないな」

ワトスンが左右を見回したとき。

どこか遠くのほうで、ドオン、という音が聞こえた。

バスドラムを思いきり叩いたような、鈍く、重量感のある音だった。

「なんだ？　なんの音だ？」

パスパルトゥーが口にする。他の者も音の正体を探ろうと、周囲に目を凝《こ》らす。

その数秒後。今度は、どどどどど……という地鳴りのような響きが頭上から聞こえてきた。

全員が首を上に向けた。天井は微妙に揺れて、パラパラと砂埃が落ちていた。

どどどどど……音はだんだん大きくなる。何かが迫ってくるように。

どどどどど……ワトスンはこれと似た音に聞き覚えがあると思った。つい今しがた会話に出した何かだ。そう、これは、この音はまるで――

*

「どうやって盗む気だ？」

ホテルの一等スイートでファントムが挑戦的に尋ねると。ようやく的を射たな、とでも言うように、ルパンは優雅な笑みを返した。

「逆転の発想だよ、エリック」

「逆転の？」

「おまえは、盗みの計画において最も重視すべき問題はなんだと思う？」

「何って……『どうやって獲物に近づくか』だろ。警備を破る方法とか、保管庫の鍵の開け方を考えるのが」

「違う違う違う、そんなところはどうとでもなる」

ルパンは意見をかき消すように手を振ると、一足飛びでファントムの横に並び、設計図が貼られた壁と向かい合う。

そして指先をさまよわせ、南館の塔の一階を叩いた。

「いいか。真に重要な問題は、俺たちがどうやって近づくかではなく——敵をどうやって遠ざけるかだ」

*

バシュウ！

決壊するような音とともに。天井の通気口から、猛烈な勢いで何かが飛び出してきた。

パスパルトゥーが尻餅をつき、ホームズは反射的にワトスンを見た。

レストレードが叫んだ。

「水だ！」

11

滝のようなしぶきを上げながら、水は次々と流れてくる。濁《にご》った灰色の冷水だった。止まる気配はまるでなく、天井から床へと落ちた水は円形の床に広がり始める。

ワトスンには何が起きているのかまったく理解できなかった。

「おい、いったいどうなってるんだ……なに？　なんだって？」

伝声管で連絡を聞いたレストレードが、突拍子もない声を出した。

「ホ、ホームズさん！　塔の根元の外壁が爆薬で吹き飛ばされたそうです。すぐ警官が向かいましたが、部屋のドアがふさがれていて……」

「やられた」

レストレードの話を聞くまでもなく、ホームズは事情を察したようだった。彼は金庫から手を離し、絶望的な顔で灰色の滝を見上げた。

「堀の水だ。ワトスン君、落ちてきてるのは堀の水だ。僕はすっかり奴の術中だった……そうだ、液体なら通気口を通れるんだ。そしてそのための水は、最初から邸宅のまわりに大量に存在していた」

「ど、どういうことだ？」

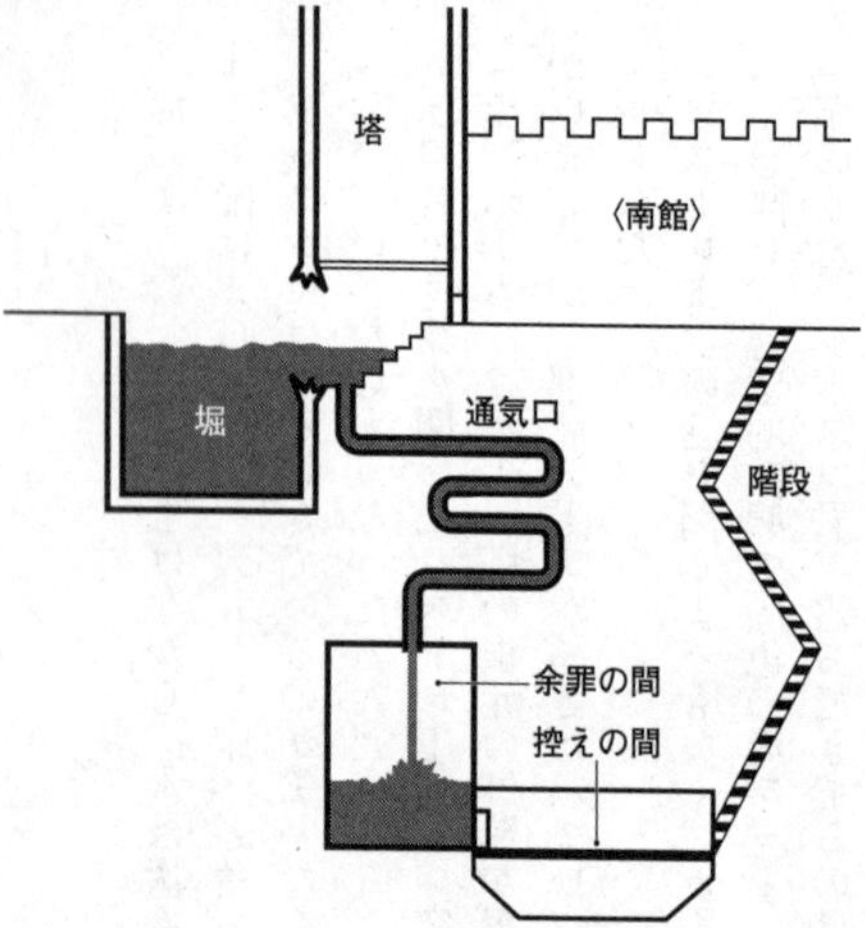

「単純な話だよ。昨日聞いたとおり、通気口は南館の塔につながっていて、一階の半地下部分にもう一方の口がある。そこに侵入して外壁を吹き飛ばせば、外から堀の水が入ってくる。水は通気口に飲み込まれ、曲がりくねった狭い穴をホースのように伝ってここに流れ込む。そして少しずつ部屋の中に溜まっていく」

ワトスンは頭の中で想像図を描いた。水はより低い方向へと流れる。堀から塔の半地下へ、そこにある通気口からこの部屋へ。理屈はわかるが、

「どうして水を？　水なんか入れたって金庫を盗むことは……」

「そのとおり。でも、僕らには水中で金庫を守ることはできない」

ワトスンにもルパンの狙いがわかった。

もしこのまま時間が経ち、五フィート、十

フィートと水かさが増えていったら？　自分たちは常に水面に浮かび、呼吸をしなければならない。

だが、金庫は水に浮かばない。

背後で金だらいを叩いたような音が響いた。天井の通気口にはまっていた鉄格子が水圧によって枠ごと壊れ、床に落下したのだ。障害物を排した水の流れはさらに加速し、みるみるうちに部屋を浸していく。水位はわずか二、三分の間に彼らの膝まで達していた。

「まずいぞ。これじゃ二十分と経たないうちに部屋が……そうなったら全員窒息だ」

「いや、ルパンは人殺しはしないはず」

慌てふためくレストレードをガニマールが落ち着ける。

「フォッグさん」と、ホームズ。「塔の半地下部分の床の低さは？」

「地面より六フィートほど低いです」

「堀の水面は地面からどのくらい離れていますか？」

「四フィート程度」

「なら差し引き二フィート分の水がここに流れ込むわけですね。堀の全長が目測で二百ヤードとして、この部屋の高さが……」

素早く暗算し、ホームズはうなずいた。

「最悪の場合でも、水は天井間際で止まると思います。そこまで行けば装飾部分に体を預けることができますし、それまで持ちそうになければ椅子を浮き輪代わりに使ってもいい。大丈夫です」

「大丈夫じゃないでしょう！」パスパルトゥーが怒りの声を上げた。「フォッグ様はご高齢なんです。こんな冷たい水に長く浸《つ》かるのは危険だ。すぐ扉を開けましょう。〈控えの間〉に水を流せば多少、は……」

だが彼は、言葉の途中で口をパクパク動かすだけになってしまった。

ワトスンたちもその事実を思い出し、〈余罪の間〉の出口を見つめた。厚さ一フィートの頑丈な扉――鍵穴が壊され、もはや開閉不可能と化した鉄扉を。

「言ったでしょう、僕はルパンの術中でした」

ホームズが低い声で言った。

「奴が『どんな鍵も開けられる』と宣言したとき、僕は鍵を壊す戦略を固めました。思えば、あの時点から計画は始まっていたのでしょう。奴はさりげない一言で僕の思考を操り、わざと扉を開閉不可能にさせたのです。水の逃げ場をなくすために」

昼間のお茶会で、ルパンは鍵の話題に過剰なほど食いつき、実際に南京錠を開けてみせさえした。すべてはこのためだったのだろうか。ホームズの発想力を逆手《さかて》に取って「鍵を壊す」というアイデアを刷り込み、それを利用して――

ワトスンには、ルパンの笑い声が聞こえた気がした。

銀の表面から、両手に冷たさが這い上がる。水はワトスンの臍《へそ》のあたり、金庫が水没する高さにまで迫っていた。本能的に金庫を持ち上げようとしたが、

「やめたまえ。無駄なあがきだ」

ホームズに言われて、その行為の虚《むな》しさを悟った。純銀製の金庫は予想以上に重く、水に浮いた状態ではとても持っていられない。頭上に持ち上げたり椅子に乗ったりしたところで、すぐに水に追いつかれ、わずか数十秒の時間稼ぎにしかならないだろう。

「くそ！」と悪態をつき、ワトスンは金庫を椅子に戻した。灰色の水が、あっという間にその姿を飲み込んだ。

「どうする気だホームズ！　このままなすすべなしか？」

「………」

ホームズはなかば泳ぐようにして伝声管へ向かい、外の警官たちに指示を出した。

「聞こえるかい？　どんな手を使ってもいいから扉の左側の壁を壊してくれ。そう君たちから見て左。この伝声管がある箇所だ。少しでも壁に異変が現れたら決壊に備えて階段のほうまで退がること。頼んだよ」

「壁を壊すんですか」と、ガニマール。「大理石ですよ」

「鉄の扉と比べたらまだ可能性があります。部屋の水圧は徐々に高まりますし、伝声管から水も漏れるはず。そこにうまく力を加えれば壊せるかもしれない。堤防が小さな穴から決壊するのと同じです」

「ルパンの侵入を許すのでは？」

「そこは警備隊を信じるしか……いけない！　誰か明かりを！」

ホームズが突如叫び、一同はハッとして部屋を見回した。水が燭台の高さに近づいている。

ワトスンは蠟燭を救おうと壁際へ向かったが、水に足を取られて転んだ。咳き込みながら起き上がると、ガニマールがその背中を支えた。レストレードやパスパルトゥーも必死に水をかいていたが、顎先まで迫った水位に苦戦を強《し》いられ、間に合わなかった。

悪魔が息を吹きかけたように、室内を煌々《こうこう》と照らしていた火が一斉に消え。

午後十一時六分。〈余罪の間〉に夜が訪れた。

＊

津軽は塔の屋根に立ち、文字どおり高みの見物を決め込んでいた。

眼下にはもうもうと煙が舞っている。先ほど、塔の一階部分の外壁が吹き飛んだのだ。十一時とほぼ同時に邸内を襲った爆発は、あまりにもド派手なルパン参上宣言だった。敵同士とはいうもののその茶目っ気が嬉しくなる。

津軽は屋根の張り出しをぐるりと歩き、静句の隣に戻ってきた。中庭には小指の先ほどの警官・警備員たちが行き来し、大声で現状を伝え合っている。犯行予告時間を迎え、事態は大きく動きだしているようだ。

だが〝鳥籠使い〟はまだ動かない。

彼らはじっと待っていた。すべてを見渡せる塔の屋根に立ち、やがて来るはずのその瞬間に備えていた。作戦がうまくいくかどうかはわからない。吉と出るか凶と出るか。鬼が出るか蛇《じゃ》が出るか。

出るとしたら、鬼のほうだろうが。

＊

「なるほど、そういう手か」

南館四階の書斎にて。報告を聞いたレイノルド・スティングハートは、内心でルパンに拍手を送った。やはり地下にいなくてよかった。自分が堀の水などに触れようものなら失神必至である。

「で？」と、報告係の警官に向き直る。「俺たちに何をしろと？」

「地下室の壁を壊していただきたいのです……ホームズさんからの言伝《ことづて》で。どうか、お力をお貸し願えませんでしょうか」

誠意の塊《かたまり》といった風貌の警官は、二人のエージェントに頼み込んだ。

「レイノルドさん、どうしましょう？」

「黙ってろ。今考えてる」

「す、すいません」

ファティマが肩を縮める。第五エージェントは腕を組み、二つの事柄を天秤《てんびん》にかけた。壁を壊し、溺《おぼ》れかけたホームズたちを助ける——児戯《じぎ》に等しい仕事だが、ルパンの犯行を妨げる可能性もある。かといって断れば、諮問警備部そのものの信用が揺らぐ。ただでさえ今夜はルパンを取り逃がしたことにする予定なのだ。

レイノルドは時計を見た。十一時十五分。ここは妥協のしどころか。

「わかった。ファティマ、警察に力を貸して差し上げろ」

「あ、貸すんですか」

「当たり前だろう？」

「そ、そうでしたすいません！……って、私が行くんですか？」

「俺が地下に行きたがると思うか」

「で、ですよねすいません！　行ってきます！」

第七エージェントは背筋を伸ばし、警官とともに走りだす。実際、水が溜まった部屋の壁を壊すなら、彼女の飛び道具のほうが有効だろう。

「矢の無駄遣いはするなよ」レイノルドはその背中に声を投げた。「今日は長い夜になりそうだからな」

そう。任務の本番は、ルパンが犯行を終えたあとにやって来る。

レイノルドはサーベルの柄に指を這わせ、嗜虐的《しぎゃくてき》な笑みを浮かべた。

ワトスンは、九年前の「赤毛連盟」事件を思い出していた。

あのときはホームズとともにシティ・アンド・サバーバン銀行の地下室に潜り、息をひそめて強盗団を待ち受けた。完全な暗闇を経験したのはあれが初めてで、今回が二度目。どうやら今回は、最初よりもトラウマものの記憶になりそうだった。

＊

「ワトスン君、生きてるかい？」

「生きてるよ、少しばかり冷えてきたがね！　フォッグさんとパスパルトゥーさんは？」

「私はここです！　フォッグ様は……」

「ここだ。ところで、今何時だろう」

「あんた冷静すぎだろ！　畜生、本当に冷えてきた。このままじゃ全員……」

「大丈夫ですレストレードさん、ルパンは人殺しはしません。私の知る限りは」

怪物に飲み込まれた気分だった。

暗闇の中、水の落下するごうごうという音が絶え間なく聞こえている。水位は刻一刻と上昇し、それとともに自分の体がせり上がっていくのが感じられた。六人は自分の椅子を浮き輪代わりにして水面に浮かび、叫ぶようにして声をかけ合っていた。

水の量もやっかいだが、一番の問題はその冷たさだ。一月のテムズ川から引いた水は文字どおり氷のような低温で、濡れた衣服の重みが彼らから確実に体力を奪っていた。

この状態であとどれくらい持つ？　水はまだ増え続けるのか？　壁はまだ壊れないのか？　天井までの距離は？　本当に溺れ死なずに済む？　他の五人の安否は？　そして宝石は？

頭の中がぐるぐると渦巻く。混沌《こんとん》とした恐怖が〈余罪の間〉を侵食する。

「フォッグさんへの返答になりますが」それを振り払うように、ホームズの声がした。「水が入り始めてから二十分少々は経ったと思います。今は十一時二十分ごろでしょう」

「まだたった二十分？」

ワトスンが聞き返す。「赤毛連盟」事件のときは地下室で一昼夜張り込んだような気がしたものだが、実際は一時間と少しだけだった。暗闇の中だと時間の感覚がわからなくなる。

「『もう二十分』と言うべきですな」と、ガニマールの声。「椅子にしがみつくのも疲れてきた。水位はどのあたりでしょう？」

「そろそろ装飾部につくころだと……あっ、触れた！」

壁際のほうから、パスパルトゥーが叫んだ。

「装飾部に触れました！　フォッグ様、つかまってください。皆さんも壁際に移動して！　手をかければ、今よりだいぶ楽になります」

「助かった……ようやく給水ポイントってわけだ」

「たとえが下手だなレストレード君、給水はずっとされてるよ」

ホームズの軽口を聞きながら、ワトスンも前方に向かって泳ぎだした。すぐ壁に突き当たり、確かに装飾の凹凸を感じた。ちょうどいい箇所を手探りして体を預けると、二十分ぶりに息をつくことができた。

取り戻した理性で、考える。壁の装飾は三十フィートくらいの高さから始まっていた。とすると、今の水位も三十フィート。すでにかなりの水量が部屋に流れ込んだことになる。ホームズはそのあたりで水が止まると予想していたが――

「待った。音が弱まってるぞ!」

レストレードの声がした。ワトスンはとっさに耳を澄ました。

確かに――弱まっている。ごうごうとなりを上げていた水の勢いが、少しだけ落ちている。

ときおり空気が交じるような、ごぼっごぼっという音も聞こえだした。涸《か》れかけた井戸を連想させる音だった。瀑布《ばくふ》のようだった激しい水音は穏やかな河川へと変わり、ありふれた蛇口に変わり、そして。

「止まった」

ホームズの声を最後に、およそ二十分ぶりの静寂が〈余罪の間〉を包んだ。

水の音はもうしない。助かった!

待ち望んでいた瞬間だったが、すぐに別の緊張感が襲ってきた。溺死《できし》はまぬがれたものの、自分たちはこのままどうなる？　壁はいつ壊されるのか？　水に沈んだ金庫は無事なのか？　ワトスンは無駄なあがきと知りつつも左右を見る。

——カン。

ふいに、天井のほうから何かがぶつかり合うような音が聞こえた。

「な、なんだ⁉」

パスパルトゥーの声。その直後、また「カン！」と音が鳴る。

カン、カン、カン……。断続的に響きながら、怪音はどこかへ遠ざかっていった。

「……？」

息絶えたような沈黙。ホームズやガニマールでさえ今の怪音の意味がわからず、戸惑っているようだった。

そのままさらに、五、六分が過ぎたころ。

ぐらり、と今度は水面が揺れた。

ルパンがさらなる魔法で地震を起こした——わけではなかった。どうやら壁が壊されたようだ。水底のほうから明かりが見える。かろうじて視認できる程度の光だったが、暗闇を耐え抜いた目にとっては太陽のようにまぶしかった。

水が流れる音とともに、少しずつ水位が下がってゆく。

ワトスンは装飾部から手を離し、室内を見回した。他の五人も、円形の壁のバラバラな場所に身を寄せていた。パスパルトゥーは太った体をぜいぜいと上下させ、フォッグ氏は少し顔色が悪い。レストレードは自分と同じくきょろきょろと目を動かし、ホームズとガニマールはじっと水底を凝視していた。

やがて水面から、壁の穴が顔を出した。鉄扉の横にあいたそれは縦割れの穴で、大人がどうにか通れるくらいのサイズだった。誰かが伝声管を中心に亀裂《きれつ》を広げ、そのあと水圧によって中から割れる形で開通したのだろう。

床に足がつき、続いて胸が、腰が、膝が水の呪縛を逃れた。最終的にほんの数インチの水位を残して、水はすべて部屋の外に流れ出た。

「皆さん、ご無事ですか！」

警官の声。ワトスンは穴から顔を出し、それに答えた。水は〈控えの間〉の階段状に掘り下げられた部分に溜まっていた。警官たちは一本橋の向こう側まで退がっており、橋の中ほどにロイズ第七エージェントの小柄な姿があった。穴のまわりに目を向けると、金属製の矢が数本刺さっている。

「……君が穴をあけたのか？」

「ええ。救出が遅れてすいません」

ファティマはいつものように謝った。まさか彼女に助けられることになるとは。

ワトスンはびしょ濡れの靴をきゅっと鳴らし、〈余罪の間〉から出ようとする。が、

「ない」

ホームズの声で振り返った。

水が引いた部屋にはさまざまなものが散乱していた。浮き輪代わりに使っていた木の椅子。火の消えた蠟燭。壊れた鉄格子。石造りの椅子。

だが、八十カラットのブラックダイヤ――〈最後から二番目の夜〉を収めた箱型金庫は、影も形もなくなっていた。椅子の後ろにも部屋の隅にも見当たらず、誰かが隠し持っている様子もなかった。

完全に、部屋の中から消えていた。

「フォッグさん」ホームズが言った。「時計が壊れていなかったら、時間を教えていただけませんか」

「……十一時三十分です」

ふと、気づく。

予告状に書かれていた曖昧な犯行時刻。不自然な三十分間。

ひょっとするとあの一文は、水が部屋に溜まるまでの時間と、壁が壊されるまでの時間を計算に入れて――

『一月十九日午後十一時から十一時半にかけて、貴殿の所有されている宝石〈最後から二番目の夜〉ならびにその保管用金庫を頂戴いたします』

アルセーヌ・ルパンは、予告を実行したのだった。

12

ワトスンたちは憫然《びんぜん》たる気持ちで一人ずつ穴を出た。濡れた服の不快感はどこかへ消し飛んでいた。警官たちもじっと押し黙り、ちゃぷちゃぷという水音だけが虚しく地下に響いていた。

「流れ出たんじゃないか？」

レストレードが自分を納得させるように言った。

「金庫は、水に押されてこの穴から流れ出たんだ。水の中を探せば見つかるはずだ。なあ？」

「いえ……」警官の一人が首を振る。「気をつけて見ていましたが、金庫ほどの大きさのものは何も……」

「それに、土台の椅子のほうはあまり動いていません。同じような重さの金庫が水に押し流されたとは思えない」

ガニマールが補足し、重ねて警官に尋ねる。

「誰かこの穴に近づいた者は？」

「誰もおりません。ファティマさんも橋の中央から狙撃《そげき》を行ったので……」

老警部は〈余罪の間〉を振り返った。頑強な鉄扉は健在だ。レリーフに刻まれた二人の騎士が、彼らをあざけるように旗を掲げていた。

「でも、どうやって?」パスパルトゥーが言った。「おかしいじゃないですか。部屋は出入り不可能だったし、金庫は水に沈んでたんですよ。どうやって盗んだっていうんです」

誰も答えられなかった。

ワトスンはコートの裾を絞りながら、ホームズの様子をうかがった。彼は顎に手をあて、思考の世界に潜っていた。乱れた癖毛の先から水滴がぽたぽたと垂れている。

「レストレード警部!」

新たな警官が階段を下りてきた。

「ご報告いたします。塔の一階のドアを破りました」

「おお! 誰か捕まえたか」

「それが、我々が踏み込んだときには部屋に誰もおらず……ロープか何かを使って、外壁の穴から他の窓へ逃げたのだと思われます。ただいま邸内を捜索中です」

「…………」

がくりと肩を落とし、レストレードは壁にもたれかかった。ガニマールは歯痒《はがゆ》そうに
「十一敗目」とつぶやいた。それは連敗記録の更新を意味していた。

屋敷の警備員を総動員し、スコットランドヤードの精鋭を集め、専門家と名探偵を呼びつけ、地下室を鉄の扉で閉ざし、これ以上ないほど守りを固めた。だがその圧倒的有利な布陣は、たった二人の怪盗と怪人に打ち破られた。百十一対二の勝負に敗北を喫した。金

庫は消失し、敵は逃亡——

「まだ完全に逃したわけではありません」

ファティマが言った。

「正面の橋をふさいでいる限り、怪盗は邸内から出られません。私とレイノルドさんで捕らえます」

その顔からは気弱さが失《う》せ、出番を迎えた俳優のような自信の笑みが浮かんでいた。保険屋らしい、真意を隠した笑顔だった。ワトスンが口を開くよりも早く、彼女は階段を駆け上がっていく。怪盗も〈ロイズ〉も止めることはできなそうだ。

ワトスンはため息をつき、それから冷えきった体のことを思い出した。このままでは全員肺炎になりかねない。

「我々もとにかく地上に出ましょう。暖炉で暖まらないと」

濡れねずみの六人はちらほらと同意し、階段へ向かった。

フォッグ氏は相変わらず鉄めいた表情で、レストレードは憔悴《しょうすい》しきり、ホームズは沈黙していた。ガニマールは不機嫌に顔をしかめ、先頭を行くパスパルトゥーが鳴らすギシギシという踏み板の軋みだけがやたらと大きく聞こえた。

南館の居間に出ると、暖炉の炎が六人を出迎えた。メイドの少女も一人いて、人数分のタオルを用意していた。

ワトスンたちはびしょ濡れのコートを脱ぎ、各々《おのおの》タオルを手にして暖炉のまわりの椅子に座った。炎をこんなにありがたく感じたことはなかった。吹き抜けになった二階からは警官たちの声が聞こえていた。捜索は続いているらしい。

「ガニマールさん、手錠を持っていたら貸していただけませんか」

ふいに、ホームズが言った。

〈余罪の間〉を出てから、彼が初めて発する言葉だった。ガニマールは眉をひそめつつ「どうぞ」と手錠を差し出す。ホームズはそれを受け取り、
ガニマールの腕をひねり上げた。

老警部の体が絨毯の上に引き倒される。手錠の施錠音。次の瞬間、彼の右腕はマントルピースの柵とつながっていた。ワトスンたちがアッと叫ぶ暇もなく、ホームズはガニマールの頭をつかみ、白髪交じりの髪をむしり取った。

その下から現れたのは、若々しく美麗な金髪。

「諸君、アルセーヌ・ルパン君をご紹介しましょう！」

ホームズの声が高らかに響いた。


「おいおい待て待てそりゃないだろう」

手錠をかけられた人物は嘆くようにうめいた。顔は老警部のままだが、声は青年のそれに――聞き覚えのあるアルセーヌ・ルパンのそれに戻っている。

ワトスンは驚愕のあまり気絶しそうだった。こんなに意表を突かれたのは「空き家の冒

険」でホームズと再会したとき以来だ。

「ホームズ、これはいったい……」

「すまないワトスン君、僕もついさっきまで気づかなかったのだ。さあ皆さん、そんなに驚かずにどうぞ暖まってください。ああそれと君、地下から警官を何人か呼んできてくれたまえ」

メイドに命じてから、ホームズは革張りのソファーに腰かけた。他の面々は夢でも見ているように顔を見合わせる。絨毯にあぐらをかいたルパンは、無抵抗だが不満げだった。

「どうしてばれた？　完璧だったろ」

「いや、一つミスがあった。でもそれは後回しだ……順を追って話しましょう。まずは金庫の謎からです」

探偵は黒い陶製パイプ片手に、話し始めた。

「〈余罪の間〉から水が抜けて、金庫が消失したとわかったとき、僕はすぐに分析を始めました。金庫は部屋のどこにもなく、どこかに隠せる大きさでもなかった。しかし鉄扉は完全に閉ざされており、急きょあけられた穴も衆人環視下にあった。とすれば、金庫を部屋から出す方法は？　ただ一つ、天井の通気口を使う以外ありえません」

「え？」と、執事が声を上げる。「通気口から盗んだんですか？　そんなこと……」

「ええパスパルトゥーさん、三つの理由から不可能だと昨日教えてくださいましたね。もう一度、その三つを繰り返していただけますか？」

「まず、通気口には鉄格子がはまっていて……」

「水の勢いによって鉄格子は壊れていました」

「だ、だとしても、狭すぎて大人が通ることはできません」

「そう、子供がやっと通れる幅でしたね。しかし見方を変えれば金庫なら通る。通気口内にロープを通し、その先端を金庫にくくりつければ、引っ張って回収することは簡単にできます」

「無理ですよ。だって、通気口の中は曲がりくねってるんです。ロープを通すことは……」

ホームズは湿気《しけ》たマッチを何度もこすり、パイプに火をつけた。

「可能なのです」

「ルパンの立てた計画をなぞってみましょう。北館のバルコニーから邸内に侵入した仲間――おそらくファントムでしょうが、彼はまず塔の一階に行き、工具を使って通気口の地上側の鉄格子を外しました。それから塔の外壁を爆薬で吹き飛ばし、大量の水を地下に流します。僕らは水によって金庫から遠ざけられ、水圧が地下側の鉄格子を壊しました。さらに水は蠟燭の火をかき消し、室内を真っ暗にしました。

その後、ファントムは何をしたか？　彼は塔の一階で二十分ほど待機。そして地下室の水位が三十フィートに達した頃合いを見計《みはか》らい、通気口めがけて投げ込んだのです。長い、長い、長いロープの先端を」

「……あっ」

明かされてしまえば、あまりに簡単な方法だった。

通気口の内部はカーブしているため、通常ならロープを通すことはできない。だがもし、大量の水と一緒にロープを流したら？　ロープは水流に乗って曲がりくねった通気口を抜け、地下室へ届きうる。

つまりあの水は、単なる妨害ではなかったのだ。自分たちを金庫から遠ざけ、部屋の明かりを消し、鉄格子を壊し、かつロープを地下室まで届かせる――四つの役割を兼ねていたのだ。

「これによって、地上と地下が一本のロープでつながりました。さて、そのタイミングを見計らい、地下室に潜入していた仲間が動きだします。彼はロープの先端を受け取ると、水に潜って金庫に縛りつけ、二、三度引いて合図を出します。通気口と金庫の場所を前もって頭に入れておけば、それくらいは手探りでも可能でしょう。他の五人に怪しまれる心配は皆無です。僕らはそのころ壁に張りついていたんですからね」

水位が三十フィートまで達したとき、ワトスンたちは壁際に移動し、装飾部に手をかけて体を休ませていた。逆にいえば、部屋の中央は無人状態だった。室内は真っ暗だったし、落ちてくる水のせいで怪しい音もかき消されていた。

「その数分後。水の勢いが弱まり、やがて完全に止まります。同時に地上側のファントムがロープを引き、通気口から金庫を回収。たったそれだけで盗難成功です。僕らが聞いた

『カン、カン』という音は、吊り上げられた金庫が通気口の内壁とぶつかり合う音だったのでしょう」

ホームズは一区切り置いて、煙を吐き出した。

「あの部屋の状況から考えて、金庫を消し去った方法はこれ以外考えられません。しかしこの仮説が正しいとすると、僕ら六人の中に怪盗の協力者がいることになります。ロープを金庫に結びつける役がどうしたって必要ですからね」

「他にも保険の意味がある」ルパンが口を挟んだ。「探偵が鍵を壊す発想に至らなかった場合、自分から発案して破壊する。明かりがうまく消えなかった場合は、ドジったふりをしてわざと消す。鉄格子がうまく壊れなかった場合は」

「明かりが消えてから通気口を銃で撃つ」ホームズが説明を継いだ。「なるほど用意周到だ……そういうわけで、誰かが必ず偽者でなければならない。しかし僕が観察した限り、怪しい人物は誰もいませんでした。六人のうち――正確にいえば、僕とワトスン君を除く四人のうち、誰が偽者かがわかりませんでした。地上に戻ってくるまでは」

「で、どうしてわかった？」と、ルパン。「後学のために聞かせてくれ」

「足音だよ」

ホームズの靴先が絨毯を叩いた。

「地下から出るときようやく気づいたんだ。昨日も今日も、パスパルトゥーさんが階段を通ると、木製の踏み板はギシギシと音を立てた。彼は太っていて体重が重いからだ。その音を聞いたとき矛盾に気づいた。三時間前、僕らが地下に下りたとき。パスパルトゥーさんとそっくりな体型にもかかわらず、まったく音を立てずに階段を通った人物がいた」

——ガニマール警部。

あのとき、ワトスンたちは彼と一緒に階段を下りた。だがその道中は、土壁が音を吸い尽くしてしまったかと思うほどに静かだった。

「足音が鳴らなかったとすると、僕らの前に現れたガニマール警部は服に布などを詰めて太っているように見せかけているだけで、実際の体重は見た目よりずっと軽いに違いない。つまり、目の前の人物は本物のガニマール警部ではない。では何者か？　僕の目を欺《あざむ》くほどの変装術を持つ人物はこの世に一人、アルセーヌ・ルパンだけだ」

ホームズはソファーを離れ、炎に照らされるルパンを間近で見下ろした。ワトスンも話に聞き入るあまり、椅子から立ち上がっていた。

「でもホームズ、君は屋敷に入る前、ガニマールのひげを引っ張ったじゃないか。そのとき彼が本物だと……」

「そう、そこが実にルパンらしい戦略だった。ガニマール警部は非常に特徴的なひげの持ち主だ。同時に、つけひげは最もポピュラーな変装道具でもある。もし誰かが彼が本物かどうかを見極めようとした場合、ほとんどの者は口ひげをつかみ、それを引っ張るという行動を取るだろう。まさに僕が、無意識のうちにそうしたようにね。それを予想できていれば、顔のつけひげだけを接着剤などで念入りにくっつけておくこともできるのではないか？」

「あのときが一番ハラハラしたよ」と、ルパン。

「そう考えていくと、昼間、君が僕に変装してベイカー街に現れた目的も見えてくる。あのときの君の変装はややチープで、その大部分を演技で補っていた。たとえば瞳の色などは金色のままで、目を伏せることでごまかしていた。だが、そうやって『この男は完璧な変装ができるわけじゃない』と僕らに思い込ませるのが狙いだったとしたら？　そしてそのあと、より〝完璧な変装〟をした姿で僕らを騙《だま》すつもりだったとしたら？

君はずっと、僕らがフォッグ邸に現れるのを待っていたんだろう。シャーロック・ホームズに素性を当てさせたのも、ひげを確認させたのも、警察の身体検査を逃れるためだ。そもそもルパンが変装するとしたら、宿敵ガニマールが最も適している。君は彼のことを知り抜いている一方で、ロンドンには彼のことをよく知っている者なんて一人もいないのだからね」

もう一度煙を吐くと、ホームズは謎解きを終えた。

ルパンは観念したように笑い、自らの手で変装を解き始めた。

つけ鼻とつけ眉毛を外し、口に含んでいた綿を吐き出し、特徴的なつけひげを取る。少しずつ接着剤を剝がすようにして、時間をかけて取った。濡れた袖で顔をこするとメイクが落ち、昼間に会ったアルセーヌ・ルパンの顔が現れた。腹からは布の詰め物が数枚出てきた。最後に両まぶたからごく小さなガラスを取り出す。すると、彼の瞳は金色の輝きを取り戻した。

「コンタクトレンズ!」ホームズが感嘆する。「最新の視力矯正具か。ロンスタインやシュルツァーの論文を読んだことがあるよ」

「俺は改良してレンズに色をつけた。目が痛むから四、五時間しか持たないが」

「本物のガニマール警部はどうしたんだい?」

「ウォータールー駅に着いたところを襲った。今ごろトイレの中で寝てるよ。パンツ一丁だから風邪を引くかもな」

本棚の隠し扉が開き、ぞろぞろと警官たちが現れた。彼らは警棒を手に暖炉のまわりを取り囲む。

ルパンは動じることなく、じっと目の前の探偵を見据えていた。

「この場合はどちらの勝ちになるのかな、シャーロック。あんたは俺に手錠をかけ、俺は〈最後から二番目の夜〉を盗んだ」

「僕の勝ちさ。君はダイヤを盗んではいない」

ホームズはさらりと返した。妙な強がり方だな、とワトスンは思った。実際、金庫は盗まれてしまったのに——

ちょっと待った。

金庫と、ダイヤ。

「昼間会ったとき、僕は君に『箱型金庫はすぐ開けられるか?』と尋ねたね。君は『二、三時間はかかる』と答えた。あの一言を聞いた瞬間、僕の勝利は決定したのだ。開けるのに二、三時間かかる……つまり、君がどんな方法で地下室に侵入し、どんな方法で金庫を盗もうが、その場で中身の確認をすることはできない。なら出し抜くのは簡単だ。金庫にダイヤが入ってなくても君は気づけないんだから」

　雷に打たれたような衝撃がワトスンを襲った。

　そういえば地下室に入ってからのホームズは「ダイヤ」や「最後から二番目の夜」という単語を一度も使わなかった。ずっと「金庫」とだけ……。

「あの金庫には、ダイヤが入ってなかったのか？」

「そういうことだ」

　ホームズはワトスンに軽く答え、屋敷の主に謝罪する。

「フォッグさん、すみません。尽力したのですが金庫を盗まれてしまいました」

「いたしかたありません。中身を盗まれるよりはましです」

「ま、待ってください」と、パスパルトゥー。「フォッグ様も知っておられたんですか？」

「黙っていてすまなかった。ホームズさんに口止めされたものでな」

　執事は口をあんぐりと開けた。さすが〝鉄人〟フォッグ、ワトスンの目から見てもそんな素振りはまったくなかったのに。

「ダイヤは今日の昼間、フォッグ氏の小間使いがベイカー街まで届けてくれたよ。ワトスン君、僕が部屋に帰ってきたとき、小さな紙包みを持っていたのを覚えているだろう？

あの中身がダイヤさ」

——持っていた。確かに、血まみれのナイフと一緒に持っていた。だが、

「それじゃあ、本物のダイヤはベイカー街に？」

「いや。さすがに目の届かない範囲には置けないし、ルパンにも『ダイヤとともに地下室にこもる』と約束したからね。ちゃんと邸内に持ち込んだ。今も僕のすぐそばにある」

「いったいどこに……」

「君のコートの左ポケット」

「なんだって⁉」

二発目の落雷だった。

ワトスンは椅子にかけたコートを振り返った。自分でもそうと気づかぬうちに、八十カラットのダイヤを持たされていたというのか？　いつの間に？　左ポケットにはパイプや刻み煙草入れしか入ってないはず……いや待て。刻み煙草入れ？

記憶が連鎖し、すべてがつながった。

ルパンとの会合のあと、急にアルカディア・ミクスチャーを吸いたがったホームズ。コートからワトスンの刻み煙草入れを出し、自分に背を向けて、ダイヤの包み紙が置かれた証拠品入れの前で一服したホームズ。フォッグ邸に入るとき「ちゃんと煙草を持ってきてくれたね」と嬉しそうに言ったホームズ。そして〈余罪の間〉で煙草を吸おうとしたとき、「勝ってから吸いたまえ」とその手を止めたホームズ。

「刻み煙草入れの中か」

「名推理」

……やられた。

最初にアルカディア・ミクスチャーを吸った時点で、ホームズは刻み煙草入れの中にダイヤを隠していたのだ。煙草の中に埋めてしまえばちょっとやそっとじゃ気づかない。

「まったく君って奴は、本当に……」

言いたいことが多すぎて続かない。ワトスンはあてつけのように首を振った。

ホームズは怪盗に向き直り、

「そういうわけでアルセーヌ君、残念ながらファントムが持ち去った金庫にダイヤは入っていない。まあ妥協したまえ、金庫だけでもかなりの歴史的価値はあるからね。もっとも、ファントムもこの邸内から逃げられるとは思えないが」

したたかに微笑むと、彼は警官たちにうなずきかけた。包囲網が一歩狭まる。

ルパンはそこで初めて警官たちを見回すと、鎖の音をかすかに鳴らし、絨毯から立ち上がった。その顔は穏やかだった。

「すばらしいよシャーロック。あんたこそまさに〝世界最高の探偵〟だ。『緋色《ひいろ》の研究』や『冒険』で読んだとおりの傑人だ」

「ワトスン君、よかったね。フランスにも読者がいたようだよ」

「読者どころか大ファンさ。長編も短編も全部読んでる。中でも一番好きなのが――」

ルパンはポケットに手を入れ、

「『ボヘミアの醜聞』」

箱型の刻み煙草入れを取り出した。

ホームズの表情が様変わりした。ワトスンもぎょっとして椅子に駆け戻った。コートの左ポケットに手を突っ込み、中をまさぐる。

「ホームズ！」ワトスンは叫んだ。「ない！　煙草入れがない！」

一瞬の動揺を突いて、ルパンがホームズの体を突き飛ばした。

同時に破裂音が聞こえ、白い煙幕が居間を包む。視界がさえぎられる直前、ワトスンは吹き抜けの二階部分に人影を認めた。右顔を仮面で隠した、白髪の男だった。

警官たちの叫び声。パルパルトゥーの悲鳴。レストレードの怒号。銃声。誰かが殴られる音。

煙が晴れたとき、ルパンの姿はもうそこになかった。手錠がつながっていたマントルピースの柵は、根元から銃で壊されていた。

「……追え！　まだ近くにいるはずだ！」

レストレードが言い、警官たちが慌てて四散する。パスパルトゥーとフォッグ氏も、年齢を感じさせぬ駆け足で加勢に向かった。

ワトスンとホームズだけが居間に残った。ホームズは絨毯に尻餅をついたまま、呆然と暖炉の炎を見つめていた。ワトスンは手を貸そうとしたが、彼はそれを静かにこばみ、先ほどの怪盗と同じようにあぐらをかいた。

「見抜かれていた」やがて彼は言った。「ルパンは、ダイヤが別の場所にあると予想していたんだ」

「でも、どうやって隠し場所を……」

「水が部屋に流れ込んだとき、誰もが命の危険を感じた。僕は反射的に、一番大切なものの隠し場所を……君のコートの左ポケットを見た。ルパンはそれによってダイヤのありかに見当をつけたんだ。『ボヘミアの醜聞』で僕が使ったのと同じ手だ」

確かにあのとき、ホームズはワトスンのほうを見た。そして水の中で転んだとき、自分を抱きとめたのはガニマールだった。

おそらくあのとき、ポケットに手を入れて――

「水の役割は四つじゃなかった。もう一つ重要な役割があったんだ。僕らを金庫から遠ざけるため。部屋の明かりを消すため。鉄格子を壊すため。ロープを地下へ渡すため。そして、ダイヤの本当の隠し場所を確認するため」

暖炉の中で炎が爆《は》ぜた。ホームズは癖毛をかき上げ、数時間分の疲れをすべて吐き出すように、盛大なため息をついた。

「負けた」

「まだ決まったわけじゃ……」

「いや、負けだよ。まったく、なんて屈辱だ。まさかこの僕が……」

探偵は首を横に振ると、上着のボタンを外し、

「この僕が、あんな胡散《うさん》くさい連中に負けるとは」

胸元から、濡れた便箋《びんせん》を取り出した。

彼は、まるでルパンに同情するように笑っていた。

＊

「アルセーヌ・ルパンってぇとフランスの大泥棒だそうですが、日本にも鼠小僧《ねずみこぞう》に高坂《こうさか》甚内《じんない》、真刀徳次郎《しんとうとくじろう》なんてのがおりまして、中でも一番有名なのは石川五右衛門という男でございます。この五右衛門、京都の伏見城でとっ捕まり釜茹《かまゆ》での刑に処されたってぇすごい伝説がありまして、そのせいで何かってぇと釜茹でだ釜茹でだと言われるもんだから子分たちは面白くない。この世から釜をなくして主人の供養をしてやろうと、江戸中の釜を盗んで回るという迷惑なことをおっぱじめた。さて釜を取られると一番困るのが釜でもって豆を茹でる豆腐屋です。このままじゃ商売上がったりだと、ある店の老夫婦が知恵を絞りまして、そこで考えついたことにゃ……」

＊

「あれだけいろいろ計画しといて、最後が煙幕とはな」

「ばれると思わなかったんだ。しかたないだろう」

エメラルドのボタンを留めながら、所有者《パトロン》はぐらかすように言った。

南館二階にある、植物園風のサンルーム。警官たちは正面の橋を固めているらしく、こはひっそりと静まり返っている。鬱蒼《うっそう》と茂るシダやサラセニア、南国の多肉植物の陰で、二人は闇夜に紛れるための服装に着替えていた。ルパンはタキシードに黒いマント。ファントムは古めかしい燕尾服《えんびふく》である。

「で、ダイヤは?」

ルパンに尋ねると、彼は得意顔で刻み煙草入れを開き、漆黒の宝石をつまみ上げた。

「で、金庫は?」

「けっこう重いぞ。気をつけろ」

ファントムは脇に抱えていた包みを花壇の縁に置き、結び目をほどいた。水滴がついた銀色の金庫が現れた。

二つの品を前にして、ルパンは熱賛の息を吐いた。

「おお〈最後から二番目の夜〉。そして純銀の金庫……まさに人外の芸術品だ。苦労して盗んだ甲斐《かい》があったというものだ。なあ?」

「まだ盗み終えちゃいない」

「逃走経路は確保できてる、心配するな。それよりも見ろ、この宝石のたぐいまれな輝き。精緻を極めた詩の刻印。容れ物のほうも負けてはいない。純銀の美しさに数字錠の完成度ときたら……すばらしい……」

ルパンはダイヤを光に透かしたあと、箱型金庫にも手を伸ばし、うっとりとその造形を愛《め》でた。数字錠に指を這わし、イラクサの浮き彫りを撫でる。恋するような怪盗の横でファントムも苦笑してしまった。確かにすばらしい品だ、そこは認めざるをえない。これより美しいものなどこの世にはなかなかないだろう。

そう思ったとき、

金庫が開いた。

天井から差す月光が、銀に縁取られた黒髪を浮き上がらせた。陶磁器のような白肌。万人を怖気づかせる会心にして魔性の笑み。ダイヤモンドにも引けを取らぬ、紫水晶《アメジスト》色の瞳が放つ光輝。

箱型金庫にぴたりと収まったそれは。

世にも美しい少女の生首だった。

ルパンの笑顔が凍《こお》りつく。少女はすうっと息を吸い、

「ここだ津軽！」

ガラスが震えるほどの声で叫んだ。

その反響が消えるか消えないかのうちに、群青《ぐんじょう》色の弾丸が天井を突き破り、ルパンたちの前に着地する。

鳥籠を右手に提げた、青髪の男。

「泥棒をとっ捕まえようと知恵を絞った豆腐屋のじいさん、どでかい釜に身を隠して寝ずの番と相成りました。ところが酒を飲みすぎたもんでそのままグーグー高いびき。そこにやって来た泥棒二人、じいさん入りの釜をかついでえっさほいさと運び出す。揺り起こされたじいさんは『ばあさん、地震じゃ』と顔を出し泥棒二人はびっくり仰天。じいさんはあたりを見回して『しまった、家を盗まれた』――」

降り注ぐガラス片の中で、万雷の拍手を求めるように、男はにかりと歯を見せた。

「落とし噺『釜泥』という一席でございました」

13

「悪いねルパン君。忠告されたのに首を突っ込んでしまったよ」

師匠の放った冗談がルパンたちに聞こえたかどうかは定かでなかった。さすがの怪盗と怪人も、突如金庫から現れた生首には動揺を隠せないでいた。

遅れて塔を下りてきた静句が、津軽の背後に音もなく着地する。彼女は金庫から鴉夜を取り出すと、いつもの定位置――津軽が持つ鳥籠の中に、うやうやしく収め直す。

「そんなに驚かなくてもいいだろう」

　鳥籠が閉まると、鴉夜は改めてルパンに笑いかけた。

「私の取った策は極めて単純だぞ。神出鬼没にして変幻自在、どんな宝も絶対に盗み出す怪盗を確実に捕らえるにはどうするか？　わざわざ警備を固める必要はない。どんな宝も絶対に盗み出すのであれば、その宝の中で待っていればいい。そして怪盗の手に渡った瞬間『ここにいるぞ』と仲間を呼んでやればいい。それが可能な生き物がこの世に一人だけいる。私だ」

「……な」ルパンはようやく声を出した。「なんだ、おまえは」

「何って？　ああ、顔を見せるのは初めてか。〝怪物専門の探偵〟輪堂鴉夜だよ。夕方以来だね。久しぶり」

「りんどうあや？　馬鹿な。輪堂鴉夜は……」

「襟巻きを巻いた女の子？　そう。その勘違いから謎解きしてやらないとな」

　津軽は鳥籠を、金庫と並べるようにして花壇の縁に置いた。月下の鴉夜はさながら笑劇《ファルス》の主演女優だった。

「問題はねルパン君、君が私のことをどの程度知っていたか、その一点に尽きるんだ。路地で私と挨拶を交わしたとき、君は『他の二人は助手か？』と聞いたね。この質問がひっかかった。なぜなら、あのとき君の前にいたのは、鳥籠に入った私と、津軽と、静句と、そして私を抱えていたパリの新聞記者の四人だからだ。もし君が私の素性をちゃんと調べていたなら――つまり、私が生首の人外でいつも鳥籠の中にいると知っていたなら、『他の二人』ではなく『他の三人』と言うはずだ。このとき私は確信を得た。〝ルパンはアニー・ケルベルを私だと勘違いしている〟とね」

　あのとき。アニーは分厚い襟巻きを口元まで上げ、レースの覆いがかかった鳥籠を胸に抱えていた。あの状態で鴉夜が喋れば、アニーが喋っているのだと勘違いしても無理はない。「顔を隠していてすまない」という一言も、ルパンは襟巻きで顔の下半分を隠したアニーの言葉と受け取ったのだろう。

「この事実は、私にとっては意外だった。私は君が〝鳥籠使い〟のことをとっくに調査済みだろうと思っていたんだ。新聞はホームズ氏のことばかり書き立てていて、私たちは記事や写真にすら載らなかったが、君の情報収集力なら輪堂鴉夜の素性など簡単に調べられるはずだからね。ところが君は、その調査を怠った」

　怪盗は〝鳥籠使い〟を重要視しなかった。ロンドン市民たちと同じく、名探偵ホームズのオマケのような存在として扱った。

「僥倖《ぎょうこう》だった。アルセーヌ・ルパンが私の姿を知らないのであれば、私の策は百パーセント成功するからだ。そこで私は、君たちをさらに油断させるために動きだした。津軽と君とを戦わせたのはわざとだ。負けさせたのもわざと」

「その節はすいませんでした、師匠に命じられたもんで」

　鴉夜が方針を決めた直後。彼女の口から発された隠語によって津軽と静句にも策が伝わり、彼らはそれに従った。『花筏《はないかだ》』は偽の大関が相手にわざと負けようとし、間抜けな相撲《すもう》を取る落とし噺だ。

「どうりで……手ごたえがないと思った」

ルパンは心ここにあらずな様子で、ぼそりとつぶやいた。

「さて」鴉夜の解説は続く。「津軽をのした君は〝鳥籠使い〟を取るに足らぬ敵と判断し、それ以上深入りすることなく立ち去った。狙いどおりだ。その後私たちはフォッグ氏と面会し、『ダイヤの代わりに私を金庫にしまってほしい』と持ちかけた。すぐ了承してもらえたよ。というのも、その時点でダイヤはベイカー街に移動していて、金庫は空だったからね」

秘密裏に準備を終えたあと、津軽はホームズに向けて鴉夜の策をまとめた手紙をしたため、〈他の皆さんには内緒で〉と書き添えてパスパルトゥーに託した。そして邸内の様子が一望できる場所――塔の屋根に上り、静句とともに師匠の合図をじっと待っていた。

「……じゃあおまえは、ずっと金庫の中に入ってたのか」

「そう、七時ごろからずっと。扉が開かないよう内側の金具を歯で押さえ続けてたから、ちょっと顎が疲れたがね。〈余罪の間〉内のドタバタ騒ぎも全部聞いていたよ。水攻めとは予想外でおそれいったが、慌てはしなかった。何せ私は、海の底に沈められても死なない体だ」

「はははははは」

「ふふふふふ」

サンルームに二人の笑い声が響く。

ルパンはそんな探偵たちを見つめながら、クルミでもいじくるかのように、片手でブラックダイヤをもてあそんでいた。その顔には冷静さが戻っていた。

「まいったな」彼は首を振った。「いや、本当にまいった。思わぬ伏兵というやつだ。見事に一杯食わされた」

だが、と金色の目が細められ、

「まだ俺の負けとは限らんぞ輪堂鴉夜。夕方の路地と同じさ。あんたたちを倒せば俺たちは逃げおおせる」

「津軽と静句に勝てるとでも？」

「勝てるさ。そこの青髪――〝鬼殺し〟だっけ？　わざと負けたと言ったが、俺もあのときは本気じゃなかった。それにこっちには〝オペラ座の怪人〟もいる。俺とエリックが組めば敵《かな》う奴なんてそうはいない。なあエリック……エリックううう⁉」

相棒を振り返ったルパンは得意顔を崩した。〝オペラ座の怪人〟は一目散にサンルームから逃げていくところだった。

「あの野郎おおおお！」

「そういえば路地でも言ってたな、『やばくなったら逃げる』と」鴉夜はからかうように言ってから、「逃がさんぞ。静句、追え」

「はい鴉夜様」

静句はすぐに応じ、音もなく駆けだした。ということは、津軽の担当はルパンだ。

「『花筏』はサゲが傑作でしてね、結局わざと負けようとした側が勝っちまうんです。なので今度は——負けません」

一歩踏み出し、首の骨を鳴らす。

怪盗は、仲間に逃げられた気まずさと半人半鬼の威圧感をごまかすように、咳払いを一つ。

「わかったわかった。じゃ、一対一で勝負だ。正々堂々紳士の決闘を……」

「誰かガラスを割ったな？」

軍靴の靴音とともに、新たな声が割り込んだ。

「散らかしっぱなしは許しがたい。早く掃除しなければ」

「……やっぱり紳士はなしだ」ルパンは参入者を見て顔をしかめる。「面倒くさいのが来やがった」

「同感です」と、津軽も答えた。

白いコートの前を開け、月光の下に姿を現したその男。津軽たちと同じように、ルパンの犯行を待って動きだしたその男。

〈ロイズ〉諮問警備部第五エージェント、レイノルド・ステイングハート。

「ダイヤ一、怪物二、怪盗一か。まとまってくれるとはありがたい。掃除が楽だ」

彼は腰のサーベルに左手をかけ、するりと引き抜いた。刃は箱型金庫と同じ色をしていた。吸血鬼や人狼を殺すための、銀を混ぜ込んだ剣。

「安心しろ、俺は綺麗好きだ……一突きずつで終わらせてやる」

翡翠色のその瞳から、昨日津軽に見せたような濃い殺気が放たれる。津軽とルパン、どちらかの味方というわけではなさそうだった。怪物と怪盗、両方を殺そうとしている。

津軽にとってもルパンと〈ロイズ〉の両方が敵。ルパンにとっても両方が敵。

三《み》つ巴《どもえ》。

津軽は鴉夜を振り返った。師匠は鳥籠の中から「まあがんばれ」というような顔で弟子を眺めていた。気楽な立ち位置である。生首だから立ってはいないが。

レイノルドは銀色の髪と剣を光らせ、一歩ずつ近づいてくる。ルパンは腕の前にかかったマントを払い、津軽はにやりと口角を上げた。三人が互いの間合いに入るまであと数歩。サンルームに一触即発の空気が満ちる――

ドオオン。

だがその緊張は、北館から聞こえた音によって破られた。

全員がサンルームの外へ目をやった。腹に響くようなその音は、一時間前に聞いた爆破音によく似ていた。

「………」

津軽は疑いの目でルパンを見た。彼は大きくかぶりを振る。

「いや俺じゃないぞ。爆薬はもう仕掛けてない」

「…………」

「俺を見るな」と、レイノルド。「何が起きたんだ？」

疑問に答えるように、警官たちの叫び声が聞こえた。

——橋が落ちたぞ！

——正面玄関の橋が落ちた！

——襲撃を受けてるらしい。援護に急げ！

「橋？　襲撃？」津軽は素っ頓狂な声を出す。「ちょっと待ってくださいよ。橋がなけりゃあたくしたちここから」

出られないじゃないですか、と言いかけたところで、気づいた。

それが狙いか？

怪盗にも探偵にも保険機構にも属さない謎の一派が、橋を落として津軽たちを屋敷の中に閉じ込めた。タイミング的に、〈ロイズ〉と同じくルパンの犯行を待っての行動開始。とすると目的は——宝石だろうか。

「騒がしい夜だな」

他人事っぽく言う鴉夜。なぜか無性におかしくなり、津軽も「あはは」と声を出した。

ダイヤを巡る争いは前哨戦《ぜんしょうせん》を終えたばかり。

もう一悶着《ひともんちゃく》どころか、五、六悶着ありそうだ。

＊

フォッグ邸、北館。正面玄関前には火薬くさい煙が舞っていた。

惨劇であった。橋は中央から爆破され、外と邸内を完全に分断している。倒れた警官たちがうめき声を上げ、堀の水面には複数の死体が浮いている。

だが、奇妙なことに。死体や怪我人の半数近くが、爆発に巻き込まれてできるものとは異なる傷を負っていた。深い切り傷や、骨がひしゃげるほどの打撲痕《だぼくこん》。中には心臓麻痺《まひ》を起こしたように泡《あわ》を吹いている者もいる。

白煙の中で警官たちの声が飛び交い、ときおり衝撃音と悲鳴が交ざる。やがて玄関の前は、しんと静まり返り。

煙の向こうから、五人の人影が現れた。

柔和な瞳と、年に似合わぬ顎先の山羊《やぎ》ひげ。ダークグリーンのフロックコートにシルクハットという出で立ちで、戦闘準備を整えるように、白手袋のボタンを留める男。

焦げ茶色の髪を流麗に伸ばし、左側には薔薇《ばら》の髪飾り。紫紺のロングドレスのスリットから色香を振りまき、たたんだ細身の日傘を携えた、人間離れした美貌の女。

岩を思わせる骨格に、縫い跡だらけの険《けわ》しい顔。特大サイズの夜会服で筋肉質な体を包み、一歩ごとに地面を揺らす、何もかもが規格外の巨人。

目元を隠すように燃え盛る巻き毛と、右目から下へすうっと引かれた赤い直線。臙脂色《えんじいろ》の襟つきベストから伸びる両腕を背後に回し、スタスタと寡黙に歩を進める、血のにおいをまとった青年。

そして、もう一人──ボーラーハットに襟巻き、丈長《たけなが》の黒コート。曲がった背中と痩せたかぎ鼻、右脚をかばうように持った杖。だがその枯れ木のような印象と裏腹に、眼窩《がんか》の奥で光る瞳に、鋭敏な知性を宿した老紳士。

「用意はいいかな。アレイスター君」

「いつでもどうぞ」

「カーミラ君」

「ばっちり」

「ヴィクター」

「行ける」

「ジャック」

「万事、問題ありません」

「では諸君。少し遅れてしまったが、繰り出すとしようか」

フォッグ邸の正面玄関を踏み越え、〝教授〟は穏やかに言った。

「夜はこれからだ」

背後にそびえるビッグ・ベンが、深夜零時を告げた。

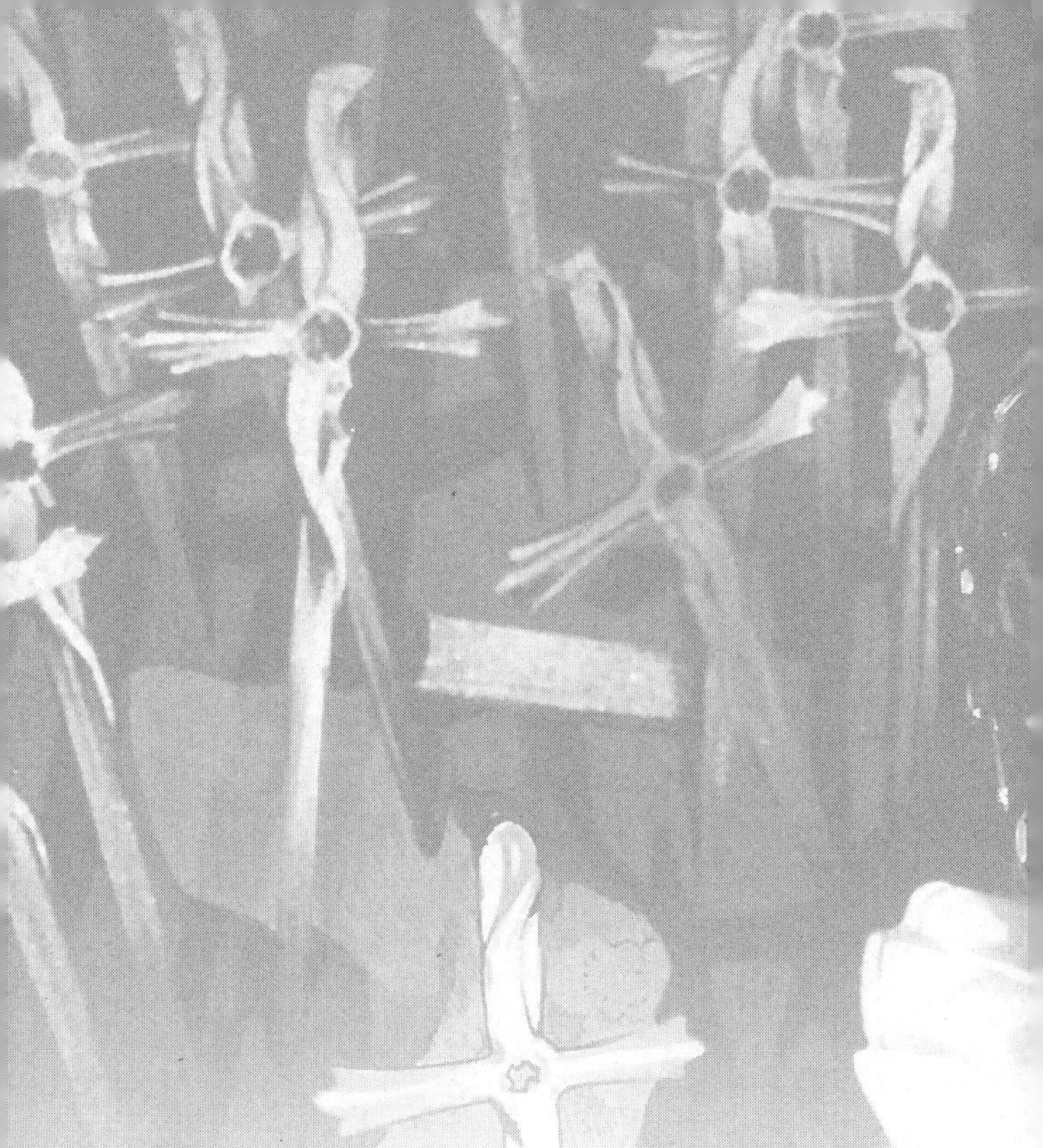

第四章

夜宴

「君のくるまでは眠かったが、いまはすっかり目がさめた」

（コナン・ドイル「背の曲った男」）

北館・玄関ホール

　スカンディナヴィア半島の上で、誰かの体から飛んだ血が爆ぜた。枝分かれした血液は花崗岩《かこうがん》の白い球面を滑り落ち、ブリテン諸島を呑《の》み込み、アルプスの稜線《りょうせん》やビスケー湾の海岸線を伝って、ヨーロッパ全体を赤く汚した。

「けっこう広い屋敷ね。こういうところに引っ越したいわ」

「またそんな。僕は今のアジトが好きだけどなあ、隠れ家っぽくて。ねえジャックさん」

「そういう思想もある」

「おれは、頭が天井にこすれなきゃどこでもいい」

「確かに広いが――我々の手に余るほどじゃないさ」

　教授は帽子の縁を持ち上げ、ホールの中央に据えられた巨大な地球儀を見上げた。

「さて。ダイヤはルパンが持っている。橋を落とした以上もう一方の逃げ道で待ち伏せるのは簡単だが、彼がダイヤを所持し続ける保証はない。おそらく保険機構の包囲網にひっかかって争奪戦が生じるだろう。我々もそこに割り込むのが得策だ。

三手に分かれよう。ジャックは東側、私とヴィクターは西側でダイヤの捜索。カーミラ君とアレイスター君は陽動担当。警官の数を減らしてくれ。何か質問は？」

アレイスターが手を上げる。

「教授の〝旧友〟さん、会敵したら殺しちゃってもいいですか」

「かまわないよ。邪魔者だと判断したら誰であれ始末していい。他にはないかな？　では諸君、またのちほど」

その一言を合図に、四人は割り振られた仕事にかかった。ジャックは機敏な動きで左側の廊下に消え、ヴィクターは義足の教授を肩に担ぎ上げ、右手の階段を上っていく。

玄関ホールにはアレイスターと、ドレス姿の美女が残った。二人は地球儀の横を通り過ぎ、中庭側の大扉と向き合う位置に並んだ。

「陽動ですって。つまらない役」

「そうですか？　僕は好きだけどなあ。派手に動けるし」

「あんたの趣味は理解しがたいわ」

「カーミラさんに趣味がどうとか言われたくないです」

カーミラは言い返さず、日傘の持ち手を軽くひねった。中棒の内側から細い仕込み刀が引き抜かれる。それを右手に持ち、傘の本体は左腰のリボンの結び目へ。着飾っていることを除けばまるで東洋のサムライだ。

ほどなく足音が聞こえ、扉が開いた。

二十人ほどの警官たちがなだれ込み、二人の侵入者を囲んだ。玄関前に散乱した仲間の死体に気づいたのだろうか、先頭を切っていた一人がさっと青ざめ、銃を引き抜く。

「動くな！　両手をあ」

叫ぼうとした警官の首が、真横にずれた。

背後にカーミラが回り込んでいた。仕込み刀には一筋の鮮血。

口を「あ」の形に開いたまま落下する頭部を、彼女はぞんざいに見下ろした。

「何か言った？」

頭部が床に転がると同時に、警官たちは狂乱に見舞われた。十人ほどが束になり彼女を取り押さえようとする。カーミラはものともせず、その間をするすると駆け抜けた。ロングドレスの裾がはためき、ヒールが踊るようなステップを刻む。集団の最後尾まで辿《たど》り着くと、彼女は退屈そうな顔で剣の血を払った。

胸が裂け、首が落ち、手足が断たれ。男たちの青い制服は真っ赤に染まった。

アレイスターは観客気分でそれを眺めていた。洗練された吸血鬼の戦闘はこの上なく美しい。もっと荒々しいほうが自分好みではあるのだが。

「わあああ！」

誰かが叫び、そこから恐怖が伝染して、残りの警官たちが踵を返した。我を失い職務を放棄し、一目散に大扉へ。陽動を仰せつかったのに逃げられては困る。

「ちょっと燃えてもらいましょう」

アレイスターは右手を上げ、パチパチン、と二度指を鳴らした。

直後、警官たちの足元から炎が舞い上がった。

悲鳴がさらに大きくなる。火だるまになった一人が倒れ、そこに他の者たちが蹴つまずき、火炎はあっという間に男たちを包み込んだ。肉の焦げるにおいを嗅《か》ぎながらアレイスターは大いにうなずいた。そうそう、このくらい残酷なほうが自分好みだ。

「相変わらずたいした手品だこと」

「手品じゃなく魔術です、魔術」

「どっちでもいいわ。一人逃げるわよ」

カーミラが顎をしゃくった。運よく炎をまぬがれた警官が、震える足を無理やり動かすようにして、大扉に手をかけるところだった。おっといけない。

「ちょっと窒息してもらいましょう」

今度は左手を上げ、パチン、とまた一鳴らし。

悶絶《もんぜつ》とともに警官の顔が歪んだ。肌が紫色に変わり、首筋に血管が浮き上がり、ずるずるとその場に崩れ落ちる。口から大量の泡を吹いたあと、彼は動かなくなった。

玄関ホールが静まり返る。

地球儀のそばにはばらけた人形めいて手足が散らばり、大扉の前には焼死体が折り重なっている。反対側、玄関ドアの前にも制服姿の亡骸《なきがら》が多数。漂う火の粉と黒煙。床にじわじわと広がる赤色。

その惨状にはまるでかまわず、カーミラはドレスの袖を引っ張った。

「最悪。血ぃついた」

「吸血鬼のくせに血をいやがらないでください」

「あたしはグルメなの」彼女は散乱した死体を一瞥し、「これで全員ってことはないわよね？　あたしたちも分かれましょ。あたし東館、あんた西館」

「了解でぇす」

左右の廊下に分かれようとしたとき、ガタリとかすかな音が聞こえた。聴覚の鋭いカーミラがホールの隅へ目を向ける。控え室らしきドアに隙間ができている。

二人はそちらへ歩み寄り、ドアを開いた。エプロンをつけた少女が一人、怯《おび》えきった顔で床にへたり込んでいた。

「あらあら、まあまあ」

先ほどと打って変わり、カーミラが嬉しそうな声を上げる。

「逃げ遅れたのかしら。ここの使用人さん？　かわいい。いくつ？　お名前は？」

少女は返答の代わりに、声にならない声を絞り出した。カーミラは焦げ茶色の髪をかき上げ、ご馳走《ちそう》を前にしたみたいに唇を舐める。実際、彼女にとって人間は食料だ。警官たちは失格でも、この娘はグルメのお眼鏡にかなったらしい。

「先に行ってて。燃料補給していくわ」

「別にいいですけど、手短に済ませてくださいよ」

「さあ怖がらないで。大丈夫。殺す前に死ぬほどよくしてあげるからね」

猫撫で声で何やら矛盾したことを言いつつ、カーミラは少女に抱きついた。抵抗する腕を難なく押さえると、清らかな頰に唇を寄せ、舌先で味わうように舐め上げる。

少女は「ひっ」と声を上ずらせたが、すぐに口がだらしなく弛緩《しかん》し、強張《こわば》っていた肩からも力が抜けた。予期せぬ変化に戸惑ったのか、助けを求めるような目がアレイスターに向けられる。

彼はドアを閉めた。

少女の怯えた声が途切れがちになり、荒い息が交じり始め、やがて嬌声《きょうせい》に変わった。

やっぱり趣味が合わないなあ、とぼやきつつアレイスターは西館へ向かう。

血で汚れた靴裏が、大理石のホールに不吉な足跡を残した。

南館・サンルーム

中庭の向こうから警官たちの叫び声が聞こえた。

橋を落とした侵入者たちが暴れているのだろうか。どんな輩が現れたのか眺めに行きたい津軽だったが、今すぐというわけにはいかなそうだった。

爆発音のせいで一度糸がたわんだものの、サンルームに張り巡らされた緊張はまだ切れていなかった。津軽たちは植物園の中央で、アフロディーテの石像を三方向から囲むように対峙している。誰も構えらしい構えは取っていないが、視線だけは油断がない。

怪盗と〝鳥籠使い〟と保険機構、睨み合いの三すくみ。それぞれどの生き物がおあつらえむきだろう。レイノルドは目つきが冷たいから蛇かな。ルパンはすばしっこいので蛙《かえる》。じゃあ自分が蛞蝓《なめくじ》？　いやだなあ。

「何やら新手が来たみたいだが、おまえらどうする？」

つらつら考えていると、ルパンが言った。

「興味ない」と、レイノルド。「俺の任務はダイヤの回収とゴミ掃除だ」

「あたくしも、師匠の言いつけにゃ逆らえないもんで」

「任務だ言いつけだと不自由な奴らだな。まあいい、わかった。じゃあこのまま続行ってことで」

ルパンは〈最後から二番目の夜〉をタキシードの胸ポケットに収めると、余裕を見せつけるように両手を広げた。

「いつでもどうぞ」

その言葉が終わるか終わらないかのうちに、
レイノルドがサーベルを動かし、アフロディーテが上下に分かれた。

津軽は即座に踏み出し、女神の胸を掌底《しょうてい》で叩く。石像はルパンのほうへ押し出された。怪盗は体をひねり、マントの外側を滑らすようにして石像を減速、肘でレイノルドのほうへ軌道を変える。レイノルドは背中をそらしてそれをよける。

その隙に津軽はルパンのもとへ飛びかかっていた。〈ロイズ〉は後回しでいい、まずはダイヤだ。しかしルパンも見越していたのか、ひるがえったマントによって初撃は軽くいなされる。もう一発――と踏み込みかけたとき、

風圧が肌を打ち、津軽は反射的に身を引いた。

〝ズボ〟という、空気中では鳴るはずのない音が確かに聞こえた。

鼻先をかすめたのは銀色のサーベルで、その発射台には銀髪の男がいた。半人半鬼の視力でも追いきれぬ弾丸めいた速度と、地面の落ち葉が舞い上がるほどの威力。貫通力に特化した硬質な構えと、殺気立つ翡翠色の瞳。津軽はこの保険屋に冠された、妙な二つ名の真意を悟る。

レイノルド・スティングハート。

心臓一突き《スティングハート》。

レイノルドは突き出したサーベルを真横に振り、今度はルパンを斬《き》ろうとした。怪盗は屈み込んで刃《やいば》をかわし、パキラの鉢植えの幹をつかんだ。棍棒《こんぼう》のようにスイングし、陶器でできた鉢をレイノルドに叩きつける――が、切っ先が幹を難なく切断。軸を失った鉢は津軽のほうに飛び、左腕のガードとぶつかって砕ける。飛び散った土が視界をさえぎる。

「邪魔」

蝿を振り払うように、レイノルドの蹴りが入った。

雑な一撃だったが、予想を上回る重みに喉の奥が収縮した。なるほど怪物淘汰を掲げる

集団だけある。人間離れした——というよりも、怪物と渡り合う領域まで鍛《きた》え上げられた人間の強さ。数ヵ月前のゴダール事件で戦った吸血鬼など一ひねりだろう。

津軽はヒースの花壇に倒れ込んだ。敵二人も南国植物の中に踏み込んでいた。レイノルドはルパンに標的を絞ったらしく、細かく剣を振って怪盗を追い詰めんとする。ルパンはウツボカズラやアカリファの陰に身を隠すが、鋭利な刃はそれをものともしない。切り裂かれた花が血しぶきのように舞い、障害物が途絶えた瞬間、サーベルが再び弾丸と化した。

切っ先は銀の光をたなびかせ、空気を貫き、ルパンの黒い体を捉えた。だが突き破ったのは薄布一枚だけだった。その先には、とっさにマントを脱ぎ捨てたルパンの姿。

「はずれか」

レイノルドがつまらなそうに言い、

「いや、当たりだ」

ルパンが楽しそうに応え、

津軽の飛び蹴りがレイノルドの腰を撃ち抜いた。

いかに卓越したエージェントでも、半人半鬼の不意打ちには抗《あらが》いようもなかった。レイノルドはあっけなく吹き飛ばされ、サーベルからすっぽ抜けたマントが宙に舞う。このままガラスを破って中庭に落ちるだろう。一名脱落。これで本腰入れてルパンの相手を——

ザン、と音が聞こえた。

レイノルドがサーベルを床に突き刺していた。強引なブレーキによって蹴りの勢いを殺し、何事もなかったように着地する。服についた靴跡を払うと、彼は武器を引き抜いた。刃こぼれ一つなかった。

「怪物の分際で」拳がぎゅっと握られ、「俺のコートを——」

汚すな！

こだました怒号を置き去りにし、レイノルドは津軽へ突撃した。先ほどにも増して怒りを買ったらしい。津軽は青髪を振り乱し、頭部を狙った突き二連続をよける。その視界の隅を、黒いタキシードが走り抜ける。

「待った待った、ルパンが逃げます！」

レイノルドは舌打ちし、ゼラニウムの鉢を蹴った。鉢はまっすぐ飛び、逃げる怪盗の脚に命中する。

転倒するルパン。ダイヤを奪うチャンスだ。津軽はサーベルをかいくぐって駆けだし、レイノルドも狙いを怪盗に戻す。ルパンは気絶したように動かなかったが、敵二人が近づいたとたん、さっと身を起こし服の袖で何かをすくい上げた。

ガラスの破片だった。先ほど津軽が破った天井のガラスだ。

二人は腕で目をかばった。直後、「ご苦労さん」という声がして、空いた腹に拳がめり込む。津軽とレイノルドは床に倒れ、その間をルパンがすり抜けた。ああ忘れてた、夕方も似たような手にひっかかったのだ。

逃げる敵を憎らしげに見やった津軽は、目の前に黒い布が落ちていることに気づいた。とっさにその布――脱ぎ捨てられたマントを引っ張る。ちょうどルパンの足もその上にあった。

これはさすがに想定外だったと見え、ルパンは「おお⁉」と声を上げて再び転んだ。レイノルドが素早くはね起き、その顎先にサーベルを突きつける。

「待て待て待て、俺が悪かった話せばわかる」

「ダイヤをよこせ」

「ダイヤ？」ルパンは胸元に手を入れ、「これのこと？」

〈最後から二番目の夜〉を真上に放った。

宝石は天井の穴を通り抜け、ドーム屋根の外側を転がっていく。津軽もレイノルドもぎょっとして、骨を投げられた犬のようにガラスへ突っ走った。「ははははは」と、はしゃぎ声を上げながらルパンも追ってくる。

津軽はベンジャミンの鉢植えを蹴り上げ、前方のガラスを砕いた。ダイヤの落下に先んじて、三人はその穴から中庭へ飛び降りる。下は芝生だった。最初と同じく三角形を描く形で、同時に着地。

レイノルドは矜持《きょうじ》に取り憑《つ》かれた軍人のように。

ルパンはいたずら好きな少年のように。

津軽は見世物小屋で立ち振る舞う芸人のように。

彼らは三人とも、目を見開いて笑っていた。

三角形の中央でダイヤが弾んだ直後、彼らは争奪戦を再開していた。

＊

「今、何か聞こえなかったかい」

シャーロック・ホームズは廊下の途中で立ち止まり、空耳でないことを確認するように、友人のほうを振り向いた。

「聞こえた。ガラスが割れる音……あっちだ」

ワトスンは前方の曲がり角を指さした。うろ覚えの間取り図から判断するに、おそらく中庭に面したサンルームがあったはず。

曲がってみると予想は当たった。だが、サンルーム内の状況は思いもよらないものだった。中央に据えられた石像が真っ二つになっており、床には切り刻まれた花や砕けた鉢植えが散乱し、天井と前方のガラスには大きな穴があいている。

「……誰か暴れたのか？」

「一足遅かったですね」

足元から涼やかな声がした。

ジャスミンの花壇の縁に、この世で最も奇抜な取り合わせが並んでいた。銀色の箱型金庫と、鳥籠に入った少女の生首。

「輪堂鴉夜？　それに盗まれた金庫も……どうしてここに？」

「〝トロイの木馬〟が成功したのか」と、事情を察した様子のホームズ。「ダイヤは取り戻せたのかい」

「〈ロイズ〉の邪魔が入りましてね、うちの助手とルパンと三人で取り合ってます。たった今笑いながら中庭に下りていきました」

「笑いながら……？」

　ワトスンはサンルームの外を見やった。中庭を照らす明かりは礼拝堂の前に立てられたアーク灯が一本きりで、その周囲を除いた大部分は植木と暗闇に隠されている。彼の目に、争奪戦を繰り広げる猛者たちの姿は判別できなかった。

「ファントムは静句に追わせてます。お二人も参戦するなら今のうちですよ」

「いや。怪盗のことは君らに任せる」

「存外引き際がいいですね」

「事情が変わった」

　砕けた調子の鴉夜とは対照的に、ホームズの声は硬かった。

「君もさっきの爆発音は聞いただろう？　正面玄関に新たな侵入者が現れた。正体不明の男女が五人、橋を落として警備隊と交戦中だ。報告を聞く限り、明らかにルパンの仲間じゃない」

「なぜ?」

「すでに二十人以上の警官を殺害しているから」

鴉夜は整った眉をわずかに上げ、「ほう」と漏らした。

「ルパンをあきらめるのは残念だが、そんな連中を放っておくわけにはいかない。今、レストレード君がフォッグ氏たちを書斎に避難させてる。僕らはこれから北館に回って襲撃犯を止める。ワトスン君、急ごう」

殺人が起きたという事実が、ゲームに興ずる好事家のようだった今夜のホームズを、探偵本来の姿へと引き戻していた。ワトスンたちは歩調を速め、サンルームを出ようとする。が、その背を鴉夜が呼び止める。

「ちょっと待った。私も連れていってもらえませんか。襲撃犯に興味が湧きました」

「悪いけどミス・リンドウ、そんな余裕は……」

「正面突破で邸内に乗り込んで橋を爆破して警官を二十人以上殺したんでしょ、それもたった五人で数分の間に。ちょっと普通の奴らとは思えません。私の知識が役に立つかも」

〝怪物専門の探偵〟はにこりと笑った。無垢《むく》な笑顔ではなく、交渉を迫るような含みのある笑み。せめて首から下があればかわいらしくも思えるのだが。

わずかな逡巡《しゅんじゅん》のち、ホームズはワトスンにうなずきかけた。

ワトスンは肩をすくめ、真鍮の輪っかに手を伸ばした。少女の生首が入った鳥籠は想像より少し重かった。

「すみませんね、自力じゃ動けないもので」

「別にいいけど……君の身に危険が及んでも知らないぞ。それに、仲間の戦いを見届けなくていいのかい？」

「ご心配なく」

鴉夜はしたたかに答えた。

「私は死にませんし、私の仲間は負けません」

東館・備品倉庫

「うまく撒けたか」

積み上げられた木箱の陰で、ファントムは胸を撫で下ろしていた。

ルパンをサンルームに置いて逃げ、あの静句というメイドに追われること数分。彼女の機動力ときたら並の警官の比ではなく、振り切るのは困難だったが、あいにくこちらはフォッグ邸内を調べ尽くしているし、かくれんぼは〝オペラ座の怪人〟の十八番《おはこ》でもある。

南館から東館へと移り、首尾よく備品倉庫に忍び込むと、彼は奥の死角に身を潜めた。メイドはしばらく倉庫内を探し回っていたが、ファントムには気づかぬまま他の部屋へ駆けていった。戻ってくるのはだいぶ先だろう。

ダンスホール並みの広い倉庫には、邸内の備品が雑多にまとめられている。高い天井からは運搬用の滑車やフックがぶらさがり、明かり取りの窓からわずかに差す月光が、うずたかく積まれた木箱や布がかけられた修繕中の展示品を照らしていた。北館のほうからは警官たちの叫び声が聞こえる。どうやら自分たち以外に侵入者が現れたらしい。ルパンには気の毒だが、早いとこ逃げたほうがよさそうだ。

ファントムが立ち上がりかけたとき、

「〝オペラ座の怪人〟。そこにいますね？」

女の声がした。

静句が戻ってきた――のではなかった。木箱の横から少しだけ顔を出すと、倉庫の出入口の前に小柄な女性が立っているのが見えた。

褐色の肌と、上半身を覆う軍服風の白いマント。ルパンが「面倒」と言っていたあいつらか。

「〈ロイズ〉諮問警備部第七エージェント、ファティマ・ダブルダーツです」確認するまでもなく名乗られた。「すみませんが、そこから出てきていただけませんか。出てこない場合は一方的に狙撃します」

「……『ああ、せめて隠れ場をお与えください』」

ケルビーニの『メデア』から引用すると、ファントムは身を隠していた木箱に上り、エージェントと顔を合わせた。

「私を倒してもダイヤは持ってないぞ」

「知っています。しかし、あなたも諮問警備部の粛清リストに入っているので。二十年にわたってパリのオペラ座を震撼《しんかん》させた、異形の怪人……人類の敵はロイズの敵です」

「人類を敵に回した覚えはないが、君は私の敵みたいだな」

喋りながらファントムは逃げ道を探る。なるべく女性とは戦いたくない。

彼女はさっき「狙撃」という単語を使った。おそらく飛び道具の使い手だが、この暗闇の中で狙いを定めるのは困難なはず。荷物の後ろに隠れつつドアを目指せば、割と簡単に逃げられれ——

乾いた連射音によって、ファントムの思考は途切れた。

木箱から跳び退《の》いた直後、自分が立っていた場所に三本の流線が走った。銀色の太い金属矢。矢は背後の石壁に当たり、貫通しそうなほど深く食い込む。

床に着地すると、ファントムは改めて敵を見据えた。表情に乏《とぼ》しい口元が苦笑いを形作った。

「……割と簡単には、いきそうにないな」

ファティマ・ダブルダーツはマントを脱ぎ捨てていた。彼女の体はやはり華奢で、袖なしの白いレザー服から小枝のような褐色の両腕が伸びている。だが肘から先には、そのか弱さに似つかわしくないほど武骨な、それでいて洗練されたフォルムの武器が装着されていた。

空を飛ぶツバメによく似ている。手の中に握り込まれた嘴《くちばし》のようなレバー。手首の位置から広がった波打つ形の翼。その両端から引き絞られた弦が、磨き立ての青銅《ブロンズ》のように淡く輝く胴体に矢をつがえ、上部には弾倉めいた流線型の金属筒がかぶさっている。腕の外側には小さなボンベが取りつけられ、錆色をした発条《ばね》と歯車の機構が尾羽の位置に巡らされていた。そんな代物《しろもの》が片腕だけでなく、左右対称に一そろい。

「洋弓銃《クロスボウ》か？」

語尾に疑問符をつけてしまった。

「オペラ座に引きこもっていたせいかな。私の知ってるタイプとは少し違うようだ」

「対怪物用の特注品です。片手で操作でき、一矢放つと空気圧で弦が引き戻され、弾倉から自動で次の矢が装塡《そうてん》されます。一つの弾倉につき八連射が可能。左右合わせて十六連射です」

ファティマが一歩踏み出すと、小さな金属音が鳴った。彼女の腰には二本のベルトが交差して巻かれ、大量の予備弾倉が下げられていた。

「ガトリング砲でも持ったほうが手っ取り早いんじゃないか？」

「銃より弓のほうが便利なんです。私にとっては」

生真面目に答えると、彼女は右腕のツバメを真横に構え、一番近くにあった荷物の山を狙撃した。

あっ、と声に出したときは遅かった。崩れた木箱がドアの前に重なり、逃げ道をふさぐ。完全に閉じ込められたわけではないが、箱をどかす猶予《ゆうよ》を敵が与えてくれるとは思えない。

その予感に応えるように、第七エージェントは駆けだしていた。迫りくる彼女の目は獰《どう》猛《もう》な雌《め》豹《ひょう》を思わせた。備品の迷路へ逃げ込んだファントムを、銀の矢が追いかけてくる。流れ弾を受けてキャビネット棚が穴だらけになり、酒樽が半壊する。

十本目を間一髪でかわすと、攻撃がやんだ。ようやく弾切れか、と息をつけた時間はわずか三秒に満たなかった。ファティマは腕を振って空になった弾倉を捨てると、ベルトの予備弾倉を膝で蹴るようにして躍り上がらせ、両腕の装塡を同時に行った。流れるような熟練の動作。そして再び矢の集中豪雨。

仮面をつけてない側の頰に冷や汗が伝った。荷物の隙間を縫って翻弄を試みるが、ファティマが獲物を見失う様子はない。このままでは追いつかれる。平面上を逃げ回るのは不利か。

ファントムは目の前の木箱を駆け上がると、天井からぶらさがったフックにロープをひっかけ、オペラ座の舞台で何度もそうしたように空中を横切った。月明かりの届かぬ地点へ着地し、再び木箱の裏側に隠れる。

さすがのエージェントも意表を突かれたのか、倉庫の中央に立ち止まって、きょろきょろと首を動かすだけになってしまう。その姿を箱の端からうかがいつつ、ファントムは息を整えた。驚いた。ろくな光源がないうえ障害物だらけのこの部屋で、自分を正確に狙い続けるとは。どうやら彼女の武器は矢だけじゃない。真の武器は、あの野生動物のように光る目だ。

しかし、どちらにも弱点はある。軽量化のためだろうが、クロスボウの連射機構は部品が露出していて、一撃加えれば簡単に壊せそうだ。そしてどんなに視力がよくても、見えない場所からの攻撃には対応できない。

ファントムはこっそりと木箱の上に登り、別のフックにロープをかけた。ファティマはまだこちらに気づかず、逆方向へ顔を向けている。その隙を突き、倉庫の中央へ向かって跳躍した。狙いは左腕のクロスボウ。完全に死角からの攻撃――

刹那《せつな》、小さな疑問が頭をよぎった。

最初に「そこにいますね?」と声をかけられたとき。彼女はなぜ自分の隠れ場所に気づいたんだろう?

ファントムは木箱の裏に座っていて、入口からは見えるはずもなかった。自分はあのとき何をした? そう、「うまく撒けたか」と小声でつぶやいただけだ。

――銃より弓のほうが便利なんです。私にとっては。

銃とクロスボウ、両者の違い。銃の発砲音は一発ごとに大きく反響する。対するあのクロスボウは、連射しても乾いた音が鳴るだけだ。とすると、
自分の犯した間違いに気づく。

彼女の武器は矢でもなく、目でもない。

耳――

すでに足は木箱を離れていて、止まることはできなかった。ファントムはロープを握りしめたまま、猛スピードで敵に接近する。衝突の直前、風を切るロ、ー、プ、の、音を聞き分けたように、ファティマがこちらを向いた。

銀色の矢が、ファントムの右肩を射抜いた。

西館・展示室

ワトスンは二人の探偵――ホームズと、片手に持った輪堂鴉夜――とともに西館に入り、展示室につながるドアを押し開けたところだった。

展示室は西館の半分以上を占める大部屋で、着物を着た女性やインディアンの人形、狼の剝製と犬橇、大陸横断鉄道の機関車の先頭部など、日本や北アメリカにまつわる記念品が飾られている。どれもロンドンではなかなか見られない珍品ばかりだが、今はそれを鑑賞している場合じゃない。

細長い部屋をまっすぐ駆け抜けようとしたワトスンたちは、しかし数歩で立ち止まってしまった。月明かりが差す前方、チェス盤めいた格子模様の床の上に、何かが散らばっていることに気づいたのだ。左右に飾られた展示品よりもずっと珍しく、ずっと信じがたいもの。

警官たちの死体だった。

一人や二人ではない。十人、二十人、いやもっとだろうか。部屋の中央から暗闇に包まれた奥側にかけて、数えきれぬほどの人数が倒れている。彼らの死因は単なる銃殺や撲殺ではなさそうだった。ある者はチアノーゼの顔を歪めて泡を吹き、ある者は手足がちぎれ、ある者は黒焦げになり、ある者は落下したシャンデリアの下敷きになり……百人の暴漢が攻め込んで虐殺の限りを尽くしたような、地獄絵図。

「な、なんだこりゃ」

戦慄しつつも、医者としての本能でワトスンは生存者を探した。天狗の面が飾られたガラスケースの近くに、床を這っている警官を一人だけ見つけた。

「大丈夫か！　何があった！」

ホームズと一緒に駆け寄る。警官は恐怖に引きつった顔で手を伸ばす。

「た、たすけて……」

その懇願《こんがん》をあしらうように、背後で「パチン」と音が鳴り、警官の上着が炎に包まれた。

なんの前触れもない、落雷に遭ったかのような発火だった。ホームズはぎょっとして燃え盛る警官の服を脱がし、ワトスンがそれを踏みつけて消火する。火傷《やけど》は軽度で済んだが、警官はすでに気絶していた。

「ど、どうなってるんだ」ワトスンはぜいぜいと息を吐いた。「今のはいったい……」

「ウサギを背中に乗っけたのかも」と、鴉夜。

「え？」

「冗談です。お気になさらず」

「こんなときによく冗談が言えるな！」

「存在が冗談みたいなものですから」

「ワトスン君、銃を抜いたほうがいい」

　ホームズの声が割り込んだ。波紋を描く瞳は、奥の暗闇を見据えていた。

　近づいてくる足音と、軽快な口笛。ワトスンは深刻さを取り戻し、鴉夜の入った鳥籠をガラスケースの上に置いた。銃を抜き、襲撃犯との遭遇に備える。

　やがて月明かりの下に、一人の青年が現れた。

　黒いシルクハットをかぶり、少し縮れた髪の毛を肩口まで伸ばしている。大きなフロックコートの前を開け、その下の服装はアスコットタイの夜会服。垢抜けた態度や柔和な目元がこの状況にまるでそぐわず、迷い込んだ一般人のようにも思えたが、この男が警官たちを殺したことは明らかだった。彼は死体の海を渡りながら、足元のそれらに目をやることすらなかった。

「博物館では静かにするべきだ」ホームズが言った。「口笛を吹いたり、人間を燃やしたりするのは禁止だ」

「静かな場所って嫌いなんです。賑やかなほうが楽しいでしょ」と、青年。「おっと新聞で見かけた顔ですね。名探偵のシャーロック・ホームズさんだ。それにワトスン博士と

「……その後ろのはなんです？」

彼は生首の少女を指さした。鴉夜は「私も名探偵だよ」と答えたが、青年はきょとんとして首をひねる。

「君たちの情報はつかんでいないようだな」

「誰かさんが人気すぎて新聞に名前が載らなかったんです」

鴉夜の皮肉は聞き流し、ホームズは青年に問いかける。

「この惨状は、君が一人でやったのか」

「ええ」

「どうやって」

「魔術で」

得体の知れない回答だった。確かにこの世には、吸血鬼や人狼のような人智《じんち》を超えた怪物も多く生息しているが、彼らはあくまで独自の進化を遂げた生物にすぎない。魔術やオカルトの存在は科学によって否定されている。

しかしホームズは、納得したようにうなずいて、

「今の一言で君の顔を思い出した。アレイスター・クロウリーだな」

「アレイスター……」

ワトスンにも聞き覚えがある名前だった。「誰です？」と門外漢の鴉夜が尋ねてくる。

「少し前に新聞を騒がせた男だ。自称・魔術と数秘術の研究家で、ロンドン中のカルト教

団を渡り歩いて、生《い》け贄《にえ》を殺すような残酷な儀式を繰り返した。警察からも指名手配されてる。噂だと今は〈黄金の夜明け団〉とかいう教団に……」

「あそこはもう抜けました。退屈だったから」本人が訂正を入れた。「今は別の組織に入れてもらってます」

「入れてもらってる？」ホームズは眉をひそめる。「君が首謀者じゃないのか」

「いやいや、僕なんて下《した》っ端《ぱ》ですよ。昨日も水道の修理を無理やりやらされちゃって」

ワトスンはますます困惑を深めた。〝ロンドン一邪悪な男〟と呼ばれた危険人物が、下っ端？

「君たちの目的はなんだ」と、ホームズ。

「皆さんと同じです。〈最後から二番目の夜〉」

「ダイヤは今ルパンが持ってる。ここで暴れるのは筋違いだ」

「いいんです。僕、陽動担当なんで。言ったでしょう下っ端だって。あ、そうそう思い出した。お二人を殺す許可ももらってるんでした」

アレイスターは柔和な目元をさらに細め、手袋に包まれた右手を上げた。たったそれだけの動作なのに、背中を百足《むかで》が這い回るような強烈な悪寒をワトスンは感じた。

「嬉しいなあ、天下のホームズさんと魔術的対話ができるなんて。メイザースよりもベネットよりもイェイツよりも今までで一番のお相手だ。まず何から始めようかなあ。あ、でもいきなり本命はつまらないか。とりあえずワトスン博士に」

無邪気な口調とともに、右手がワトスンのほうへ向けられ、

「ちょっと窒息してもらいましょう」

パチン、と指が鳴らされた。

間を置かず、真横からホームズがぶつかってきた。二人して倒れ、したたかに肩を打ちつける。わけもわからずワトスンが身を起こすと、ホームズは自分たちの背後に置かれたガラスケースを見つめていた。

すぐには異変に気づかなかった。ケースの上には澄まし顔の輪堂鴉夜。ケースの中には長い鼻をした天狗の面。だがよく見るとガラスの表面に、一インチに満たない極小の針が突き刺さっている。

ホームズは針を引き抜くと、鑑定するように月光に透かした。

「先端に強い毒が塗ってあるようだね。この香りには覚えがある、アンダマン諸島の先住民が使う麻痺毒だろう。前に吹き矢使いと対決したことがあるよ」

針は、機関車のほうへ放り投げられた。つまらなそうに頰を膨らませるアレイスター。

「君の両手、手袋でごまかそうとしているようだが、短母指外転筋が異常に発達していることが見た瞬間にわかった。つまり君の武器は、その指だ」

「ゆび……？」

「指弾か」戸惑うワトスンの背後で、鴉夜が言った。「安い手品ですね」

「ゆ、指で針を弾《はじ》いたっていうのか。じゃあさっきの音は」

「親指の先で弾を撃ち出す音さ。毒を塗った針をつき刺せば相手は窒息。燃料入りのゼラチンカプセルを弾けさせ、火種の燧石《フリント》をぶつければ人体発火。さっきの警官の上着からはわずかにガソリンのにおいがしたからね。他にもその指を使えば、いろいろと奇跡の真似事ができそうだ」

ホームズはアレイスターに一歩近づき、拳銃を構え直した。

「さあ、どうする魔術師君？　タネは割れたぞ」

アレイスターは突き出した手をそっと戻したが、どうやら戦意は萎《な》えていなかった。

「初見で看破されちゃった。すごいや。さすがだなあ」

爽やかにつぶやきながら、フロックコートの前をめくる。コートの裏地には改造が施され、〝弾丸〟として使うらしき大量の道具が収められていた。鉛の礫《つぶて》が覗くいくつものポケット。針やカプセルを収めたホルダー。細いワイヤーを巻きつけたリール。

ハンサムな笑みが、邪悪に歪んだ。

「じゃあ、ちゃんと口封じしないと」

東館・展示室

同じころ。もう一方の展示室には、息を切らしながら走る一人の男の姿があった。レストレード警部である。

警部にとって今夜は人生最悪の夜だった。水攻めに遭い、金庫とダイヤを盗まれ、ルパンを取り逃がし、その直後に橋が壊されて新たな襲撃犯……。警備隊が壊滅という報告まで入ったが、信じがたいし信じたくもない。とにかく北館に行って、直接この目で状況を確認せねば。

東館の展示室は西館と同じ細長い大部屋で、インドと中国にまつわる記念品が並んでいる。小型の蒸気船、黄色い中国服やバラモン僧の人形、象の剝製に寺院の祭壇など、エキゾチックな刺激にあふれた通路を、レストレードは旅行中のフォッグ氏のように脇目も振らずに駆けてゆく。室内に人の気配はなく、自分の足音だけが大きく聞こえた。

だが、北館へ続くドアが見えたとき、その向こうから一人の警官が歩み出た。部下のマクファースンだった。

「マクファースン！　無事だったか！」

ほっとして呼びかけたが、マクファースンは返事をしなかった。彼は虚ろな目を遠くへ向けたまま、ゆっくりと横に倒れ、粘着質な音を床に響かせた。

胸から下が赤く染まっていた。

レストレードは声を上げるのも忘れて部下の死体を見つめ、それから、部下の後ろに立っている女の存在に気づいた。

一度も陽を浴びたことがなさそうな、ガラス細工のごとく繊細な美貌の令嬢だった。焦げ茶の長髪と薔薇の髪飾り。紫紺のドレスは蠱惑的《こわくてき》な体つきを隠そうともせず、深く開いた胸元や、スリットから覗く艶《つや》やかな脚が、降り注ぐ月光に晒《さら》されている。

レストレードは息を呑んだが、色香に惑わされたからではなかった。女の右手には、血に濡れた細身の剣が握られていた。

「あんたで最後？」

ヒールの音を鳴らして、女は展示室に踏み込んでくる。最後——最後とはどういう意味だ。他の警官たちはどうなった？　考えるより早くレストレードは銃を引き抜いていた。刑事としての正義感ではなく、生物としての防衛本能だった。

三発、立て続けに発砲する。

体に二発、頭に一発。女はよけることもなく、よろけることもなかった。五秒と経たずに傷がふさがり、押し出された銃弾が床の上に転がる。

「穴あけないでよ。お気に入りなんだから」

ドレスの胸元をつまみ、迷惑そうにこぼす女。

人間——じゃない。怪物。銃弾も効かぬほどに再生能力の高い種族。

「吸血鬼……！」

レストレードは銃を取り落とした。ヨーロッパ最強と謳《うた》われる〝怪物の王〟。ロンドンのど真ん中で遭遇するとは考えてもみなかった。吸血鬼が襲撃犯？　対抗手段は銀と聖水だけだ。どうする？

はっと思い当たり、懐中時計の鎖を手繰《たぐ》った。結婚記念日に娘からもらった小さな十字架がぶらさがっている。純銀製で先端も鋭利だ、銃よりは効果があるはず。

十字架を握り、ナイフのように構えた。だがその直後、敵が剣の切っ先を振るった。唯一の武器はいとも簡単に払われ、床の上を滑り、香港《ホンコン》製の煙管《キセル》が飾られた展示台の下に潜り込む。

残念でした、とでも言いたげに女は目を細めた。

レストレードは尻餅をついた。女が一歩近づく。血染めの剣が眼前で光る。脳裏にその刃の軌道を思い描き、警部は死を覚悟した。ああ、やっぱり人生最悪の夜だ。口の中が乾ききり、目に涙がにじむ。女は無感情に剣を振り上げ、左から右へと──

その瞬間。

かすんだ視界に、予想外のものが飛び込んできた。

磨かれたノンヒールの靴。ハイソックスに包まれたふくらはぎ。白い太ももと、揺らめく黒のスカート。

疾風のごとく割り込んだ美脚は、銃撃でも微動だにしなかった吸血鬼を部屋の向こうまで蹴り飛ばし、スタッカートを響かせて着地する。

躍り上がったエプロンドレスの裾を片手で直すと、メイド姿の女はレストレードを見下ろした。

「お怪我は？」

＊

蹴り飛ばされたカーミラは、床に手をついて蒸気船の舳先《へさき》に着地し、体勢を整えた。距離を取ったのは警戒のためだ。吸血鬼の反応速度を超えて自分を蹴ってきた何者か。並の人間のはずがない。〈ロイズ〉の連中か？

だが敵の正体は、メイド姿の小娘というカーミラの予想だにしないものだった。殺し損ねたイタチ顔の男もかなり意外そうな様子だった。

「お怪我は？」と、メイドが男に尋ねる。男は口をぱくぱくさせ、ようやく「あ、ああ」と答えた。

「大丈夫だ。ありがとう……あんた確か、〝鳥籠使い〟と一緒にいた」

「馳井静句です」メイドは男に手を貸し、「ところで、〝オペラ座の怪人〟を見かけませんでしたか」

「へ？　いや、見てない」

「そうですか」

まるで、その質問をするためだけに助けたような口ぶりだった。静句と名乗った娘は続いてこちらに目を向ける。東洋人だろうか、凜《りん》としつつも主張しすぎない透き通った印象の顔立ちと、黒目が放つ絶対零度の眼差し。

――好みの獲物だ、とカーミラは思う。

「あの方は？」

「しゅ、襲撃犯の一味で、たぶん吸血鬼だ。銃が効かない」

「蹴りも効いてないわ」と、カーミラ。「あなた何者？　保険機構じゃなさそうね。鳥籠使いって何よ」

「探偵です」

「探偵？　ホームズ以外にも探偵が呼ばれてたの？　じゃ、あなた助手か何か？」

「メイドです」

「……うん、まあ、恰好はそう見えるけど」

「一応あなたにもお聞きしますが、〝オペラ座の怪人〟を」

「見かけてないから」

「そうですか。では私はこれで」

「いやちょっと待て！」

叫んでしまった。本当になんなんだこの娘は。カーミラは仕込み刀の血を払い、立ち去ろうとする静句へ突きつける。

「人のこと蹴りっぱなしで逃げるつもり？」

「すみませんが、ファントムを追えと鴉夜様に命じられたので」

「アヤ様？」探偵の名前だろうか。「へえ、そう……。あたしは邪魔者を消せって命じられたの。警官とか、探偵とかを。これから南館まで行く予定だけど、途中でそのアヤ様ってのに会ったら消しちゃってもいい？」

静句の足が止まった。

振り返った彼女は、静かにカーミラを睨みつけた。行きずりの吸血鬼を確かな〝敵〟として認識する目だった。氷から立ち上る冷気のように、彼女のまわりを霧状の闘志が躍っている。それは同時に、煮えたぎるマグマの蒸気にも思われた。

「……そうこなくっちゃ」

カーミラは嬉しそうに剣を構えたが、一方でメイドの豹変ぶりにわずかないらだちを覚えもした。恐れがなさすぎるのだ。まるで、吸血鬼である自分を難なく倒す自信があるかのように。

静句は背中に手を回し、エプロンの結び目から、布の巻かれた長い得物を抜き取る。そしてイタチ顔の男に一言、

「逃げてください。足手まといです」

「あ、は、はい……。でも、勝てるのか？　吸血鬼だぞ。専用の武器がないと」

「持っています」

布の先端が剝ぎ取られると、銀色の刃が顔を出した。空気に静電気のような刺激が交じり、カーミラの頰を打つ。純銀製の武器か。日本刀？　いや、だとしたら長すぎる。

「薙刀《なぎなた》かしら」

カーミラは鼻で笑った。

「本で見たことあるわ、日本の非力な女がよく使うやつ。なんだか強気みたいだから教えとくけど、あたし吸血鬼の中でもかなり特別なほうでね、五指に入る実力って言われてるの。そんなつまんない武器振り回すだけ、じゃ……」

余裕たっぷりだったカーミラは、しかし武器の布が剝ぎ取られるにつれて、その笑顔を凍りつかせた。

現れたのは小銃だった。

口径〇・五インチ、長さ三十三インチの、銀で作られた銃身。それに続いて撃鉄と薬莢《やっきょう》排除用のレバー。曲線を描く引き鉄《がね》。へらのような形をした木製の銃床。

元込め式、七連発のスペンサー騎兵銃である。

しかし、普通の銃とは明らかに異なる点が一つあった。前床の先から銃身の下に沿い、指二本分ほどの太さの銀板が溶接されている。銀板は銃口を境目にして鋭利な刃へと姿を変え、さらにその先へと伸び上がっていた。刃渡りは銃身の長さとほぼ同じ。反《そ》りはなく、刃紋も鎬《しのぎ》もまっすぐの、美しい直刃《すぐは》だった。

「な、何よそれ」

カーミラが呆然と尋ねると、静句はその武器を――騎兵銃の銃口から日本刀が伸び上がった奇妙な武器を、右手で持って下手に構えた。銀色の刀身と銃身が、ひっそりと息づくように青白い月光を反射した。

「『絶景《たちかげ》』」

中庭・中央広場

縁を削がれた寝待ち月と姿を重ねて、漆黒のダイヤモンドが夜空に浮かんでいた。

手を伸ばせば届きそうな距離だが、津軽にその余裕はなかった。ちょうどルパンに蹴られて天地が逆さになるところだったし、欲張りな腕を待ちわびるようにレイノルドがサーベルを構えていたから。

蹴り飛ばされた津軽は背後の石柱に尻をぶつけた。ルパンはダイヤをつかもうと手を伸ばすが、案の定サーベルが割り込んでそれを阻止。ルパンは手をひっこめた勢いのまま身をひねり、敵の太ももを払った。レイノルドは体勢を崩したが、先ほどのサンルームのようにサーベルで体を支え、怪盗の胸を蹴り返す。ルパンは一つ横の石柱に激突し、入れ替わりで津軽が飛び出し、保険屋に取られる一歩手前でダイヤをすくい上げた。

庭園の中心部――ギリシャ遺跡風の石柱に囲まれた小さな広場の中で、津軽と怪盗と保険機構のエージェントはダイヤの奪い合いを続けていた。

ルパンが宝石を手放したことで、争奪戦はさらに混沌を極めていた。六つのぎらついた目が闇夜に溶けるダイヤを絶え間なく追い、誰か一人が手を伸ばすたび他の誰かがそれを阻み、牽制《けんせい》と反撃が入り乱れる。今のところ勝者はおらず、〈最後から二番目の夜〉はすばしこい野ウサギのように三人の間を飛び交っていた。

すくい上げられたダイヤはレイノルドの耳をかすめ、石柱から石柱へとはね返った。津軽はキャッチしようと手を構えたが、

「あっ」

ルパンの足に軌道を変えられた。蹴られたダイヤは石柱の間を抜け、広場の外へ。さらに行方を追う間すら与えず、レイノルドが襲いかかってくる。高速の突きが津軽のコートをかすめ、返す刀がルパンの上着を裂き、サーベルは石柱に深く突き刺さる。

「む？」

レイノルドが間抜けな声を出した。貫通力が災《わざわ》いしたか、サーベルが抜けなくなったらしい。これ幸いと広場から脱出するルパンと津軽。

「くそ、高いんだぞこの服は」

「あたくしのだって一張羅です」

「いやおまえのは最初から傷だらけだろ！」

破れた服を嘆きつつ、二人はダイヤの場所を探した。――あった、礼拝堂の前に転がっている。アーク灯が一本灯っているためその近辺は明るかった。

競い合うように駆けだす。スピードは津軽のほうが上だが、ルパンの位置のほうが礼拝堂に近い。二人同時にダイヤのもとに辿り着き、二人同時に手を伸ばし、

「「のわあ！」」

二人同時に身を伏せた。背後から白い石柱がかっ飛んできたのだ。振り向くと、猛然と迫ってくるレイノルドの姿。サーベルを抜くついでに柱をへし折ったのか。

「おいこら」と、ルパン。「庭を壊すとフィリアス・フォッグに叱られるぞ!」

「心配ない。この家は保険に入っている!」

保険屋は津軽たちの間に割り込み、切っ先でダイヤを宙に躍らせた。津軽は起き上がりざまにその左手を蹴り上げ、サーベルがエージェントの手を離れる。「くそっ」と毒づいて後退するレイノルド。夜空の宝石に飛びつく津軽と、それに対抗するルパン。

わずか二秒の間、手を伸ばすための隙を求めて、怪盗と〝鬼殺し〟の腕が何度も交錯した。ダイヤは津軽の肘にはね上げられ、ルパンの額にぶつかり、その指をすり抜け——最後に、津軽の口にキャッチされた。

目を見開いたルパンへ、津軽はダイヤをくわえたまま満面の笑みを返した。ようやく手に入れた。このまま一人勝ちだ。奪い返される前に逃げようと、素早く踵を返す。

そのとたん、
大砲めいた衝撃が臍の奥で爆ぜた。

レイノルドの左拳だった。

しまった、先ほどの後退は武器を拾うためではなく、踏み込みの力を溜めるためか。八極拳などで用いられる〈震脚〉。そういえば攻撃の型も剣術というより武術に近かった。とするとサーベルなしでも〝突き〟の威力が落ちぬのは道理だ——

走馬灯のように思考が流れた直後、津軽の体は吹き飛ばされた。横隔膜がせり上がり、両足が軽々と地面を離れる。すぐ後ろに立っていたルパンを巻き込んでも勢いは止まらず、二人は礼拝堂の扉を突き破った。

気がつくと、十字架の掲げられた壁を見上げていた。

礼拝堂内は、あまり使われてなさそうな質素な造りだった。絨毯敷きの通路の左右に長椅子が並び、天井近くの壁にはステンドグラス。その奥に床が高くなった祭壇。扉の上には桟敷席があり、年代物のオルガンが鎮座《ちんざ》している。

突っ込んだ勢いで吐き出してしまったダイヤは、祭壇の前に転がっていた。近くにはルパンの姿。彼は津軽に続いて咳き込みながら身を起こしたが、ダイヤには飛びつこうとせず、「きりがないな」と首を振った。

「おい青髪、一時休戦だ。このままやり合っても決着がつかん。とりあえず二人であのスカした保険屋をなんとかしよう。ダイヤを取り合うのはそのあとでどうだ」

「いい案です」ちょうど津軽のほうでもそう思っていた。「何か作戦あります？」

「おまえおとり役。俺は二階で待ち伏せ」

「上から不意打ちですか。そんなので倒せますかね」

「まあ見てろ」

言うやいなや、ルパンは桟敷席への階段を駆け上がった。苦戦中なのにぶれない自信家である。津軽は通路のど真ん中に立ち、〝スカした保険屋〟を待ち受ける。

数秒後。両開きのドアのもう片方を静かに押し、レイノルド・スティングハートが現れた。左手にはサーベルが戻っている。彼はこちらに目を向けたが、睨む先には津軽ではなく〈最後から二番目の夜〉があった。神経質な眉がさらに強く歪んだ。

「貴重なダイヤが唾液《だえき》まみれに……。持ち帰る前に消毒せねば」

「持ち帰る前提で話さんでください」

少し時間を稼がないとな。

「諮問警備部の人たちってのは、どうしてそんなに怪物嫌いなんですか」

「動機はバラバラだ。ファティマみたいに純粋な正義感で動いている奴もいれば、怪物の醜さが許せないという変態もいるし、強い怪物と戦いたいというだけの異常者もいる。俺だって別に、好きでおまえらの相手をしてるわけじゃない」

「好きでやってそうに見えますけど」

「埃や、油まみれの皿や、泥水や吐瀉物《としゃぶつ》や糞尿《ふんにょう》に触れるのが大好きという人間はこの世にいない。人間が好きなのは汚物じゃなく清潔だ。みんな清潔な環境を手に入れたくて、そのための唯一の手段として、しかたなく汚物を片付けるんだ。俺もそうさ」

「………………」

「できることなら、おまえらなんて触れたくもない」

レイノルドは一歩近づいた。ステンドグラスから差し込む月光が、真っ白なコートに赤や緑の影を落とした。桟敷席の柵の真下だ。

「あたくしの知り合いにも、あなたみたいな人いましたよ」と、津軽。「すごく綺麗好きで細かい性格でしてね、外を歩くたび地面をこうぐっと見て、やれ虫がどうのゴミがどうの汚れがどうのと探し回るんです。うるさすぎるもんでみんな迷惑してたんですが、そんなふうに下ばかり向いてたらある日その人」

唐突に。

レイノルドの姿が、巨大な木の塊に取って代わった。

桟敷席から落とされたのはオルガンだった。大人の両手幅よりも広い樫《かし》と錫《すず》の塊が猛スピードで落下してきて、レイノルドを下敷きにし、屋敷全体に響き渡るような大音量の不協和音を奏《かな》でた。

「……鳥にフンを落とされました」

津軽は小声でオチをつけた。ルパンが颯爽と階段を下りてきて、潰れたオルガンの様子をうかがう。

「やったか？」

「大当たりです。というか死んだんじゃないかな。アルセーヌ・ルパンが人殺しはまずいでしょう」

「大丈夫さ、こいつらそんな簡単にくたばる連中じゃ……」

その言葉に呼応したように、オルガンが動いた。

木屑《きくず》をこぼしながらじりじりと持ち上がり、下から白いコートの男が現れる。無造作に腕が振るわれると、サーベルからオルガンが抜け、すぐ横でまた不協和音を奏でた。

「……ほらな」

そう言うルパンの口元は引きつっていた。津軽もその顔を真似るしかなかった。

男は蛇のように息を吐き、ゴキリと首を鳴らした。美しい銀色の髪型が崩れ、割れた額から吹き出た血が頬と顎の先を伝い、白いコートに赤い染みを広げる。だが、その重傷にはまるでかまわず、

「さっきも言わなかったか？」狂気に染まった翡翠色の瞳が、津軽たちを睨みつけた。

『俺のコートを汚すな』と」

その直後。

今度は背後の祭壇から、壁が壊れる音が聞こえた。

東館・備品倉庫

闇と静寂の中で、ファティマ・ダブルダーツは神経を研ぎ澄ましていた。

積み上げられた木箱の上に立ち、両目をつぶり、彼女の最大の武器——聴覚による索敵を開始する。角灯《ランタン》が光の触手を伸ばすように、鍛錬を積んだ耳が空気中のわずかな振動を追跡し、暗闇に潜む形を暴いてゆく。吸血鬼でも屍食鬼《グール》でも人魚でも、これまで彼女から逃れられた敵はいない。

ガラ、と小さな音が鳴った。壊れた帆船模型から部品が崩れ落ちたのだ。天井のフックが発する金属の軋み。先ほど放った銀の矢が、壁に刺さった衝撃で震える音。だが、これらはすべて雑音だ。

ファティマはさらに集中を高める。荒い息遣いが聞こえた。早鐘を打つ心音。血の滴る音。破れた服の衣擦れ。発信源は——

「はあ、はあ……」

発信源はすべて、彼女自身だった。

ファティマは索敵をあきらめ、とうとう目を開けた。左腕のクロスボウは破壊され、肘からは出血していた。

最初の一撃までは何も問題なかったのだ。近づく敵の音を正確に捉え、肩に矢を食らわせた。だがそれ以降、状況は一変していた。

ファントムは倉庫内を自在に動き回って第七エージェントを翻弄。ファティマは必死にそれを追ったが、何発矢を撃ち込んでも彼に当てることはできずにいる。今も壁を背にして立っているが、敵がどこにいるのかまったくわからない。

「ど、どうして……」

「なぜって?」

真横から声がした。

「私が〝オペラ座の怪人〟だからさ」

ファティマは瞬時に右手を伸ばし、銀色の矢を連射した。矢は予定調和のように空を切り、新たに木箱を一つ壊す。敵の姿は影も形もなかった。

「君はかなりの使い手だが、私とは相性が悪かったな」

ふいに、また声。今度は左側から。

怪人の声は、移り気な蝙蝠《こうもり》のように倉庫の中を飛び回った。ファティマは見えるはずのないその姿を追い、左右に首を振り続けた。

「君が言うとおり、私は二十年間パリのオペラ座で暮らしていた」背後から。

「生まれてすぐ両親に捨てられ、しがない大工《だいく》の一家に身を寄せていてね」正面から。

「十六のとき、そこがたまたまオペラ座の整備に携わったんだ」足元。

「オペラ座には私の求めるすべてがあった。暗闇。広い空間。そして芸術」真上。

「ここなら誰にも自分の醜い顔を見せずに生きていけると思った」遠のき、

「私は地下二十三階の地底湖に秘密の家を造った。だが暮らしは楽じゃない」近づき、

「誰にも姿を見せずに生きるには、それ相応の技術が必要だった」四時の方向。

「私は学んだ。発声を学び、音響を学び、音の特性と建物の構造を学んだ」その反対。

「何年も学び続けた。オペラ座のすべてが私の教師だった」壁の中？

「やがて私には異名がついた。〝オペラ座の怪人〟」今度は木箱の――

「どんな物質にどんな大きさでどんな高さの音をぶつければ、相手のもとへどう届くのか。場所を特定されない声。場所を錯覚させる声。声真似。足音。呼吸音や衣擦れまで、

私にはすべてが自由自在だ。そこに空気と反射物がある限り、舞台の天井にも壁の内側にも化粧机の引き出しの中にも、私の声は現れる」

つまり——と、声は暗闇を旋回して、

「〝音〟の領域で私に勝つのは不可能だ」

ファティマの耳元に着地した。

ファティマは怯えた子供のように悲鳴を上げて、あたりかまわず矢を放った。五秒と経たずに残弾が切れる。慌ててベルトの弾倉に手を伸ばし、次の矢を装塡する。

そのとき。壁の向こうから、オルガンを叩き壊したような不協和音が聞こえた。

鋭すぎる聴覚が災いし、ファティマは背後を振り向いた。なんの音だ？ 何が起きた？

この向こうは確か、礼拝堂につながっているはずだが。

はっと我に返ったとたん、左耳が空を切る音を捉えた。フックにかけたロープを使って宙を滑り、こちらに迫ってくる。不協和音に気を取られたせいで察知が遅れた。回避は間に合わない。

前方、暗闇の中から怪人の姿が現れた。ファティマは右腕のクロスボウを放った。体の向きを戻した直後、右斜め
胸を蹴られる——と同時に、ファティマは右腕のクロスボウを放った。

苦しまぎれの一撃は成功した。矢は怪人の頭上をかすめ、ロープをちぎった。

「……ッ⁉」

支点を失ったファントムは、ブランコから投げ出された子供のようにファティマに激突する。足元で木箱が崩れ、二人はもつれ合ったまま背後の壁を突き破る——

東館・展示室

カーミラは蒸気船の舳先に立ち、初動のタイミングを計っていた。イタチ顔の刑事は北館のほうへ逃げていったが、殺し損ねたことを惜しいとは思わなかった。もっと魅力的で、もっと要注意で、もっと理解不能な相手が現れたからだ。

その相手——馳井静句と名乗った娘を、舐めるように観察する。

ボブカットの柔らかそうな髪。感情をうかがわせぬ端整な顔立ち。清楚なメイド服の起伏はその下に隠れた細いくびれを想像させ、すらりと締まった四肢も美しい。何より素敵なのは、突き刺すような冷たい眼差しである。ああ、あの目に涙をにじませたらどんなに楽しいだろう。さっき玄関ホールでつまみ食いなんてしなきゃよかった。

カーミラは仕込み刀を持つ手に力を込め、胃の下から湧き上がった嗜虐欲を必死に抑え込んだ。油断は禁物だ。先ほどの不意打ちからもわかるようにただの小娘ではない。それに何より、あの武器。タチカゲとかいう名前の、奇怪な形状をしたあの得物——

外見は十代の令嬢でも、不老の吸血鬼たるカーミラの実年齢は三百三十歳を超える。騎士に聖者に吸血鬼駆除業者《ヴァンパイアハンター》、殺した人間の数に比例して多種多様な武器を見てきたが、騎兵銃と日本刀という組み合わせは初めてだ。マスケット銃の先についた短剣とはわけが違う。銃床から切っ先までの全長は使い手の身長に匹敵するほど長く、銃としても刀としてもまともに扱えるとは思えない。あれでどうやって戦うつもりなのか？

真意を探ろうとするが、静句の内心は読めなかった。他に動く者のいない展示室で、二人の女は睨み合いを続ける。

十秒経ち、二十秒経ったころ。

中庭のほうから、オルガンを叩き壊したような不協和音が聞こえた。

静句が気を取られ、敵に注いでいた警戒が途切れる。

その隙を逃さず、カーミラは跳躍した。ピンヒールの爪先《つまさき》で舳先を蹴り、一歩で静句の目の前へ。袈裟《けさ》懸《が》けを狙い、左から斬りかかる。

まばたきすら許さぬ吸血鬼の速攻に、しかし静句は反応した。『絶景』の銃身を両手で持ち、日本刀の部分でカーミラの剣を弾く。だがすでに間合いは潰した。この至近距離でその長さでは、

「小回り利かんでしょ！」

カーミラは真横に身をひるがえし、右から静句の脚を狙った。刀部分を切り返す時間はない。これであっけなく終わり――

金属音がそれを阻んだ。

静句は手の中を滑らせるように『絶景』を動かし、騎兵銃の引き鉄の輪でカーミラの切っ先を搦《から》め捕《と》っていた。ぎょっとする間もなく切っ先がかち上げられ、ガードが空く。

静句はそのまま強引に踏み出し、握り締めた銃身ごと、右拳をカーミラの顔面に叩き込

んだ。

「がっ……」

予想外の攻撃にたじろぎ、両者の距離が一歩だけ開いた。静句はさらに踏み込み、その身をひねる。

銀色の刃が弧を描いた。

振り下ろされた刃は、床の二インチ上で、逃した獲物を口惜しむようにびいん、とわないた。数歩先には、とっさに跳び退いたカーミラの姿。

息を荒らげ、血のにじんだ唇を拭う。〝銀〟は直接触れなかったので、傷はすでに癒《い》え始めている。しかし人間相手に顔面を殴られ、両断されかけ、無様に跳び退いたという事実は、三百三十歳の吸血鬼にとって久方ぶりの屈辱だった。

静句はまるで構わぬ様子で、『絶景』を構え直す。その指にはカーミラの血と唾液が光っていた。

「もっと上品かと思ってたけど、案外行儀が悪いのね」癒えた唇で笑う。「そういう子にはおしおきが必要だわ」

「敵に行儀を見せる必要はないので」

静句は冷たく応え、再び斬り込んできた。

カーミラはその場からかき消え、音もなく移動した。展示品が作る陰を伝い静句の背後へ回り込む。静句は背中に『絶景』を回し、肩越しに仕込み刀を受けた。振り向きざまに銃床の尻で敵の胸を突き、再び大振り。カーミラはそれを弾いて逆サイドへ。

月光が染め上げる展示室を、しなやかな二つの影が舞い踊った。

吸血鬼の俊敏性をフルに活《い》かし、縦横無尽のステップを踏むカーミラに対して、静句は変幻自在に武器を振るった。短く持って剣のように扱ったかと思えば、間合いを取って薙刀風の両手持ちに。そこから棒術めいた巧みさで銃身を回し、また剣へ。どれほどこの武器を使い抜いたのか、その異質な形状を忘れ去ってしまうほど無駄のない動きだった。カーミラの太刀筋も負けてはおらず、二本の刃が交錯するたび、妖精《ようせい》が飛び回るかのように彼女たちのまわりを銀色の線が彩《いろど》った。

何度目かの火花が散ったあと、静句が構えを変えた。右手で『絶景』の引き鉄付近を持ち、矢をつがえるように引き絞る。左手は照準を定めるように前へ。

「〝松島〟」

刃が伸び上がり、小刻みな突きが連打された。線ではなく点の攻撃。剣に薙刀に棒ときて、今度は槍か。カーミラは仕込み刀でさばきつつ左右に動くが、連打は機械のように素早く正確だった。限界を予感した刹那、刃先が心臓を狙ってくる。カーミラは反射的に真後ろに退く――

引き鉄に指のかかる音がした。

「しまっ……」

叫び声をかき消すように、鋭い発砲音が轟《とどろ》いた。

格子模様の床に赤い血痕《けっこん》がはねる。カーミラは膝をつき、うめき声とともに脇腹を押さえ込んでいた。仕込み刀は手放され、脇に転がっていた。

「……なるほど」

そうやって使う武器なわけか。

油断するつもりはなかったのだが、接近戦の中で失念していた。あの武器は刀であると同時に銃でもある。刃の直線上には常に銃口が待ち受けている。直突の連打で縦方向の回避に追い込まれ、そこを狙い撃ちされたのだ。

弾丸は銀製だった。無理やり身をひねったのでかすり傷で済んだが、傷口は焼き鏝《ごて》でも当てられたようにシュウシュウと湯気を立てている。銀による傷に再生能力は効かない。

〝人間〟から受ける数十年ぶりの傷だった。

静句は銃身の根元にあるレバーを引き、引き鉄の位置で武器を二つに折った。薬莢の排出と次弾装填を手早く行い、再び銃口をカーミラに向ける。

「終わりです」

「そうね。そろそろ時間が来たみたい」

カーミラは息を吐き、幽霊のようにふらりと立ち上がった。

「終わりっていうより、むしろここから本番だけど」

「……？」

「言ったでしょ？　おしおきが必要だって」

吸血鬼が妖艶に笑った直後、静句の右手から『絶景』が滑り落ちた。

冷淡だった顔に困惑をにじませ、なぜ力が抜けたのかと問いかけるように、彼女は自分の右手を見つめた。指が弱々しく痙攣《けいれん》している。さらに脚が崩れ、体が傾く。

カーミラは静句に飛びつき、その体を抱きとめた。助けるためではなく追い打ちをかけるためだった。白い首筋に顔をうずめると、柘榴《ざくろ》のように色づいた舌をねっとりと這わせる。静句はすぐに押し返そうとしてきたが、腕の力はもうほとんど残っていなかった。

カーミラは展示室の床に静句を組み敷いた。静句の黒い瞳は虚ろに震え、頬には発熱したような赤みが差していた。

「何、を……」

「何をしたか？　あたしは何もしてないわ。したのはそっち」

カーミラは静句の右手を取り、指先を絡み合わせる。敏感な場所をくすぐられたように静句からかすれ声が漏れた。

「さっきこの手で、あたしの唇奪ってくれたじゃない？　そのとき指に付着したわけ。少量だったから効き始めるまで時間かかっちゃったけど」

「付着……」

答える代わりに、吸血鬼は自身の下唇を舐めた。

その端からつうー、と唾液が一筋垂れた。

「これも最初に言ったはずだけど、あたし吸血鬼の中でも特別なほうでね。固有の毒を持ってるの。触れると体がしびれて熱くなってあたしの虜《とりこ》に堕ちる毒。人類のうち半分にしか効かないけど、まあ残り半分に効いたところでそいつらはあたしの趣味じゃないし？あなたみたいに若くて綺麗な子の血が、一番好き」

静句に焦りの色が表れた。カーミラの食指を振りほどき、床の上の『絶景』に麻痺した手を伸ばそうとする。だがカーミラはヒールの先で武器を蹴り、あっけなく暗闇の中へ追いやってしまう。

「なあにどうしたの？　さっきまでの威勢はどこ行ったの？　血を吸われるかもって思って怖くなっちゃったの？　かわいい。でも心配しないで。さっき一人分吸っちゃって今お腹《なか》いっぱいなの」

——だから、あなたは食後のデザート。

耳元で囁きかけると、静句は身をよじった。無駄なあがきを楽しみながら、カーミラは彼女の襟に爪をかけ、エプロンごと胸元まで裂いた。石鹸に似た清楚で甘やかな香り。透ける様な白肌。欲望を煽《あお》る苦悶《くもん》の表情。

やっぱり牙《きば》を立てるのはもったいない。

「蹴ったり撃ったりしてくれた分、じっくり舐めて味わわせてね」

カーミラは恍惚《こうこつ》とした目を潤《うる》ませ、美しい日本製の飴細工《あめざいく》に覆いかぶさった。

西館・展示室

中庭のほうから、オルガンを叩き壊したような不協和音が聞こえた。

悪魔たちの混声合唱を思わせる、屋敷全体を震わせるほどの謎めいた轟音。アレイスター・クロウリーは片目をつぶり、残響に耳を澄ましてから、

「いやあ、賑やかになってきましたね」

ワトスンたちには理解が及ばぬ爽快《そうかい》さで言い放った。

展示室内は先ほど以上に混沌を極めていた。床には警官たちの亡骸に加え、割れたガラスや木の破片が散らばり、ところどころで小さな炎が上がっている。展示品はほとんどが壊れ、壁も穴だらけの蜂《はち》の巣状態。敵は部屋の中央からほとんど動いておらず、ワトスンとホームズはそのまわりをひたすら逃げ回っていた。狙いを分散させようと二手に分かれたが、効果は薄い。魔術師の腕は二本ある。

――パチン。

アレイスターの左手がワトスンを狙い、もう幾度となく聞かされた、あの泡の弾けるような音が鳴った。それに操られるかのように、展示されていた狼の剝製が躍り上がり、こちらに襲いかかってくる。ワトスンはわけもわからぬまま必死に走る。

「ワトスン！」

ホームズの叫び声で、足元に張られた極細のワイヤーに気づいた。さっきもこのうちの一本にかかって肩を負傷したのだ。悪態とともに罠を飛び越え、床の上に転がる。頭上を狼が駆けていき、壁に当たって死骸《しがい》に戻った。

「ん〜、惜しい」

アレイスターの狙いはホームズに切り替わる。右手を天井に向け、指を一鳴らし。

——パチン。

直後、吊《つ》り具のちぎれたシャンデリアが落下した。ホームズは跳び退いて下敷きをまぬがれたが、着地地点に小さな水たまりが待ち受ける。

——パチン。

水たまりから炎が上がった。さすがの名探偵も我を失い、火のついた右足を夢中ではたく。追撃を許すまいと、ワトスンは敵の背中に銃口を向けた。アレイスターが振り返る。その胸を狙い、引き鉄を絞る。

——パチン。

銃声に、指を鳴らす音が重なった。魔術師は宙に舞ったシルクハットを空中でキャッチし、何事もなかったようにかぶり直した。クラウン上部に小さな穴が開いていた。

「た、弾がそれ……」

「いけないなあ。面白くない。銃で撃って殺すなんて神秘的要素が何もない」

——パチパチパチパチパチ。

音が連続し、背後の壁が機銃掃射を受けたように弾け飛んだ。驚く余裕すらなく、ワトスンは全力疾走で難を逃れた。このままじゃまずい、どこか避難場所は？　機関車の先頭部が目に入った。あそこしかない。

裏側に駆け込むと攻撃はやんだ。すぐ横から「大丈夫かい？」と冷静な声。ホームズが車輪に背を預け、息を整えていた。ズボンの裾が黒焦げだ。

「僕の肩はたいしたことない。君の足は？」

「平気だ。靴下が堀の水を吸っていたおかげで助かった」

とはいえ――と、ホームズは額の汗を拭い、

「強敵だな」

「ああ」ワトスンは心の底から同意した。「びっくり箱みたいな相手だ」

魔術の正体は両手の指弾。

そのトリックが割れてもなお、アレイスターの攻撃は魔術的としかいいようがなかった。指先から撃ち出される弾は主に四種類。ホームズが看破した毒針に、ガソリン入りのカプセルと燧石《フリント》のコンボ。鉛の礫《つぶて》と、ワイヤーの先端。鉛を飛ばせば壁や展示品が粉々に砕け、ワイヤーを巻きつければものが引き寄せられたり、切断されたり。並外れた威力と精密性に加え、弾の組み合わせと使い道も千変万化である。今のところ紙一重でかわし続けているが、時間が経てば経つほど状況は悪化する一方だった。撒き散らされたガソリンは地雷となって、張り巡らされたワイヤーは鋭利なトラップとなって、こちらの動きを

徐々に制限しつつあった。

「もう心臓が持たないよ」ワトスンは弱音を吐いた。「さっきなんて狼が襲ってきたぞ」

「糸で操っただけさ。銃弾がそれたのも鉛をぶつけたからだろう。弾は目で追えなくても、銃口の向きから軌道を読むことはできる」

「でも、そんな芸当……」

「普通は無理だ、よほど訓練を積まない限りね。教団を次々追い出されたのも納得だよ。どんな重度のオカルト主義者でも彼のことは扱いきれまい」

ホームズは苦笑してから、銃のシリンダーを確認する。

「僕のは弾切れだ。君のは？」

「僕のもさっきのが最後の一発。もう予備の弾もない」

「もうないって？　元軍人だろう、もっと常備しておきたまえよ」

「相棒が地下室で六発もぶっぱなすとは思わなかったもんでね」

「さて、どうしよう」皮肉は無視された。「銃がないなら接近戦で倒すしかないが、彼相手に距離を詰めるのはドレーク海峡を泳いで渡るより難しそうだ」

「でも、奴にだって無限に弾があるわけじゃないだろう？　だいぶ長く逃げ回ってるし、そろそろ……」

「彼に弾切れはないよ。僕らと交戦して以降、壁や展示品を派手に壊しまくってるのはなぜだと思う？　予備の弾を増やすためだ。指弾の達人にかかれば、ちょっとした石の欠片でも凶器に早変わりするからね。あの男は異常だが、馬鹿じゃない」

「…………」

ワトスンは車両の端から敵の様子をうかがった。アレイスターは涼しい顔をして、天狗面のケースの上に放置された輪堂鴉夜――そういえば、すっかり忘れていた――と会話している。異形を前にしてもまったく臆《おく》さぬその様子は、彼自身が怪物の一人であるかのようだ。

そして、改めて疑問に思う。〝ロンドン一邪悪な男〟と呼ばれたこの魔術師をしたがえる、組織のボスとやらは何者なのか？　彼を拘束すればそれも聞き出せるのだろうか。

「何か策はあるのか？」

ワトスンは尋ねた。

ホームズはじっと考え込むように視線を流し、乱れた癖毛をかき上げた。

「『場律《バリツ》』を使う」

＊

鳥籠の中の輪堂鴉夜は、天狗面のガラスケースの上に放置されたまま、魔術師と探偵の攻防を眺めていた。

昨日津軽を翻弄したホームズたちの実力を鴉夜は買っていたが、さすがの探偵コンビも指先一つで奇跡を起こす男との戦闘は想定していなかったらしく、現状は圧倒的不利である。ホームズもワトスンも指弾から逃げ回った末、今しがた機関車の裏に隠れてしまった。出てこないところを見ると作戦会議中だろうか。

しかたない、時間稼ぎに協力してやろう。襲撃犯についての情報も得ておきたかったし、ちょうどいい機会だ。

「少し話そうか、顎ひげ君」

呼びかけると、アレイスターは嬉しそうに破顔し、「僕もあなたのこと気になってたんです」などと言いながら近寄ってきた。そりゃそうだろう、喋る生首を見ても気にならない人間がいたらお目にかかりたい。

「君たちの目的をもう少し詳しく聞かせてくれないかな。なぜ〈最後から二番目の夜〉をほしがるんだ？」

「人狼を探す鍵だそうですからね。前々から目をつけてたんですが、ルパンに先を越されそうになって強硬手段に出たわけです」

「人狼を探しているのか。なんのために？」

彼らも〈ロイズ〉と同じ怪物廃絶主義者だろうか？　いや、もしそうなら自分と仲良く話したりはしまい。アレイスターは「そうですねえ」と顎を撫で、

「一番の目的は、採集《コレクティング》かな」

「採集？」

「さっきは偉そうなこと言いましたけど、うちの組織ってまだ発展途上で。怪物を集めてる途中なんですよ。人狼を加えればほぼ完成するそうです」

「…………」

ガラスを伝う雨粒のように、鴉夜の中にいくつもの思考が流れた。

組織が発展途上で、怪物を集めている。同志を募《つの》っているという意味にも取れるが、「採集」という表現がひっかかる。まるで学術的に標本を集めているような言い方だ。完成するそうです――伝聞形。短い会話の中で二度も使った。この男は自称組織の「下っ端」。とすると「採集」を行っているのは組織の頭？　何かを作ろうとしているのだろうか。怪物を採集して完成させる、何かを――

「それより僕は、あなたのことが知りたいな」

アレイスターが鳥籠を覗き込んできて、鴉夜の推論は途切れた。

「なんで首から下がないのに生きてるんです？」

「……死なないから生きてるだけだよ。私は不死といってな、死なない体なんだ。いや今は体がないからこの言い方はおかしいか」

ぞんざいに答えたのだが、魔術師はひどく興味を引かれた様子で、

「体はどこに？」

「さあ。ちょっと前に奪われてね。今探し途中だ」

ふいに、アレイスターのハンサムな顔が百面相を描いた。何か思い当たったように眉を

つり上げ、不安そうに視線をさまよわせ、それから面白がるように口元をひくつかせる。

最後に彼は、かろうじて聞き取れるほどの小声でつぶやいた。

「もしかして、うちにあるかも」

「え?」

どういうことかと聞き返そうとしたとき、アレイスターが機関車のほうへ注意を戻した。

部屋の真ん中にシャーロック・ホームズが立っていた。

先ほどまでの逃げ惑う様子はもうない。赤茶けた上着を丸めて左手に持ち、右手は固く拳を握り、騎士のように威風堂々とこちらを見据えている。水色の瞳が描く波紋の密度が何倍にも高まり、暗がりの中で不自然なほどにぎらぎらと輝いていた。その網膜には対峙するアレイスターだけでなく、鴉夜も死体も小さな炎も壊れたシャンデリアも、それどころか散らばった破片の一つ一つ、温度や気圧や空気の流れに至るまで、部屋の中のすべてが映り込んでいるように思えた。

何かがおかしい、と感じたのは鴉夜だけではなかった。アレイスターはコートの内側に右手を入れ、ゆっくりとホームズのほうへ伸ばす。指先には鉛の礫。

——パチン。

弾かれた礫は銃弾の速度で部屋を横切り、ホームズの肩をかすめ、壁に当たった。

「…………」

はずれた？　いや、よけられた？　判断がつかず、魔術師の眉間が歪む。

ホームズはふらりと前に倒れるようにして、一直線に駆けだした。

滑るような動きだった。地面を蹴るのではなく、膝を抜いた際の重心移動を利用した歩法。日本武術古来の移動法だと鴉夜は気づく。

パチン、パチン、パチン――アレイスターの指先で泡がいくつも弾けた。まっすぐ向かってくるのであれば指弾の恰好の的である。だが、ホームズには当たらなかった。彼は最小限の動きで鉛弾をいなし、毒針をやり過ごし、ワイヤーは丸めた上着で受け、速度を緩めることなく距離を詰めてくる。どこに何が来るか、敵がどう動くのかわかっているように。いやそれどころか、ホームズ自身が未来を書き換えているように。展示室には巨大な時計塔の内部が現出していた。アレイスターの一挙手一投足は複雑怪奇に組み合わさった歯車の機構に搦め捕られ、ホームズはその唯一の管理者だった。

魔術師の目に驚愕《きょうがく》が浮かんだときにはもう遅く、ホームズは最後の一歩を踏みきっていた。アレイスターは後ろに退いて再び距離を空けようとする。ホームズは右拳を伸ばし、遠のく敵の左腕を軽いジャブで叩いた。その直後、瞳の輝きが薄れて、探偵はその場に膝をついた。かなり消耗した様子だ。アレイスターにとっては今度こそ好機だったが、

「ぐむっ……」

彼は攻撃に転じることができず、代わりに蛙のようなうめき声を上げた。

たった今、ホームズの拳を受けた腕――フロックコートの左袖に、細い何かが突き刺さ

っている。

毒針だ。最初にホームズたちがよけ、機関車のほうへ放り投げた——

「あらゆる魔術には代償がつきものだ」

汗ばんだ顔を上げ、ホームズは講師のように笑った。

「初歩だよ、アレイスター君」

アレイスターの顔が紫に変色し、首筋に血管が浮かび上がった。彼は慌てて液体の入った小瓶《こびん》を取り出し、中身を飲み下す。

「そう、当然君は解毒剤も持っている。だが……」

一瞬だけ。解毒に気を取られた魔術師はまわりが見えなくなった。

それを待っていたかのように、背後の展示台から人影が飛び出す。

ワトスンだった。ホームズが正面突破で気を引く間、後ろに回り込んでいたのだ。飛びかかるタイミングもアレイスターとの位置関係も、すべて計算し尽くされたように完璧だった。アレイスターはコートに手を入れるが、指弾は間に合わない。ワトスンの拳が彼を押し倒し、そのまま——

ドオン!

決着の直前。ふいに、鴉夜の背後で轟音が響いた。

先ほどの不協和音以上の衝撃に、全員が動きを止めた。ワトスンは飛びかかる姿勢のまま、アレイスターは床に転んだままぽかんとしてドアのほうを見つめ、ホームズも計算外の事態に表情を固まらせる。自力で動けぬ鴉夜はめいっぱい首をひねり、何が起きたのかと背後をうかがった。

先ほど自分たちが入ったドアが吹き飛び、もうもうと埃が舞い上がっていた。その中から、足音を響かせて現れる巨大なシルエット。

「怪物君？」

「り、輪堂鴉夜か？」

鴉夜は素っ頓狂な声を上げ、相手も同じ調子で返した。そう、洒落た夜会服を着て髪や眉が生えそろっているが、ブリュッセルの事件で出会った人造人間だ。なぜロンドンに？　尋ねようとしたが、

「知り合いかい、ヴィクター？」

「あ、ああ。ベルギーにいたとき、ちょっと」

「そうか……おお、これは驚いた。私も知っている顔だ」

続いて現れたもう一人の男を見て、鴉夜は言葉を失った。

ボーラーハット。丈長の黒コート。乾いた足音の鳴る右足。そして、握りに〈M〉の刻印が入った黒いステッキ。

人造人間と同じく、知っている男だと思った。夢にまで見た姿。ずっと追い求めていた老紳士。だが、そんなまさか——

「ホームズ」ワトスンが呆然と言う。「昼間のコーヒーにコカインを混ぜたな」

「いいやワトスン君。だって君はブラック派だろう」

「でも今、幻覚を見てる」

「あいにく現実のようだ」

シャーロック・ホームズはゆっくりと立ち上がった。彼は上着を羽織り直すと、旧友とばったり再会したような気さくさで、しかし顔は笑わずに、老紳士の名を呼んだ。

「お久しぶりです。モリアーティ教授」

「久しぶり。ライヘンバッハで会って以来だね」

老紳士は穏やかに帽子を持ち上げる。

影の落ちた目の中で光る爬虫類《はちゅうるい》めいた瞳を見て、鴉夜は確信を得た。

自分の首から下を奪った、あの男だった。

中庭・礼拝堂

最初はオルガンを壊した祟《たた》りかと思ったが、だとしたら神様はずいぶん妙な使者を遣わしたらしい。

壁を突き破って礼拝堂に転がり込んだのは、木箱に乗った二つの人影だった。人影はもつれ合うようにして祭壇の前に倒れた。木箱の角はくしゃりと潰れ、そこから石灰か何かの麻袋がはみ出て、白い粉交じりの埃が舞う。

津軽もルパンもレイノルドも、突然の出来事に目を丸くすることしかできなかった。壁の穴の向こうには広い倉庫が見えていた。

「うう」

頭をさすりながら、闖入《ちんにゅう》者たちが身を起こす。

燕尾服を着た仮面の男と、腕にクロスボウを装着した褐色娘――〝オペラ座の怪人〟と〈ロイズ〉の第七エージェントだ。

「エリック?」ルパンが声を出した。「こんなとこで何してる」

「こっちの台詞だ。おまえ南館にいたはずじゃ……タキシードが破れてるぞ」

「おまえは肩に矢が刺さってる」

「教えてくれてありがとう」

ファントムはうめくように言い、礼拝堂を見回す。

「取り込み中だったか?」

「まあ、少し。だがちょうどよかった。手助けがほしいと思ってたんだ」

「そのとおり」

同意したのはレイノルドだった。

「ファティマ、〝怪人〟ごときに腕をやられるとはな」

「す、すいません……ていうかレイノルドさんこそ大丈夫ですか。頭割れてますけど」

「問題ない。おまえもまだ動けるな? 任務続行だ。ゴミを掃除してダイヤを回収する」

「ダイヤを……あっ！」

ファティマは自分たちと津軽たちとの間に転がった〈最後から二番目の夜〉に気づき、すぐにクロスボウを構え直した。レイノルドは長椅子を迂回《うかい》して、右側から彼女の横に並んだ。ルパンはその逆、左側を回ってファントムの横に陣取り、「今度は逃げられないぞ」と相棒に笑いかける。

祭壇のダイヤを囲んで右に〈ロイズ〉、左に怪盗、中央の通路に津軽がいる形に――いや待て。

「ちょっといいですか」

津軽は控えめに片手を上げた。

「あたくしの数え間違いならいいんですが、どうも状況が二対二対一になったように思えるんですが」

「そうみたいだな」と、ルパン。

「そうみたいじゃ困りますよ！　これあたくしだけめちゃくちゃ不利じゃないですか」

「いい気味だ、怪物め」レイノルドが吐き捨てる。「このまま死ね」

「そんな、自供する犯人じゃあるまいし」

「なに？」

「はくじょうです」

冗談を飛ばしてみたが、空気を冷たく引き締める役にしか立たなかった。

四人はすでに臨戦態勢で、じりじりとダイヤへ距離を詰め始める。「まいったなあ」とこぼしつつ津軽も拳を握った。腰を落とし、誰が動いても応戦できるように神経を張り詰める。

腕の立つのが四人もいて味方が自分一人というのはさすがに経験がない。静句さんが応援に来てくれないかしら。ファントムを追っていったはずなのにこの場にいないのはどういうわけだろう。襲撃犯の誰かと交戦してるのか？

そういえばまだ、襲撃犯がどんな連中かわからない――


パリン。


津軽がそんなことを考えたとき。

左側の壁、祭壇近くのステンドグラスが割れた。

ルパンたちは背後を振り向き、津軽と〈ロイズ〉の二人も窓を見上げた。大天使ガブリエルの受胎告知が、枠組みだけを残して赤青緑の美しい破片に分かれ、月明かりを反射しながら祭壇の床に降り注ぐ。

そのきらめきの中に交じって、真っ赤な人影が礼拝堂に飛び込んできた。

青年だった。燃え盛るような色の巻き毛で目元が隠れ、口元は真一文字に結ばれ、右目の下には赤い一本線がすうっと引かれている。襟つきの臙脂色のベスト、固く締めた紅緋《べにひ》のネクタイ、糊《のり》の利いたシャツに灰色のズボンという生真面目な学徒を思わせる服装。年齢や体格も津軽やルパンとそう変わらずに見えた。

だが。

「トン」とごくささやかな音を立てて、彼が着地した瞬間。靴先から生じた波紋が床を伝わるかのように、赤黒い津波が津軽たちを襲った。

鉛のように重たい、血の色をした激流だった。津軽の肺が押しつぶされる。ルパンとファントムが飲み込まれ、レイノルドとファティマの姿がかき消え、木箱の破片や壊れたオルガンが押し流され、礼拝堂全体がその赤色に沈んでいく——そんな錯覚を抱くほどの、昨日レイノルドやルパンに対して感じたそれとは比べものにならない殺気。

いや、男はごくごく自然体で、威嚇の素振りはまったくない。殺気を放っているわけではなかった。ただ津軽をはじめ、その姿を見た全員が、彼の奥底からあふれ出る名状しがたい何かを一方的に感じ取っていた。礼拝堂の五人は同じ恐怖に震え、同じ危機を抱き、同じ理不尽を共有した。

なんだ。

なんだ、こいつは。

なぜこんなモノが、ここに——

男の足が動いた。

ルパンとファントムの間を通り抜け（彼らは身動き一つできなかった）、祭壇の中央まで移動する。そこに落ちていた漆黒のダイヤモンドを拾い上げ、真贋《しんがん》を判定するように眺めると、彼は一言つぶやいた。

「見つけた」

「……ファティマ！」レイノルドが叫んだ。「援護しろ！」

彼の目には、もはやダイヤも津軽も怪盗も入っていなかった。一刻も早くこの怪物を、天災のように突如現れた正真正銘の怪物を排除しなければならない。その義務感だけに突き動かされ、レイノルドは赤毛の男へ向かって駆けだした。ファティマも「は、はい！」と応じ、男を狙って矢を放つ。

銀の矢は天井に当たった。

青銅《ブロンズ》色に輝くクロスボウが、褐色の腕と一緒にくるくると回り、彼女の足元に落ちた。

男がいつ動いたのかはわからなかった。だが津軽たちが気づくと、男はファティマの前に立っており、彼女の右肘から先は綺麗に寸断されていた。

「え？」

きょとんとしたファティマの胸に指先が当てられ、男はそのまま十字を切るように腕を振った。

「こひゅっ」

蚊の鳴くような呼吸が漏れた直後、喉から臍にかけてと右胸から左胸にかけて、ファティマの上半身が服ごと切り裂かれた。一瞬遅れて血しぶきが噴《ふ》き出し、彼女の目から生気が失われる。床に崩れ落ちた衝撃で肋骨《ろっこつ》の下側から内臓がこぼれ、神聖な祭壇の床が朱と紫に染まった。

「……ッ！」

レイノルドはひるまなかった。床がへこむほどの踏み込みで踵を返し、再び男に襲いかかる。銀色のサーベルが帯を描く——

タオルを振り抜いたような、軽い音。

赤毛の男は腕を突き出しただけに見えた。いや、実際突き出しただけなのだろう。たったそれだけでレイノルドの体は礼拝堂を横切り、向かいの壁に激突した。彼はずるずるとこすれるようにして倒れ、それきり動かなくなった。壁には筆でなぞったような血痕が残された。

赤毛の男は息一つ乱さず、中央の通路へ踏み出した。ルパンとファントムはその場に凍りつき、津軽は道を開けるようにファティマの死体のほうへ後ずさっていた。男はもとより、津軽たちの存在などまるで気にしていない様子だった。

そのまま立ち去るのかと思いきや、男はドアの手前で立ち止まった。オルガンの破片を拾い上げ、壊れたドアの外に投げる。破片はどうやら、そばに立っていたアーク灯のガラスカバーを壊したらしい。白光が強まり、ドアの前が真昼のように照らし出される。

男は手を掲げ、光の中にダイヤをかざした。

「エリック」

ルパンが静かに言った。

「今のうちだ。逃げるぞ。こっちの穴からだ。東館の倉庫に通じてるんだよな?」

「あ、ああ……。でも、ダイヤが」

「いいから!　逃げるぞ!」

先ほどまでの自信は微塵も残っていなかった。額に浮かんだ玉の汗を拭うことすら忘れ、ルパンは赤毛の男を一瞥した。

「あんな怪物から取り返せるわけがないだろう」

西館・展示室

ジェームズ・モリアーティという名前は、鴉夜にも聞き覚えがあった。

数学教授という隠れ蓑《みの》の裏で数多の知的犯罪を立案し、ロンドンの暗黒面を牛耳《ぎゅうじ》った男。自ら手を下すことは決してないにもかかわらず、彼は悪党たちの司令塔となって一大組織を作り上げ、その網目は蜘蛛《くも》の巣のように拡大し、一時期ロンドンで起きる未解決事件のほぼすべてにモリアーティが関わっているとまで噂された。しかしシャーロック・ホームズとの対決に敗れ、スイスにて死亡。組織は解体され、悪事は暴かれ、その名は過去のものとなった——はずだったのだが。

「生きているとは思いませんでした、教授」

ホームズが言った。アレイスターはしれっと仲間たちのそばへ移動していたが、探偵はもはや注意を払わず、老紳士だけを見つめていた。

「君だって生きていたんだ。私が生きていても不思議はあるまい」

モリアーティはしたたかに返し、杖の先で鴉夜を指す。

「私はむしろ、そこのお嬢さんが生きていたことに驚きだね……いや、これもある意味当然か。彼女は〝不死〟の怪物なのだから」

教授はくすくすと笑った。その冗談に乗る余裕は、鴉夜にはなかった。

「私も驚いたよ。まさかこんなところで探し求めてた相手と出くわすとは」

「君にも彼と因縁が？」と、ホームズが尋ねる。

「一年ほど前に首から下を持ってかれましてね」鴉夜はさらりと答え、「モリアーティという名前だと今初めて知りましたが、納得ですよ。元・犯罪組織の帝王なら人の首から下だって奪っていきかねないし、杖の刻印ともイニシャルが一致するし」

モリアーティは黒い握りを撫でながらうなずく。

「なるほど、杖から情報を辿ってきたのか。しかし、君は自力で動けぬ身だろう。誰に運んでもらった？」

「あいにく私には……」

「従者が二人か。一人は大雑把な性格でもう一人は几帳面《きちょうめん》。几帳面なほうは君の屋敷にいた使用人の生き残りかな。もう一人のほうはわからないが、使用人に代わって君を持ち運んでいることから推測すると、腕に覚えのある人物のようだ」

鴉夜は声を詰まらせた。なぜわかる？　人造人間の告げ口？　……いや、鳥籠か。津軽があちこちぶつけるせいで細かい傷がついているが、手入れは静句の仕事なので、柵や持ち手は綺麗に磨かれている。

モリアーティはこちらの動揺を見抜き、楽しんでいるかのようだった。鴉夜は紫色の瞳で敵を睨む。

「私の体は、今どこにある？」

「私の手元にあるよ。綺麗な状態で」

「返してもらおうか」

「できない相談だ。君の体は貴重な標本《サンプル》だからね」

「サンプル……？」

鴉夜は教授を観察し、情報を得ようとする。しかしすぐにその狙いは折られた。首から下を奪われたときもそうだったが、モリアーティは意図的に、自分と仲間にまつわるすべての情報を隠していた。靴にも服にも居場所へつながる手がかりはなく、ただ刻印入りの黒い杖だけが、戯《たわむ》れのように無防備だった。

しばしの間展示室が静まり返り、それぞれの目に見えぬ思惑が吹き荒れた。ホームズは鴉夜と同じように宿敵を見つめ、ワトスンは警戒をにじませて二、三歩後ずさる。モリアーティは余裕の笑みを絶やさず、その後ろでアレイスターと人造人間が、友達同士が小突き合うみたいにアイコンタクトを交わしているのだけがどうにも呑気に思えた。

「アレイスターが言っていた『組織』のリーダーというのは、あなたですか？」

ワトスンが聞いた。「そうだよ」と教授。

「あなたとホームズが戦ってからもう八年経ってる。なぜ今さら戻ってきたんです？　なぜロンドンでまた活動を……」

「リチャード・トレビシックを知っているかね」

モリアーティは唐突に言い、展示品の機関車を見やった。

「彼は一七七一年コーンウォールに生まれた。勉強は苦手だったが、鉱山監督の父の影響でボイラー技術に才能を発揮した。彼は蒸気機関の力で動く車を開発しようと思い立ち、一八〇一年、〈パフィング・デビル号〉という名前の試作機で記念すべき初走行を行った。ところがデビル号は、長距離を走りきることなく道端で炎上した。実験は完全に失敗だった。トレビシックの長年の技術と、知識と、アイデアはすべて灰燼《かいじん》に帰した。さて、そのあと彼はどうしたと思う？」

「……………」

「もう一度造り直したのさ。失敗を活かし、改良を加えて。普通の道路の上では車輪が不安定になり実用性に乏しい。鉄のレールの上ならば安定するに違いない――そう彼は考えた。三年後、彼の機関車は十トンの鉄と七十人の乗客を乗せ、ペナダレンからアベルカノンまでのおよそ十マイルを走破した。そして彼は、蒸気機関車の発明者となった」

ホームズはポケットからパイプを出し、マッチをすって火を点《つ》けた。

「犯罪組織を立て直すつもりですか」

「改良法を思いついたものでね。科学的だろう?」

「かもしれませんが、現実的とは思えません。あなたはもう老齢だ」

「いい指摘だ。いや正直な話、私自身は隠居するつもりだったのさ。だが、思いがけず弟子を取ってね。その子に刺激を受けたんだ」

「弟子?」

「生首のお嬢さんにも関わる話だ。ホームズ君に殺されてから、のことをかいつまんで聞かせようか……ヴィクター、椅子を用意してもらえるかな」

呼びかけられた人造人間——ヴィクターという名がついたらしい——は展示室の隅へ行き、警備員が座る用の椅子を運んでくる。

義足の老紳士は腰を落ち着けると、暖炉の前で童話の朗読でも始めるように、鴉夜たちの顔を順に眺めた。

「ライヘンバッハの滝で敗れたあと、私はどうにか命を拾ったが、熱意や精力はすっかり折れてしまっていた。組織は君に潰されたし、右足も失ったしね。そこで身を隠しつつ東へ放浪した。イタリアに一年、トルコに二年……そのあとはずっと清国《しんこく》に。西安《シーアン》で占い師の真似事をやっていたんだ。ホームズ君の仕事と似たようなものさ。来訪者を一目見て『あなたは誰々との関係に悩んでいる』『あなたはどこそこに病気がある』という具合だ。

割と人気を博したよ。ところが、ある日――一人の青年が現れた」

青年。あのエセ魔術師のことだろうか、と鴉夜はアレイスターへ目を向ける。彼はその視線に気づき、にこにこしながらかぶりを振った。

「亜麻色の巻き毛をした英国人だった。どうやって私の居場所を突き止めたのか知らないが、彼は会うなり『あなたの論文を読んだ』と言ってきた。細胞移植に関する概論でね。昔、科学誌に載せたことがあったんだ。議論を交わすうちに面白いことがわかってきた。彼は『強い肉体がほしい』と、こう言うんだ。『自分の体に怪物を混ぜたい。移植手術の知識を教えてくれ』と。最初は私も耳を疑ったよ。自ら怪物化を目指すなど正気の沙汰ではないからね。だが、同時に面白いとも思った。人工的に怪物の力を与えられた人間――もし成功したら、その利用価値は計り知れない。私は隠居生活を捨て、彼と師弟の契約を結んだ」

「……その青年というのは？」

ホームズが慎重に尋ねた。

「君たちも知っている人物だよ。十一年前、まだ十五歳のときに、イーストエンドで完全犯罪を成し遂げた男だ」

十一年前。イーストエンド。

日本生まれの鴉夜にも、おぼろげながらその〝事件〟に関する知識はあった。

ロンドンの探偵たちならなおのことだろう。ワトスンははっとして口を押さえ、ホームズはため息を隠すように煙を吐いた。

「〝切り裂きジャック〟か」

中庭・礼拝堂

「綺麗な石ですよね。作りものだそうですけど」

津軽は臙脂色の背中に声をかけた。赤い巻き毛の男は、漆黒のダイヤモンドを持った手を下ろし、こちらを振り返った。

「作りものだから美しいんだ」

男はそう応え、まぶしいアーク灯の下から薄暗い月明かりの下へと戻ってくる。まるで彼自身が精巧な美術品であるような、柔らかく抑揚《よくよう》のない声だった。もう一度ダイヤを眺めると、ベストの腹の左ポケットにしまい、礼拝堂の中を見回す。

「ルパンたちは」

「逃げました。壁の穴から」

「おまえはなぜ残っている」

「ダイヤを持って帰らないと師匠に叱られるもんで……取り返そうかと」

津軽は長椅子の陰から通路に歩み出て、赤毛の男と対峙した。

相手がダイヤを愛でている間に一応の準備は整えていた。右手には銀のサーベル、左手には石灰の麻袋。サーベルは戦闘不能になったレイノルドから拝借したもので、麻袋はファントムたちと一緒に転がり込んだ木箱に入っていたものだ。

「俺と戦う気か」男は少し首をかしげた。「〝自殺願望〟だな」

「死ぬより師匠の叱責《しっせき》のほうがおっかないので」

「……そういう思想もあるか」

哲学者めいた物言いで男は顎を撫でた。どうもとっつきにくい相手だが、強敵であることだけは間違いない。威圧感に呑まれぬよう、津軽は静かに息を吸う。

「あたくし戦慄恐怖の〝鬼殺し〟真打津軽と申します。あなたは？」

「長い名前だな」男はわずかに口元を緩め、「今の仲間からは〈ジャック〉と呼ばれてる」

「そりゃ覚えやすくて何より」

そいじゃジャックさん、と津軽はやり投げのようにサーベルを構え、

「一つ、お手柔らかに！」

男へ向けて投擲《とうてき》した。

レイノルドの突きに劣《おと》らぬ勢いで、サーベルは銀色の帯を描いた。赤毛の男——ジャックは一歩横にずれ、難なくそれをかわす。

だがその移動地点に、今度は麻袋が襲ってくる。サーベルに続いて津軽が放り投げたのだ。剣よりもはるかに大きな障害物。もう一度踏み込んでかわす時間はない。どう出る？

やはりというべきか。まさかというべきか。

ジャックの右手が縦に振り下ろされた。

パン！　と破裂音を立てて麻袋が真っ二つに割れ、石灰の粉が勢いよく飛び出す。

先ほどファティマの胸を十字に切り開いたのもあの手だった。右腕の切断も同様だろう。ナイフのように、メスのように、剣のようにすべてを切り裂く手——どういう仕掛けだ。何か武器でも隠し持っているのか。

とはいえ、これは狙いどおりだった。石灰は瞬《また》く間に拡散し、白い煙が礼拝堂内を包み込む。津軽は粉塵《ふんじん》に紛れて長椅子の外側を走り、ジャックの間合いに潜り込もうと——

煙の中から、赤い影が現れた。

ジャックだった。臙脂色の服に白煙をたなびかせ、狙いを見透かしていたように前方をふさぐ。ぎょっと目を剝いた津軽へ、彼は無感情に問いかける。

「目潰しは終わりか」

「いえもう一つ」

津軽はポケットに突っ込んでいた左手を引き抜き、
敵の目の前で赤黒いボールを握りつぶした。

ボールはぶちゅりと破裂し、指の間から真っ赤な液体が四散した。顔にかかった血に視界をふさがれ、一瞬だけジャックがひるむ。

津軽は、下段に構えていた右手を打ち抜いた。

渾身《こんしん》の一撃だった。空気がうなり声を上げ、拳圧に押されたように粉塵が晴れた。

礼拝堂内は再び月明かりの下に晒される。右腕を突き出したまま静止する津軽。

だが、
敵は無傷だった。

「惜しかったな」

津軽の右拳は、ベストの左脇腹をかすめただけだった。ジャックはダメージを受けることなく、長椅子を隔《へだ》てた中央通路まで飛びすさっていた。

津軽は、無念をごまかすように潰れた赤いボールを捨てる。ジャックはゆっくりと祭壇のほうを向いた。そこにあるのは壁やガラスの破片と、壊れた木箱。そして、内臓をぶちまけたファティマの亡骸。

「使ったのは心臓か」と、ジャック。「あらかじめポケットに忍ばせていたのか」

「ちょうど手ごろだったもんで」

「おまえ……最初から狙っていたな？」

ジャックは顔にかかった血を袖で拭った。前髪が一瞬だけ持ち上がり、瞳孔の開いた真っ赤な瞳が津軽を射抜いた。

「俺が女のエージェントを殺したとき、おまえだけ他の連中と目の光り方が違った。他の連中が逆上したり固まったりする中、おまえは不自然に見られないような動きで女の死体に近づいていた。あの時点から内臓を使った目潰しを狙っていたんだろう。混乱の渦中でおまえはずっと、俺を倒すための策を練っていた。目の前で女が惨殺されたときも、おまえが最初に考えたことは『利用できる』だった。違うか？」

津軽は無言で肩をすくめる。

「おまえ、頭がおかしいな？」

ジャックは口角を上げた。先ほどとは違う、心底嬉しそうな笑みだった。

「だが興味深い思想だ。混ぜれば、俺の糧《かて》になるかもしれない」

左から順番に袖口のボタンをはずし、彼は長袖を肘までまくり上げた。

あらわになったその両腕を見て、津軽は唾《つば》を呑んだ。

「お手柔らかに」は最初から無理な相談だったらしい。ジャックの両腕はまるで二振りの剣だった。鋼鉄の上に皮膚をかぶせたような尋常ならざる密度。浮き出た中手骨や腕橈骨《わんとうこつ》筋《きん》のラインが物語る規格外の練度。手刀の形にピンと伸ばされた指先から連想する、生身にあるまじき切れ味。ファティマの体を切り刻み、麻袋を真っ二つにしたものの正体を悟る。トリックでも隠し武器でもない。単純に、手刀の威力と、速度と、鋭さだ。

そしてもう一つ。彼の両腕には動脈に沿うようにして、枝分かれした真っ赤な線が走っていた。ずっと抱いていた違和感が形を取り始める。体中にこんな線が入ってる人種は、津軽の知る限り一つだけだった。

半人半鬼。

いや、この禍々《まがまが》しい威圧感はそれだけに止《とど》まらない。何かもっと、別の怪物も混ざっているような……。

津軽はつぎはぎだらけのコートを脱ぎ、丸めて礼拝堂の隅に放った。靴と靴下と手袋も脱ぎ捨て、よれたシャツに吊りズボンという軽装になると、ジャックと同じように両袖を肘までまくり、ズボンも膝までまくり上げた。鬼の攻撃力を最大限に通すための、怪物を相手取って戦う際の本気の姿だった。

その津軽の手足には、敵とよく似た青色の線。

ジャックは「ほう」と声を漏らす。

「おまえ、どこかで会ったか？」

「さあ……与太者《よたもの》だもんで、忘れっちまいました」

津軽は半歩前に出ると、景気づけ代わりに片側のサスペンダーを引っ張り、パチンと音を立てた。ジャックは背筋を伸ばしたまま、体の前で二本の手刀を構えた。

本流と我流。重厚と軽薄。西洋と東洋。赤と青。

どちらからともなく踏み込み——対照的な二匹の怪物は、礼拝堂の中央でぶつかり合った。

西館・展示室

「我々は〝鬼〟と〝不死〟という二種類の怪物に目をつけた。生息地はどちらも日本。鬼はあらゆる怪物に対して絶対の攻撃力を持ち、不死は最高位の再生能力を——いや、これは本人の前で説明するまでもないかな」

モリアーティは怪物作りの研究過程を活き活きと語った。いつの間にかその姿は、暖炉の前の老いぼれから学会で登壇した教授へと成り代わっていた。

「人間に〝鬼〟と〝不死〟の力を混ぜ合わせれば、頭脳と肉体と再生能力、すべてを兼ね備えた生物が誕生する。私とジャックはさっそく日本に渡り、研究プランを整えた。まずは鬼だ。鬼の個体数は激減していたから、標本《サンプル》を得るのは難儀だったが、未開の山奥を探し回ってどうにか数体確保できた。人間のほうは数に事欠かない。若く強い肉体に絞って、鉱夫や船員や傭兵《ようへい》崩れを二十人ほど集めた。私は鬼から抽出した細胞を彼らに移植し、経過を見守った」

「見守ったといっても、その二十人は快《こころよ》く被検体になったわけじゃないだろう?」

鴉夜が探りを入れると、教授は苦笑して、

「まあ、ほとんどは鉄格子越しの経過観察となったがね。途中脱走者なども出たが、研究はおおむねうまくいった」

鴉夜は答えを一つ得た。脱走者の名前は知っている。真打津軽という男だ。

「変化はすぐに現れた。被検体たちは皆、移植した鬼の体表と同色の痣《あざ》が動脈に沿って現れ、髪や瞳の色も変わり、身体能力がはね上がった。手術自体は成功したわけだ。ところが、一ヵ月もしないうちに半分以上が発狂した。鬼の濃度を高くしすぎたのが原因だった。濃度を低めにした被検体は比較的安定していたので、それを反映させ、ジャックにはバランスのよい配分で移植手術を施した」

津軽たちの体で実験を繰り返し、その後仲間に手術を施す——鴉夜が唱えた仮説は正しかったわけだ。

「さて、半人半鬼は完成した。次は不死だ。鬼よりもさらに希少で、日本にたった一体だけ。居場所を突き止めるには少々時間を要したが——結果的にどうなったかは、君が一番よく知っているだろう?」

「ああ」鴉夜は投げやりに返した。「痛いほどね」

今夜と同じようなよく晴れた夜だった。開国以来、鴉夜はなかば隠居するような形で、人里離れた屋敷に馳井家の一族と暮らしていた。そこに突然の襲撃を受けたのだ。静句を除いて馳井家の手練《てだ》れは全滅。鬼の力を得たそのジャックとやらが鴉夜の首を切断し、体を持ち去った。

「私の体も手術に使ったわけか?」

「使ったといっても、ジャックのつけた傷口から血を抜いた程度だがね。移植手術自体はうまくいった。ただ、一つ計算違いが起きた。再生能力がジャックに定着しなかったんだ。というのも、細胞を調べてわかったことだが、不死の体の造りは他の怪物と根本的に違っていたんだ。どうやら半人半鬼と同じく、後天的・人工的に造られた生き物のようだった」

じっと聞き入っていたホームズが、その一言で片眉を上げた。

「輪堂鴉夜、君も誰かに手術を受けたのか？」

「ええ、まあ。九百五十年くらい前に」

「いったい誰に？」

「変態でした。超のつく変態」

ホームズは目をぱちくりさせ、質問をやめた。別にはぐらかしたわけじゃないのだが。

「誰であれ、その人物には脱帽だよ」と、モリアーティ。「私は君の体の仕組みを探ろうとやっきになったが、まったく理解できなかったからね。しかし移植手術は失敗というわけではなかった。不死の細胞は再生能力の代わりに、ジャックの体に強い免疫力をもたらしたんだ。不安定だった鬼の細胞も完全に定着した。要するに、基礎となる器が強化されたわけだ。口はさらに大きく、容量はさらに深く、素材はどんな酸にも耐えられるほど分厚く。私は一つの結論に達した。これなら――」

「他の怪物も混ぜられる」

ホームズが言葉を継いだ。老紳士は〝教授〟独特の、黒板に書かれた答案を添削するような表情で、探偵にうなずき返した。

「我々は組織の人員補強と並行してジャックの強化を進めた。ヨーロッパに戻ると、カルパチアでクラトカ伯という吸血鬼を一匹狩り、その細胞を混ぜた。結果はすばらしいものだった。再生能力や鋭敏な五感といった吸血鬼の特性が定着し、しかも銀や聖水や日光に対する拒絶反応は皆無だった！　絶対上位の攻撃力とトップクラスの再生能力。当初の目的はこれでほぼ達成した。そして不死の免疫がある以上、ジャックはさらに強くなることも可能だ」

「〈最後から二番目の夜〉をほしがる理由がやっとわかった」と、鴉夜。「吸血鬼の次は人狼というわけだ」

「そう。今のままでも充分だが、人狼の硬質な皮膚を手に入れれば、ジャックはもう一歩無敵に近づく。そのあともいくつか集める予定だ。我々は今、世界初となる合成獣《キメラ》造りの――科学的探究の途中なのさ」

モリアーティは語り終えた。ホームズはパイプをふかし続けていた。展示室には再び沈黙が降り、咀嚼《そしゃく》の猶予のような数秒が過ぎた。

「ちょっと待ってくれ」次に口を開いたのはワトスンだった。「つまり、こういうことか？　おたくの組織には今、人間の体に不死の免疫力と鬼の攻撃力と吸血鬼の再生能力とを混ぜ合わせた、弱点のない怪物がいる……」

「さすがホームズ君の助手。的確な要約だ」

ワトスンはその事実を受け入れまいと、蒼白《そうはく》の顔を左右に振った。鴉夜も、ふといやな予感に駆られた。展示室内にはモリアーティと人造人間とエセ魔術師がいる。だがホームズは、襲撃犯は五人だと言っていた。

「その怪物は今、フォッグ邸に来ているのか」

「来ているとも。我々の仲間はあと二人いる。オーストリアでスカウトしたカーミラ君という吸血鬼。そしてくだんのジャック」モリアーティは穏やかな笑顔のまま、「今ごろ、君の仲間を始末しているかもしれないね」

「…………」

鴉夜は窓の外を見る。中庭の向こうに浮かぶ屋敷のシルエットへ、二人の仲間の面影《おもかげ》を探すように視線を這わした。静句と津軽。サンルームで別れてからもうだいぶ経つ。自分が西館に移動したせいで合流が遅れているのか。それとも――

不安を形にするように、中庭の上空で赤い花火が上がった。

東館・展示室

「ふう」

カーミラは顔を上げ、濡れそぼった唇を手首で拭った。乱れた前髪はうっとうしいので直したが、右肩からなかばずり落ちた紫紺のドレスは直さなかった。すぐ横の展示台には香港製の煙管が飾られていて、それに触発されたように、彼女は周囲に漂う淫《みだ》らな空気を吸い込んだ。阿片より何倍も濃密な多幸感が肺を満たした。

「もう一息かしら？」

小休止を終えると、彼女は組み敷いた獲物に目を戻した。

馳井静句の姿に、凜とした面影はもはやなかった。震える唇の隙間から熱い息が小刻みに漏れ、全身にはうっすらと汗が浮かび、頬や首筋には蛞蝓《なめくじ》の軌跡めいた光の帯が尾を引いている。エプロンドレスは臍まで縦に引き裂かれ、白い素肌が危うげに覗き、両胸が呼吸に合わせて上下していた。目だけが折れることなく敵を睨み続けていたが、その黒檀《こくたん》色の瞳も七割方濁りかけだ。

氷像を蠟燭で炙《あぶ》るように、砂糖を鍋《なべ》で煮詰めるように、カーミラはじっくりと時間をかけて静句の体を溶かしつつあった。

唇で二の腕をついばみ、前歯で耳たぶを甘噛みし、舌で膨らみの麓《ふもと》をねぶり——。微量でも立っていられなくなるほど強力な媚毒《びどく》を幾度《いくど》となくまぶしていく。浸透した媚毒は静句の体から力を奪い、全身の神経を熱で滾《たぎ》らせ、漏れ聞こえる声の頻度を次第に増やした。だがカーミラの指はくすぐるように肌の上を這うだけだった。敏感な場所はかすめるだけで、決して直接は触らない。焦りすぎは禁物だ。もっと啼《な》かせてもっと溶かして向こうから懇願させなければ、脇腹の火傷の清算にはならない。

気まぐれに、鎖骨の窪《くぼ》みに指を這わせる。たったそれだけで静句は背中をのけぞらせた。のろのろと伸びた右手がカーミラの手首をつかむ。まだ動けるとは驚きだ。

「だめだってば」

たやすく手を払うと、カーミラはそのまま静句と重なり合う形で密着した。二人の柔らかな胸が押し合い、静句が思わず口を開いた。声は漏れず、代わりに淫靡《いんび》な水音が鳴る。静句の体から力が抜けきると、カーミラは彼女を解放した。どちらのものかわからない唾液が唇の間に糸を引いた。

鼻先が触れ合いそうな距離で、静句の瞳を覗き込む。彼女は顔を左にそむけた。恥じらう少女のようなその仕草《しぐさ》が、嗜虐欲に油を注ぐ。

再び抱きしめると、今度は「んっ」と高い声が漏れた。カーミラは黒髪の香りを堪能しながら、指先を下へ動かしていった。形のよい胸を撫で、しなやかな腰つきをなぞり、裂けたスカートの間から太ももへ。静句の左手が逃げ場を求めるようにさまよい、展示台の下にぶつかる音が聞こえた。

指先を、そっと内側へ滑らせる。

「あっ……」

静句の表情がとろけた。限界を迎え、牙城《がじょう》が崩れたのがわかった。

静句はカーミラの背中に弱々しく両手を回し、自分から求めてくる。案外早かったわね、と微笑みつつ彼女もそれに応えた。先ほどよりも激しく二人の体が絡み合う。衣擦れと吐息の交わる音そして、

「んぐうっ！」

声を上げたのはカーミラのほうだった。

右の脇腹に焼けつくような鋭い痛みが走った。ひるんだ直後、静句が脚を潜り込ませてカーミラの胸を蹴り上げる。カーミラは床に転がり、悶え苦しんだ。

脇腹を探る。銃弾がかすった傷口に、何か針のようなものが突き刺さっている。触れる

と手にも熱さを感じたが、かまわず引き抜いた。

小さな銀の十字架。

イタチ顔の刑事が使おうとし、カーミラが弾いた、あの十字架だ。

そうだ、確か煙管の展示台の下に滑り込んだのだった。視線をそらしたときにこれを見つけ、手を伸ばしてかき出したのか。カーミラを抱き寄せたのは脇腹に手を回すため。堕《お》ちたふりをして油断を誘い、傷口に思いきり突き立てた……。

「この、小娘」

カーミラは静句を睨みつけた。立ち上がり、武器を拾った彼女の眼差しには、絶対零度の冷たさが戻っていた。

「……優しくしたつもりだったけど、物足りなかったかしら」

「下手くそです」静句は切り捨てるように言った。「あなたが何百年生きているのか知りませんが、もっと経験豊富な方を知っているので」

『絶景』の銃口が再びカーミラを捉えた。が、静句はすぐにバランスを崩す。最初からすべて演技だったわけではないのだ。媚毒は充分すぎるほど効いている。

「立ってるのもやっとって感じね。それで勝てるの？」

「問題ありません」

言った直後にまたよろめく。傷を受けたものの、勝負はまだこちらに分があるようだ。

カーミラは素早く仕込み刀を拾った。ふらつく静句へ切っ先を向ける。

「いいわ。物足りなかったっていうなら、今度はもっと激しく……」

言い終えるより先に、赤い光が窓の外で爆ぜた。

花火だった。撤収の合図だ。ジャックかヴィクターのどちらかがダイヤを手に入れたらしい。

そんな。せっかくいいとこだったのに――カーミラは眉根を寄せ、無粋な花火と気絶寸前の静句とを交互に睨む。

「ああ、もう！」

苦々しく舌打ちすると、彼女は仕込み刀を傘に収めた。

中庭・礼拝堂

腹を狙った後ろ回し蹴りは、右の手刀に叩き落とされた。

間髪を容れず襲ってきた左の手刀を肘でいなす。指先がこめかみをかすめた。津軽はそのまま強引に手を伸ばし、紅色のネクタイをつかんだ。手綱《たづな》を握ればこっちのものだ。相手の体を一気に引き寄せ、今度こそ拳を打ち込もうと――

ネクタイが百八十度ねじれて、ジャックの姿が上下反転した。津軽がぎょっとしたのも束《つか》の間《ま》、つむじを狙った蹴りが降ってくる。慌ててネクタイを放し、背中をそらした。ジャックは着地と同時に身を躍らせ、津軽のふところへ。再び手刀が振り抜かれる。

赤い右腕と青い右脚が交錯した。

発砲音にも似た乾いた音が響き、両者は再び距離を取った。二人の戦闘に合わせて休む間もなく空中を流動していた埃と粉塵が、ほっとしたように床に落ちた。ジャックは祭壇の前で手刀を構え直し、津軽はドアの前で肩を上下させる。

数秒の静寂のあと、

「うっ……」

津軽の膝が。左肘が。こめかみが。右脚が――手刀とぶつかり合った場所が、例外なく裂けた。

津軽は一歩よろけた。脈拍に合わせて血が噴き出し、絨毯の赤色と混じり合う。同じような深い裂傷がすでに体中に刻まれていた。青い線に彩られた彼の体は、敵に侵食されるかのごとく真っ赤に染まりつつあった。

「硬い体だな」ジャックが言った。「骨まで断てない」

「ほめても血しか出てきませんよ」

「どちらかというと、血を見るのは好きだ」

「ああ、そりゃ気が合いそうで」

無理に笑顔を作ったが、心の中には焦りが広がりつつあった。

――敵わない。

人間だった時代から数えて何十何百という異形と戦《や》り合ってきた。土地を替え舞台を替え国を替え、百鬼夜行を相手取った。だがこの赤毛の男、今まで出会ったどの化物よりも化物じみている。半人半鬼だからというだけではない。技も速さも反応もすべてが格上で、おそらく殺人の年季が違う。それに何よりあの手刀。二刀流のナイフ使いと素手で戦っているようなものなのだから、傷だらけになるのも当然だ。

えらい相手にぶつかっちゃったなあと後悔がかすめたが、今さらあとの祭りである。たぶんこの傷だと、逃げても追いつかれるし。

津軽はゆっくりと左足を持ち上げ、通路の両側に整然と並ぶ長椅子の、肘掛け部分に踵をかけた。

下へ向け、グッと体重を乗せる。椅子の逆側が静かに持ち上がり、縦に回転した。浮き上がった背もたれに掌底を添え、踏み込む。長椅子は巨大な砲弾となってジャックのもとへ押し出される。

だが数ヤードも進まぬうちに、長椅子は乱切りにした人参《にんじん》みたく空中で分断された。その向こうに赤毛の男の姿はなかった。

トン、と背後で足音。

踵を返す津軽。視界の端に、振り抜かれるジャックの手刀が映る。右の脇腹を狙っていた。反射的に手足を動かす。

指先が腹に届く直前――津軽は右膝と右肘で挟み込むように、ジャックの手刀を止めていた。白刃取りだ。いやこの場合赤手取りか。

「つかまえた！」

高らかな声をあしらうように、
ジャックはひょいと肩を上げ、右腕一本で津軽の体を釣り上げた。

「ちょっ……」

待ったをかける暇も、挟み込んだ手を離す暇もなかった。津軽は猛烈な勢いで床に叩きつけられる。はね上がったところに左手の追い打ち。

礼拝堂の片側に置かれた長椅子をすべて巻き添えにし、津軽は祭壇に突っ込んだ。埃と粉塵が再び舞い上がり、もうもうとそのまわりを包んだ。

気がつくと、津軽は長椅子の瓦礫《がれき》でできた山の麓に寄りかかっていた。生きてはいる。手足もある。だが立つことはできなかった。体を動かそうとすると全身がひどく痛んだ。先ほどまでの重傷に加え、胸の下にできた大きな切り傷から止めどなく血が流れていた。

対照的にジャックは無傷だ。わずかに赤くなった右手の甲を興味深そうに眺めている。

「つけられた傷が治らない」

「………」

「おまえ、やはり半人半鬼か」

「お互いさまでしょう」

口から言葉と一緒に血があふれた。床で爆ぜた血痕は、敵のくしゃくしゃ頭に形が似ていた。

「妙だな」と、ジャック。「半人半鬼化の技術を持つ者はこの世に俺たちしかいないはずだ。とすると、おまえは俺たちが造ったことになる。だが俺たちは被検体全員の死を確認している。……いや、待て。確か一人だけ、手術後に逃げた被検体がいたな」

記憶を探るようにステンドグラスを見上げ、彼は結論を下した。

「おまえ、九号か。髪が青くなってるから気づかなかった」

「ああ、あたくしのほうでも思い出しました」

自分のことをそんな味気ない数字で呼ぶ奴は限られている。

「あんた、じいさんと一緒にいた助手ですね。……髪が赤くなってるので気づきませんでした」

見つけた。

なぜこんな場所にいるのかはわからないが、ようやく見つけた。探し求めていた獲物。

自分の体の半分と、鴉夜の首から下をすべて奪っていった犯人たち。

「驚きだ」ジャックは抑揚のない声で言う。「おまえは鬼の濃度が高すぎた。逃亡後も身柄を追わなかったのは、すぐに死ぬだろうと考えたからだ。まさか生き延びていたとはな。なぜロンドンに？」

「おたくらを追ってきたんです」

「追ってきた？　なんのために。復讐か？　治療か？」

「………」

津軽は床に広がる血液を見つめながら、考えた。

日本を離れ、はるばるヨーロッパへやって来た理由。自分たちを人でなくした奴らへの復讐？　もとの体に戻るための治療法の探究？　確かにどちらもある。だが、どちらもしっくりこない。

ふと、あの夜の記憶がよみがえる。舞台裏の小汚い楽屋。突如目の前に現れた、世にも美しい生首の少女。

自分があのとき手を差し伸べたのはなぜだろう。

そう、不死の少女は死にたがっていたのだった。

こんな姿で生き続けても何も面白いことはないと。退屈そうに言ったのだった。

だから――

「興行ですかね」

津軽は、血まみれの顔で満面の笑みを作った。

「見世物の興行。海外公演です」

赤い前髪の隙間から、ジャックが目をしばたたくのが見えた気がした。

「軽薄な思想だな」彼は小さく噴き出した。「見誤りだったようだ。おまえの思想は俺の糧にはならない」

ジャックはズボンのポケットから火薬のような筒を取り出し、導火線に火をつけた。ステンドグラスの穴を狙い、それを外に放り投げる。中庭の上空で赤い花火が弾ける。

撤収の合図のようだった。

花火の光が消えるころ、ジャックは津軽に背を向け、すたすたとドアのほうへ向かっていた。

「とどめは刺してかないんですか」

「おまえにはその価値もない」ジャックは振り向かずに言った。「俺は無駄なことには時間を費やさない。この先、やることが山積みなんだ」

津軽に対する興味は、どうやらすでに失われていた。ジャックはそのまま歩き続け、一歩外に出たところで申し訳程度に立ち止まり、

「じゃあな〝鬼殺し〟」と別れを告げた。「興行は打ち切ったほうがよさそうだ。おまえの見世物はスリルに欠ける」

赤い姿はアーク灯の光と混ざり合い、見えなくなった。

津軽は瓦礫に寄りかかったまま、しばらくその場を動かなかった。やがて残った体力をかき集め、「あいたたた」とうめきながら立ち上がる。

のろのろと礼拝堂の隅まで行くと、彼は愛用のおんぼろコートを拾い上げた。

西館・展示室

「ジャックがダイヤを手に入れたようだ」

花火の赤い光が消えると、モリアーティが言った。

鴉夜は動揺を悟られまいと顔の筋肉を強張らせた。ジャックがダイヤを手に入れた――それはすなわち、ダイヤを奪い合っていた他の者たちが、全員襲撃犯に敗北したことを意味している。保険機構も、怪盗も、そして津軽も。

モリアーティは杖を突き、立ち上がる。

「潮時だ。我々はこのあたりで失礼させていただくよ。ヴィクター、アレイスター君、行こう」

「ああ」

「はあい」

「どこに失礼する気です？　橋はあなたたち自身が落としたのに」

ホームズが指摘する。モリアーティは肩をすくめ、

「君らしからぬ言動だな、ホームズ君」

「……？」

「ワトスン博士もやめておきなさい。君たち二人と生首一つでは、我々に太刀打ちできまい」

動く素振りを見せていたワトスンは、歯がゆそうに顔をしかめた。モリアーティ自身は弱々しい老人にすぎないが、その横にはアレイスターに加えて人造人間までいる。この状況だと逃げる敵を見送るのが精一杯だ。

「怪物君……いや、今はヴィクター君か？」鴉夜は人造人間に声をかけた。「まさか君と敵同士になるとはな」

「もともと味方同士でもない」

「でも、この前会ったとき君は一匹狼《いっぴきおおかみ》だったじゃないか。悪の手先になったなんて鴉夜お姉さんは悲しいぞ」

「名前をもらったし、こいつらはおれを怖がらないし。居心地がいいから一緒に行動してるだけだ」彼は縫い跡だらけの唇で微笑み、「それに、おれたちには善も悪もたいして関係ないだろ」

「……まあ、そうだな」

何も鴉夜だって、正義のためにモリアーティを追っているわけではない。

教授は探偵たちに背を向け、展示室に入ってきたときと同じ南館方面のドアに向かった。義足をかばう規則的な杖音と、アレイスターのスキップと、人造人間の地に響くような足音が遠のいてゆく。

ホームズはパイプを片手に持ったまま、水色の瞳でその姿を追っていた。やがて彼は、宣戦布告を決意したように「モリアーティ教授」と呼び止めた。

「あなたが組織をもう一度作るなら、僕らももう一度壊すまでです。僕もワトスン君も、輪堂鴉夜も、あなたを追い続けますよ」

「好きにしたまえ」

モリアーティはドアの手前で立ち止まり、振り向いた。

「君は私のことを〝犯罪のナポレオン〟と呼んでいたそうだが、あれは言いえて妙だ。私はナポレオンと同じように革命を起こす。犯罪組織の革命だ。圧倒的な能力を持っているにもかかわらず、人から忌避され、迫害され、うとまれ続けていた存在を、私は組織に取り入れる。今よりもずっと多岐にわたる犯罪が、あらゆる陰謀が可能になる。ジャックが完成した暁には合成獣《キメラ》の量産にも着手するつもりだ。そうなれば……君たちの足では追いつけんよ」

その口ぶりと表情を見て、鴉夜は〝教授〟の本質に気づいた。

善も悪もない――ヴィクターの言葉はモリアーティにも当てはまっていたようだ。老紳士の中には倫理も損得勘定も皆無だった。人造人間を造ったボリス・クライヴ博士のように、科学的向上心や名声への渇望に呑まれているわけでもなかった。彼の中にはただ、剝き出しの知的好奇心だけがあった。落ちくぼんだ眼窩の奥で彼の瞳は、蟻《あり》の巣に水を注いだらどうなるか、父親の時計を分解したら何が出てくるか、実験を繰り返す子供のごとく残酷に光り輝いていた。

モリアーティは杖を鳴らし、前に向き直ろうとする。だがその途中で動きを止め、

「そうそう、組織名を言い忘れていた」

蛇足のように、軽快に名乗った。

「〈夜宴《バンケット》〉。以後よろしく」

南館・書斎

蝶番《ちょうつがい》の不景気な軋みとともに、津軽は書斎のドアを開けた。

ガスランプが灯った室内は祭りのあとのような倦怠《けんたい》感に包まれており、壁の時計は午前三時を指していた。大窓の向こうにはようやく博物館らしい静けさを取り戻したフォッグ邸の姿。奥の机には昨日と同じくフォッグ氏と執事のパスパルトゥー。ソファーではシャーロック・ホームズとワトスンが紅茶を飲んでいて、その後ろにレストレード。応接テーブルの上には見慣れた鳥籠が置かれている。全員、血をぼたぼたと滴らせる津軽を見て目を丸くしていた。

「最初に言っときますが、絨毯のクリーニング代を請求されても困ります」

「おかえり津軽」と、鴉夜。「ずいぶんこっぴどくやられたな。大丈夫か?」

「大丈げふっ」

「大丈夫じゃなさそうだな」

津軽は口から吐いた血を拭うと、抱えていたコートを床に放り、ソファーに倒れ込んだ。慌ててワトスンが駆け寄り、鞄から応急処置の道具を取り出す。そういえば彼は医者だったたっけ。

「なんだこりゃひどい切り傷だ。すぐ止血しないと……。ナイフで襲われたのか?」

「ちょっと惜しいですかね」津軽は問診を受け流し、「師匠やホームズさんたちはご無事なようで何よりです。静句さんは？」

「ここにいます」

再びドアが軋み、静句が帰還した。書斎の面々は再び目を丸くした。彼女の服とエプロンは猫が爪とぎをしたあとみたくボロボロに破れ、片腕でかろうじて胸を隠しているような状態だった。

「鴉夜様……ただいま戻りました」

「おかえり静句」と、鴉夜。「ずいぶん大胆な恰好になったな。大丈夫か？」

「らいじょうぶれす」

「大丈夫じゃなさそうだな」

静句はふらつくような足取りで、津軽の隣に倒れ込んだ。どうも様子が妙だ。顔は酩酊《めいてい》したみたいに赤く、肩で息をしており、なんだか甘ったるいにおいまでする。

「媚毒か」鴉夜が淡々と見抜いた。「おまえがそんなになるなんて、ずいぶん強いのを食らったなあ。私が慰めてやりたいがあいにく口しか使えない身だ。あとで津軽に相手をしてもらえ」

「…………」

「師匠、なんか静句さんがものすごく冷たい目でこっちを見てるんですが」

「いつものことだろ」

「そうでした」

「生き残ったのはこれで全員ですね」

フォッグ氏が机を離れ、応接ソファーの上座に立った。〝鉄人〟の異名を取る硬い表情が、ここ五、六時間の間に十歳ほども老けたように思えた。

「正直、私の頭では受け止めきれない夜でした。屋敷の者たちは避難していたのでほぼ全員無事でしたが、警官の皆さんは死亡多数。〈ロイズ〉のお二人もファティマさんが死に、レイノルド氏は重傷と聞きました。極めて甚大な被害です。……何が起きたか話していただけますか？」

屋敷主の言葉を皮切りに、報告会が始まった。ホームズは紅茶を飲みながら展示室での出来事を話し、津軽はワトスンの応急処置を受けながら礼拝堂での災厄を語った。ジャックとの遭遇で鴉夜を驚かせるつもりだったが、逆に驚かされることになった。静句も症状を忘れたように身を乗り出し、それらの報告に聞き入った。

ジェームズ・モリアーティ。本名不肖の〝切り裂きジャック〟。アレイスター・クロウリーに人造人間。静句が交戦した吸血鬼はカーミラというらしい。次々出てくる不吉な名前を聞いてフォッグ氏たちは顔を曇らせ、レストレードは何度も天井を仰いだ。

「で、そのモリアーティたちはどこに逃げたんだ？　それに、ルパンたちは？」

津軽の体に包帯を巻き終え、ワトスンが尋ねた。レストレードはため息をつき、

「邸内をくまなく探したんですが、襲撃犯の姿もルパンたちの姿もありませんでした。橋

はまだ復旧作業の最中で、逃げ道なんてないはずなのに、どこに消えたのやら……」

「あ、そうか！」

　突如ホームズが叫んだ。

「僕はつくづく大馬鹿だ。水路だ。ルパンたちは南館の裏にある水路から逃げたんだ。モリアーティたちもそれを見抜いていて、あとから同じ道を使って逃げたんだ」

「水路？」

「そうさワトスン君。地下を通って整備用の縦穴から地上に出たんだ。マンホールの鍵を破ることなどルパンにとっては造作もない」

「いや、でも、水路は無理だろ。この屋敷の水路は堀の下にあって、水に沈んでるんだ。潜水服でも持ってない限り通れっこない」

「普通ならね。だが今夜は、堀の水位が下がったじゃないか」

　その一言で津軽たちも気づいた。

　水路は地面の五フィート下に掘られていた。水門は閉鎖済みなので、新たに水が入ってくることはない。そして堀の水が地下の〈余罪の間〉に流されたことで、今夜の堀の水位は地上より六フィート減った。ということは差し引き一フィート分、水路の中の水位も下がった計算になる。顔を出して泳ぐことも充分可能だ。

「堀の水を地下に流した理由は、もう一つあったわけだ。僕らを金庫から遠ざけるため。地下室の明かりを消すため。水圧で鉄格子を壊すため。水流でロープを地下へ渡すため。

僕の視線を追ってダイヤの本当の隠し場所を確認するため。そして、安全な逃げ道を確保するため」

「…………」

「彼こそまさに怪盗だ」

　ホームズは感嘆の息を吐き、敵への称賛を送った。書斎の疲労感がさらに増し、一同の肩にのしかかった。

「実は、もう一つ残念なお知らせが」レストレードが追い打ちをかける。「サンルームにあったはずの銀の金庫ですが、紛失していました」

「げ」と、鴉夜。「そういえば、回収を忘れてた……。去り際にルパンが持っていったのかも」

「結局、僕らは惨敗か」ホームズは背もたれに身を沈め、「襲撃犯にも怪盗にも目の前で逃げられてしまった。邸内を荒らされて多くの死者を出したのに、純銀の金庫はルパンに、〈最後から二番目の夜〉はモリアーティに持ち去られ……」

「そこなんですが、ちょいといいですか」

　軽快な声が割り込んだ。ホームズは言葉を切り、他の面々も津軽を見た。

　彼はのそりと起き上がると、床に放ったコートを拾い上げ、見世物小屋の呼び込みめいた思わせぶりな顔で笑った。

「さてお立ち会い」

ウォルワース通り・廃墟

「くそ！　くそ！　くそ！」

教団に偽装した隠れ家の地下には、今夜もカーミラの叫び声が響いていた。ただしその激昂たるや、風呂場の水道が止まったときとは比べものにならない。口汚い罵《のの》りに合わせて地団太が踏まれ、やつあたりを受けた足置き台《オットマン》は真っ二つに砕けていた。

「あの小娘！　あのメイド！　今度会ったら百倍ひどい目に遭わせてやる！　手足縛って媚毒漬けにして脳がグズグズになるまで犯してから犬の餌にしてやるわ！　くそ！　私の体によくも深手を……」

「言うほど深手じゃありませんって。はい、もういいですよ」

アレイスターが包帯を留め終えると、カーミラはソファーからはね起きた。ジャックの足元に放られていたドレスをつかみ、頭からかぶるようにして乱暴に着直す。

「どっか行くんですか？」

「食事。デザート食べ損ねて小腹がすいてるの！」

「こんな時間に出歩いてる女の子はいないんじゃ」

「適当な家に押し入るわ」

「鬼畜の所業……」

「あまり目立ってはいかんよカーミラ君。今夜は充分すぎるほど目立ったのだから」

教授の忠告にも耳を貸さず、カーミラは階段を駆け上がっていった。キッチンで一斤パンをかじっていたヴィクターが、傍観するようにそれを見送った。

「意外と繊細な奴だな。傷一つで逆上なんて」

「普段は俗っぽいが、彼女も吸血鬼だからね。プライドの高さは人一倍さ。……さてアレイスター君、マッカランを開けてくれ。一人欠けてしまったが、乾杯といこう」

ヴィクターはパンの残りを口に放り、ジャックは静かに壁際から離れ、紅一点を除いた〈夜宴《バンケット》〉のメンバーは中央のソファーに集まった。アレイスターが琥珀《こはく》色のスコッチを注ぐと、教授はグラスを掲げた。

「ダイヤ争奪戦は我々の勝利だ。ジャック、ご苦労だったね」

「いいえ。造作もありませんでした」

「さっそく見せてくれたまえ。〈最後から二番目の夜〉を」

ドワーフが作り上げたという伝説の逸品《いっぴん》。人狼への手がかりを握る、世にも美しいブラックダイヤモンド。

アレイスターもヴィクターも、その輝きを一目見ようとジャックに注目した。ジャックは背筋を伸ばしたまま、ベストの左側の腹ポケットに手を入れ、
そこで固まった。

教授の顔から「どうした？」とでも言いたげに微笑が失われる。アレイスターは、ベス

トのポケットからジャックの指先が覗いていることに気づいた。ポケットの底がいつの間にか破り取られている。いつの間にか――

「ああーっ！」

ジャックは執事然とした冷静さを捨て去り、無様に大口を開けた。

その顔は、何かに染め上げられたかのように青ざめていた。

南館・書斎

包帯まみれの胸を得意げに張った津軽の手の上で、〈最後から二番目の夜〉はその異名にふさわしい妖艶な輝きを放っていた。

書斎の面々は狐《きつね》につままれたようにそれを眺め、互いに顔を見合わせ、やがて誰からともなく頬を緩ませた。

「おまえという奴は」鴉夜が嬉しそうに言う。「ジャックから取り返していたのか」

「育ちが悪いもんで、つい手癖《てくせ》が」

ジャックが読み取った津軽の〝思想〟は幾分的外れだった。確かに津軽は、礼拝堂の混乱の中でずっと策を練り続けていたが、それはジャックを倒すための策ではなかった。

彼が練っていたのは、ダイヤを奪い返すための策である。

ジャックがベストの左ポケットにダイヤをしまったのはこの目で見ていた。津軽はその直後、石灰の粉塵と血の目潰しで一度限りの隙を作り、渾身の一撃をはずしたふりをして、ポケットの布地ごとダイヤをかすめ取った。

本当はすぐに降参して敵を逃がす魂胆だったが、欲が出たのはそのあとだ。相手がどうやら半人半鬼らしいとわかったので、情報を得ようと戦闘にもつれ込んでしまった。危うく殺されかけたものの、当初の狙いどおり、ジャックは異変に気づかぬまま礼拝堂を立ち去った。戦闘開始前に津軽が脱ぎ、敵の目から遠ざけるように放った群青色のコート――そのポケットの中にダイヤが移動していることなど、夢にも思わず。

二組の探偵と、怪盗と、保険機構と、犯罪組織と。

五つの思惑が混じり合ったダイヤ争奪戦の勝者は〝鳥籠使い〟の弟子だった。

「てなわけでフォッグさん、お返しいたします」

津軽は依頼人にダイヤを手渡した。フォッグ氏はいまだ驚きを隠せぬ様子で、

「ありがとうございました。不幸中の幸いです。……しかし、改めて考えると馬鹿馬鹿しく思えますね。こんな小さな石を巡って今回の騒動が勃発《ぼっぱつ》したとは」

「〈ロイズ〉も襲撃犯の連中も、とんだロマンチストですよ」と、パスパルトゥー。「この石を手に入れたからって人狼を発見できるとは限らないのに」

「さあどうでしょう。暗号にしたがえば、何かわかるかもしれませんが」

何気ないホームズの一言が、フォッグ氏たちの顔を再び呆けさせた。

「暗号……この、下側に刻まれた詩のことですか」

「ええ。せっかくダイヤが戻ったんです。解いてさしあげましょうか」

「と、解けるんですか?」

「というより」

「もう解けてます」

〝怪物専門の探偵〟が言葉を継いだ。「なんだ君もか」と退屈そうに言うホームズ。

「地下室で詩を読んだ瞬間にピンと来ました。たいして難しい暗号ではありませんね。私が若いころ、藤原定家《ふじわらのていか》という男と一緒に作った暗号のほうがずっと複雑で魅力的です」

「師匠、師匠」津軽が控えめに口を出す。「フォッグさんたちは十七年間考えてもわからなかったんですよ。あと若いころっていつですか」

「平安末期だから、二百五十歳のころかな」

「……若いころ、ね」

「実際にお見せしたほうが早い。中庭に出ましょう」

紅茶を飲みほし、ホームズは立ち上がる。「見せるって何を?」と尋ねたワトスンに、彼は尊大な笑みを返した。

「ちょっとした科学の実験だよ」

*

〈夜明けは血のような赤
日没は死体のような紫
夜の月に照らされる
醜い私をどうか見ないで
私の中には狼がいるから〉

「順番に考えていきましょう」

南館の階段を下りながら、シャーロック・ホームズは解説を始めた。ワトスンとフォッグ氏たち、鳥籠を持った津軽もそれに続いていた。静句はだいぶつらそうだったので鴉夜が留守番を命じた。津軽も満身創痍《そうい》なのだが、まあ暗号の答えが気になるし、ぞんざいな扱いには怒るまい。

「最初の二行がワンセットであることはすぐにわかります。夜明けが赤で、日没が紫。これは何を意味しているのか？　スフィンクスの謎かけなどでもそうですが、太陽の動きは物事の〝始まり〟と〝終わり〟を象徴します。この詩においてもそうであると仮定すると、〝色〟がとある科学事象と対応していることが見えてきます。さてワトスン君、赤で始まり、紫で終わるものといえば？」

ワトスンは眉根を寄せて考え込み、すぐ答えを見つけ出した。

「……光のスペクトル。虹の七色か」

「そう。赤、オレンジ、黄色、緑、水色、青、そして紫。どうやら最初の二行は光学のスペクトル分布を表しているようです。しかし三行目において『夜の月』が登場する。月とはいったい何か？　『照らされる』と続くからにはこれもやはり光の暗示でしょう。太陽が沈んだあと、夜の世界に現れる光。紫のあとにやってくる光。つまり」

「紫外線……」

「でも待ってください」と、津軽。「ダイヤが造られたの十四世紀でしょ。紫外線なんて発見されてましたっけ」

「そのダイヤと金庫からして、当時の人類の技術ではありえない代物だ」鴉夜に揚げ足を取られた。「アリストテレスの時代から虹の研究はされていたしな。ドワーフたちに光学の知恵があっても不思議じゃない」

　ホームズが一階のドアを開け放ち、津軽たちは中庭に出た。東館側の窓には、レイノルドがぶん投げた白い石柱が突き刺さっていた。

　ホームズはまっすぐ礼拝堂のほうへ向かう。

「『夜の月』の正体は紫外線だとわかりました。すると三行目・四行目は、『紫外線に照らされる私の姿を見ないでくれ』という意味になる。この〝私〟とはいったい誰か？　五行目と合わせて考えれば明らかです。その身のうちに人狼の居場所を秘めた存在——この〈最後から二番目の夜〉そのものでしょう。仮説を裏付ける証拠もあります。フォッグさん、この人工宝石にはユウロピウムなどの希土類元素も含まれているんでしたね？」

「ええ」

「ユウロピウムには、紫外線を浴びると赤く光る性質があります。したがって僕の考えでは、ダイヤを紫外線に晒せば……おや、うまい具合に一ヵ所割れていますね」

ホームズは、礼拝堂のそばに立ったアーク灯を見上げた。カバーが破損し、そこから強烈な白光が漏れている。

彼はフォッグ氏から借り受けたダイヤを、その光に向かって高くかざした。

「アーク灯の強い光には紫外線が多く含まれています。こうしてしばらく光を当て、あとから暗い場所に持っていくと……ほら」

ホームズは立ち位置をずらし、冷たい闇夜がダイヤを出迎えた。津軽たちは最初にダイヤを見たときと同じく、顔を突き合わせてそれを覗き込んだ。

「『醜い私をどうか見ないで』か」鴉夜が言った。「謙遜にもほどがあるな」

目が離せぬほど美しく、息を忘れるほどに神秘的な光景だった。紫外線を吸った〈最後から二番目の夜〉の内側には、ぼんやりと赤い文字が浮き上がっていた。ドイツ語の短い単語だった。

Fangzähne wald

「牙の森《ファングツェーネヴァルト》？」

ワトスンがそれを読み上げた。

「これが人狼の居場所？　どこかの地名かな……それとも、これも暗号とか」

「どっちにしろ、早く調べたほうがよさそうです」

津軽はカバーの壊れたアーク灯を見上げた。事情を知る彼だけは、ダイヤの秘密を前にしても素直に感嘆できなかった。

「〝切り裂きジャック〟も今のホームズさんと同じことをやってましたから。ダイヤを拾ったすぐあとで、アーク灯のカバーを壊して、強い光にしばらく照らして、そのあと暗い礼拝堂の中に戻ってきて覗き込むみたいに眺めてました。ジャックもこの文字を確かめたはずです。石はあたくしが取り返しましたが、情報はモリアーティにも渡ってるって考えたほうがいいと思います。……たぶんですけど」

探偵たちの顔があまりに真剣だったので、津軽は曖昧につけ加えた。

「そんな馬鹿な」フォッグ氏は首を振る。「すると切り裂きジャックは、ダイヤを拾ったその一瞬で暗号を解いたわけですか？　ホームズさんや輪堂さんと同じように」

「どうやらモリアーティの弟子は私の弟子より優秀らしいな」

「余計なお世話です」と、津軽。鴉夜は光が薄れゆくダイヤモンドを見つめながら、

「だが、これはある意味チャンスだ。〈夜宴《バンケット》〉の連中はすぐにこの〈牙の森〉とやらを探し始めるだろう。目的地がわかっているなら私たちにも先回りが可能だ」

「そうだな。ワトスン君、これから少し忙しくなるぞ」

「メアリーに謝る準備をしとくよ」

気が早いもので、探偵たちはもう次の戦略を立て始めたらしい。誰が先に人狼の居場所を探し出し、己の目的を達成するか。舞台を移しても笑劇《ファルス》は続く。

肩をすくめようとすると、傷が痛んだ。津軽は包帯の上から胸を撫で、

「しかしまた会ったとして、倒せますかね？　奴《やっこ》さん方手ごわいですよ。メンバーは怪物だらけです」

「おまえは〝鬼殺し〟だろう？」鴉夜はくすりと笑った。「怪物を殺すのが持ち芸じゃないか」

「……こりゃ一本取られました」

鴉夜の軽口が、確かな勝ち筋に支えられた発言なのか、それとも空元気にすぎないのかは正直わからなかった。だがその笑顔を見ていると、なんとなく救われる感じもした。何しろうちの師匠は不死の少女だ。敵方全員の年齢を足したよりも長い年の功がある。それを口に出すと怒られそうなので、言わないけれど。

津軽は夜空を見上げた。青白い月の輪郭《りんかく》が、水に溶けてく海月《くらげ》みたいに儚《はかな》い姿をくらましつつあった。

今夜も霧が出始めたようだ。

中心街《シティ》・〈ロイズ〉本社

イヴ・ジェンキンスは、ウィンザー眼鏡の細いつるを押し上げながら、霧の出始めたロンドンを見下ろしていた。〈ロイズ〉本社最上階からのこの景色が彼女はまったく好きではなかった。なぜ重要な部署は決まって上階をあてがわれるんだろう？　帰宅するにもランチを食べるにもいちいち地上に下りなければならないのに、非効率的だ。

部長付の秘書として諮問警備部に配属されて以来、彼女の心労は絶えることがなかったが、今夜はことさらいらついていた。残業と夜更かしのせいでもあったし、待ち望んでいたフィリアス・フォッグ邸におけるダイヤ回収任務の報告が、惨憺《さんたん》たる結果になったせいでもあった。

「それで？　二人とも使い物にならないわけ？」

イヴは報告係のエディを睨んだ。エディはひからびたローストチキンのように無味乾燥な顔で、淡々と答えた。

「その認識で正しいと思います。死亡したダブルダーツ女史はいわずもがな、スティングハート氏も戦闘不能状態です。復帰は難しいでしょう」

「誰にやられたの。ルパン？　ファントム？　〝鳥籠使い〟？」

エディは無言で書類を差し出した。ひったくるように受け取って、目を通す。

「なんのリストに見えます?」

「ヨーロッパ中の未確認の危険人物をまとめたリストかしら」

「少し違います。全員、今夜のフォッグ邸において存在が確認されましたので」

イヴは書類から顔を上げた。エディが冗談を言えるタイプの人間でないことはいやになるほどわかっていた。

「しかも彼らは、徒党を組んでいるようです。我々と同じように」

「やめてちょうだい。吐き気がするわ」

異形の連中と自分たちが、同等に扱われるなんて。

「部長に——第一エージェントに相談する必要があるわね。まだ帰国してないの? 今月ヴァーニー卿《きょう》の討伐から戻ってくる予定でしょ」

「それが、フロリダ沖で連絡が途絶えまして。おそらくまた〝遭難〟されているのかと」

「あの馬鹿」

思わず額を押さえた。第一エージェント不在中は、秘書である自分が部長代理を務めなければならない。

イヴは素早く頭を働かせる。時間。予算。利害関係。すべての要素をまとめ上げ、十秒後、彼女は最も〝効率的〟と思える方針を決めた。

「現時点で招集可能なエージェントは?」

「チェーンテイル氏と、ラピッドショット嬢が手すきかと」

「今すぐ呼んで。二人とも」

デスクに両手をつき、イヴは宣言した。

「〈ロイズ〉諮問警備部は本日より、この案件の処理に全力を注ぎます」

中心街《シティ》・裏通り

「まったく、最低の盗みだった！」

夜道を闊歩《かっぽ》しながら、アルセーヌ・ルパンは不機嫌にわめいた。「声がでかい」とファントムがたしなめる。二人とも労働者に変装していたし、フォッグ邸からもだいぶ離れたが、用心に越したことはない。

「いいじゃないか、結局金庫は盗み出せたんだから」

「金庫があったって中身がなきゃ無意味だろ！　ああ、今夜ほど災難が連続したのは初めてだ。〈ロイズ〉に狙われるわ、わけのわからん怪物と出くわすわ、ダイヤは取られるわ……それに、警官がたくさん死んだ」

ぼそりと言い足すと、ルパンは悼むように顔をしかめた。

「泥棒のくせに優しいな」

「アルセーヌ・ルパンは怪盗紳士だ。人は殺さない」

「おまえが殺したわけじゃないだろ」

「新聞は俺が殺したように書くんだよ！　とんだ恥さらしだ。もう英国で仕事なんてできやしない……くそ、あの赤毛の男め。絶対素性を暴いてやるぞ」

ふてくされる王子様を眺めるのはなかなか小気味よかったが、このまま愚痴《ぐち》られ続けても締まらない。ファントムは「まあまあ」とルパンの肩を叩く。

「『過ぎ去ったことは過ぎ去ったことだ。未来のことを気にしましょう』」

「なんだって？」

「『椿姫《つばきひめ》』第二幕だ。水に入ったせいで体も冷えたし、どこかで一杯やろう。この時間でもパブの一軒くらいは……」

通りを見回したとき、前から歩いてきた男と肩がぶつかった。

「おっと、これは失敬をぞ」

男は帽子を上げ、妙な訛《なま》り方で謝った。上質な服に身を包んだ紳士スタイルだが、顔立ちは中国人風である。後ろへ撫でつけた長髪といい、先の割れた眉といい、切れ長の目といい、どことなく龍を連想させた。

「いや、こちらこそ……」

ファントムはうわの空で返し、去ってゆく男の背中を見つめた。この深夜に出歩いているのも不審に思ったが、それ以上に、肩に残った鈍痛が奇妙な錯覚を引き起こしていた。

人とぶつかった気がしなかった。

重い鉄の塊に肩をぶつけた——そんな気がした。

＊

中国人の男はフィッシュ街の裏通りを南下し、ロンドン大火記念塔の横を通り、テムズ川沿いの道に入った。街並みはひっそりと静まり返り、ガス灯の下に一人だけ浮浪者の老婆がうずくまっていた。

男は散歩するような調子で近づき、顔の隠れた白髪頭に声をかける。

「『主は天の星なり』」

その一言が鍵となったかのように、老婆は折りたたまれた紙片を差し出した。男は金貨と引き換えにそれを受け取り、紙片を開いた。

Ｆへ 人狼探索ニ移ル　ロンドン残リ　計画ススメヨ Ｍ

「まったく、人使いの荒い先生ぞ」

苦笑交じりにつぶやくと、男は深まりつつある霧の中へ溶けていった。

本書は書き下ろしです。

この物語はフィクションです。登場する人物・団体・名称等は架空であり、実在のものとは関係ありません。

講談社
タイガ

〈著者紹介〉

青崎有吾（あおさき・ゆうご）

2012年『体育館の殺人』（東京創元社）で第22回鮎川哲也賞を受賞しデビュー。続く『水族館の殺人』が第14回本格ミステリ大賞（小説部門）の候補となる。平成のクイーンと呼ばれる端正かつ流麗なロジックと、魅力的なキャラクターが持ち味で、新時代の本格ミステリ作家として注目される。

アンデッドガール・マーダーファルス　2

2016年10月18日　第1刷発行　定価はカバーに表示してあります

著者……………………青崎有吾《あおさきゆうご》

発行者……………………鈴木　哲
発行所……………………株式会社 講談社
〒112-8001 東京都文京区音羽2-12-21
編集03-5395-3506
販売03-5395-5817
業務03-5395-3615

本文データ制作…………講談社デジタル製作
印刷……………………豊国印刷株式会社
製本……………………株式会社国宝社
カバー印刷……………慶昌堂印刷株式会社
装丁フォーマット………ムシカゴグラフィクス
本文フォーマット………next door design

ISBN978-4-06-294030-6　N.D.C.913　328p　15cm

アンデッドガール・マーダーファルス
(1)
SIRIUS KC
第1巻
絶賛発売中
定価：600円（税別）発行：講談社
「月刊少年シリウス」
〈毎月26日発売〉にて
大人気連載中！

アンデ
怪物論理《モンスターロジック》は漫画でも愉《たの》しめる。
ガール
待望のコミック版、登場！
マーダ
原作：青崎有吾　漫画：友山ハルカ
ファル

大好評発売中!!

不死身の
吸血鬼は
なぜ殺されたのか?

装画 大暮維人

吸血鬼に人造人間、怪盗・人狼・切り裂き魔、そして名探偵。

異形が蠢く十九世紀末のヨーロッパで、人類親和派の吸血鬼が、銀の杭に貫かれ惨殺された……!?

解決のために呼ばれたのは、人が忌避する〝怪物事件〟専門の探偵・輪堂鴉夜と、
奇妙な鳥籠を持つ男・真打津軽。彼らは残された手がかりや怪物故の特性から、推理を導き出す。

謎に満ちた悪夢のような笑劇《ファルス》……ここに開幕!

アンデッドガール・マーダーファルス 1

講談社タイガ　定価:720円(税別)

次巻予告

アンデッドガール・マーダーファルス 3

第五章 人狼

講談社タイガ

バビロンシリーズ

野崎まど

バビロン　I
—女—

イラスト
ざいん

東京地検特捜部検事・正崎善《せいざきぜん》は、製薬会社と大学が関与した臨床研究不正事件を追っていた。その捜査の中で正崎は、麻酔科医・因幡信《いなばしん》が記した一枚の書面を発見する。そこに残されていたのは、毛や皮膚混じりの異様な血痕と、紙を埋め尽くした無数の文字、アルファベットの「F」だった。正崎は事件の謎を追ううちに、大型選挙の裏に潜む陰謀と、それを操る人物の存在に気がつき!?

講談社タイガ

似鳥鶏

シャーロック・ホームズの不均衡

イラスト
丹地陽子

両親を殺人事件で亡くした天野直人《あまのなおと》・七海《ななみ》の兄妹は、養父なる人物に呼ばれ、長野山中のペンションを訪れた。待ち受けていたのは絞殺事件と、関係者全員にアリバイが成立する不可能状況！　推理の果てに真実を手にした二人に、諜報機関が迫る。名探偵の遺伝子群を持つ者は、その推理力・問題解決能力から、世界経済の鍵を握る存在として、国際的な争奪戦が行われていたのだ……！

《 最新刊 》

アンデッドガール・マーダーファルス 2　青崎有吾

ルパン、ホームズ、オペラ座の怪人、吸血鬼。伝説の殺人鬼に、魔術師!?　怪物専門の探偵はどう立ち向かう？　五つ巴のダイヤ争奪戦！

君と時計と雛の嘘　第四幕　綾崎 隼

大きな代償をともなって無慈悲に繰り返されるタイムリープ。雛美がつき続けた嘘と隠された真実とは。衝撃のラストが待ち受ける完結篇！

パノラマ島美談　西尾維新

美少年探偵団の冬期合宿が始まった。五つの館に隠された五つの芸術を発見することはできるのか？　世にも美しい「館」を描くシリーズ第五作！

デボラ、眠っているのか？
Deborah, Are You Sleeping?　森 博嗣

ハギリの所属する研究施設に、一人の少女が侵入しようとする。捕獲された彼女は、「デボラ」にコントロールされていたと証言するのだが。